日蓮

The Passion of Nichiren

Ken'ichi Satô

佐藤賢一

新潮社

日蓮　目次

第一部　天変地異

第二部　蒙古襲来

カバー　日蓮聖人御持物『妙法蓮華経』池上本門寺所蔵
帯・本扉『日蓮聖人像』長谷川等伯筆　高岡大法寺所蔵
画像提供・石川県七尾美術館
装　幀　新潮社装幀室

日蓮

第一部　天変地異

一、朝日

山を登る——まだ夜明け前である。

足元は暗い。鬱蒼たる森と、それを縫い貫いている小道の区別すらつかない。

難儀するかと案じたが、思いのほか苦しくなかった。

我が足がその道を覚えていた。

ひとつ右の足を踏み出し、曲げた膝に力を籠めれば、腿の筋肉が盛り上がる。それと同時に、もう左の足は動き、次につくべき地面に向かう。

石があれば、躓（つまず）くより草鞋（わらじ）裏でしかと踏みしめ、泥濘（ぬかるみ）があれば、踵（かかと）を取られることなしに爪先を突き立てる。

木の枝が前を遮れば、転ばせようと企む太根をとっさに気にかけている。水の臭いが立ち昇れば、新たな一歩は沢べりに生える草を、自然と避けてすぎようとする。

できるはずで、十六、七の頃までは頻々と往来した。それこそ目をつぶって、なお踏み外す恐れもない道だった。

山を登ること自体は、久方ぶりだった。それでも困らなかったのは、この地を離れていた間に人変わりしたわけではない証（あかし）か。驕（おご）るでなく昂（たかぶ）るでなく、堕（お）ちるでなく廃（すた）るでなく、まっとうに帰りつけたとみなしてよいのか。

安房の国、長狭郡、東条郷、東北荘、清澄山――鎮座する清澄寺の山門を南に出た山林は、往時より仏道の修行に用いられた場所だった。

寺に上がったのは十二の年、読み書き習いの稚児としてだった。そのまま生まれた家には帰らず、得度したのが十六の年である。

髪を落とすこのときまでには発心していた。清澄寺の御本尊、虚空蔵菩薩に願をかけた。

「日本第一の智者となしたまえ」

仏法を究めたい。世の真理を見究めたい。高まるばかりの思いは、じき山さえ後にさせた。

一心に打ちこむほど、一切経も揃わぬ田舎寺では、あれよという間に学ぶものがなくなった。あるものを知り尽くすほど、若き向学心は仏法の八宗十宗を修めたいと、さらなる学びに逸る一方だったのだ。

十七の年には鎌倉に出た。念仏、それに禅を学んだが、知の飢えが充たされるには程遠かった。

二十一を数えて、いったん清澄寺に戻ったが、そのときに思うところを書にまとめるや、ほどなく比叡山に向かった。

伝で横川に身を寄せると、南勝房俊範に師事したが、そこに大人しくはしていなかった。比叡山の谷という谷を回り、ここでも学ぶものがなくなると、未だ足らずと里に下りた。園城寺、南都七大寺、高野山金剛峯寺、大坂四天王寺と、くまなく京畿を学び歩いた。

まさに学問三昧で、三十二を数えていた。

学は究めた――との思いには達していた。

もう学ぶものはなくなった。鎌倉にも、比叡山にも、いや、唐天竺まで渡ろうとも、この上は何もみつかるまいと断じられるまで、もう学びは尽くしてしまった。

何もすることがない。いや、学を究めたからこそ、やらなければならないことがみえた。

何おかしな話でない。それは自分が究めた仏法を世に弘めることだった。なるだけ多くの人々を、真の悟りに導いていかねばならないと、自然に思うようになった。

何迷うこともない。思いを達するためには、己が出家を果たした寺に戻るまでのことだった。一介の寺僧として人々の狭間にありながら、仏の正しき真理を説き続けるのだ。

新たな使命を見出せてみれば、思い知らされずにいられなかった。日本第一の智者になりたいなどと、かつての己は、なんと小さな志を抱いたことだろうかと。

思い知れば、芽生えるのは恐れだった。そこに甘んじてきた卑小な身にして、大望を果たす力があるだろうかと。少なくとも心は挑んで、怯まずにいられるのかと。

いや、かかる自問に囚われること自体が、危ういのではないかと。その弱さとは金輪際、決別せずにはいられまいぞと。

寺に戻るや、ひとり十七日の籠山行に入ったのは、そのためである。頂きまで登ることを試みたのは、その満願を迎える日の早暁のことなのである。

もはや全身が濡れていた。裾に草の朝露が絡んだだけではない。肌という肌に汗が噴き出して、背から湯気が立ち上るほどなのだ。

もう四月も末だった。早暁とはいえ、温度は初夏の勢いを孕(はら)む。

熱い――かっかとして、己が内に炎が燃えているようだ。その不快を一抹の涼感が慰める。

風だ――まっすぐ吹き流れてきたはずで、気がつけば頭上の帳（とばり）が開けていた。鬱蒼たる木々の葉は引け、なお立ちこめるはずの闇にも白さが差していた。

頂きだ――ふっと総身が軽んじて、疲れたはずの足に新たな力を与えた。跳ね上がらせたのが、表が平らな大岩のうえだった。

眺望が広がる。灰色の雲が紫色に変わり、と思うや、それも際（きわ）から橙色（だいだいいろ）の輝きに染められていく。茫洋たる色が流れるばかりの風景が、じき形を取り始める。

山々が峰を連ね、谷を重ね、ところどころに人が住む村々を置いている。黒から白へと変わりゆく一線は、川の流れということだろうか。導かれる先にあって、魚鱗のような光をキラキラ弾いているのは、安房の国の海原か。母なる東海（太平洋）ということなのか。

その波穏やかな水平線から、立ち昇る赤があった。朝日だ。この土地が日本の東端であるからには、本邦で最も早い日の出なのだ。

「日蓮（にちれん）と」

名を変えようと、このとき閃きが降りた。

子供時分は善日麿、寺の稚児となって薬王丸（やくおうまる）、得度して是聖房（ぜしょうぼう）と、これまでも何度か名前を変えてきたが、今このときよりは自ら決して、日蓮と名乗ることにしようと。

上の「日」は、菩薩を述べた法華経如来神力品第二十一に、こうあるからだ。

「日月の光明の能（よ）く諸（もろもろ）の幽冥を除くが如く、斯の人、世間に行じて能く衆生（しゅじょう）の闇を滅す」

続く「蓮」は従地涌出品（じゅうじゆじゅっぽん）、第十五から引いた。

「善く菩薩の道を学して、世間の法に染まらざること、蓮華の水に在るが如くなり」

二文字を合わせて日蓮――よい名だと我ながらに思う。ああ、明らかなること、日月にすぎんや。浄きこと、蓮華にまさるべきや。新たなる名前を掲げて、新たなる行に乗り出す我は、さすれば何をもって始めとすべきか。

日蓮は朝日に向かって合掌した。そして大きな声で唱えた。

「南無妙法蓮華経」

よく響いた言葉は、山々に幾重にも木霊（こだま）した。南無妙法蓮華経。南無妙法蓮華経。あたかも霊験広がるような音のみならず、無限と思しき光にも包まれる。

この刹那、己が心身に一点の陰りもない。ああ、はっきりとわかる。我は今完全なダルマとともにある。

迷いはなくなっていた。迷いをなくするために、この頂きに至らなければならなかった。もはやあれこれ考えずともよい。これからは賢さなど必要ない。いるのは、ひとえに――。

二、説法

清澄寺は安房の国の名刹（めいさつ）である。

宝亀二年（七七一年）、名も伝わらない僧が虚空蔵菩薩の像を彫刻、それを安置する小堂を置いたのが始まりとされている。

虚空蔵菩薩は真言密教で信仰される仏であり、あるいは無名の僧とは高野山に連なる聖であったかもしれない。

打ち捨てられた時期もあったようだが、それを承和年間（八三四年から八四八年）のいずれかと伝えられる年に、慈覚大師（じかくだいし）円仁（えんにん）が再興した。

円仁は伝教大師最澄の弟子であり、このとき清澄寺は天台宗に改められた。

以後、この建長五年（一二五三年）に至るまで天台宗の末寺で続き、それも日蓮が伝で身を寄せたことからわかるように、比叡山横川流に属していた。

東国の片田舎にあるとは思えないほど、立派な寺である。境内一万八千坪、僧坊二十余、寺僧も一人や二人でない。行人、小僧、稚児や寺男まで数えれば、常から数十人は暮らす。

その四月二十八日、日蓮は山から戻ると、師に当たる道善房（どうぜんぼう）の持仏堂で午の刻（正午）を待った。

「説法をしてみせよ」

帰山した日蓮は、一番に求められた。十余年にもわたる勉学の成果を、ひとつ披瀝してみせよと、それが道善房の求めだった。

日蓮は寺に稚児でいたときから、非常な利発とされていた。得度したとて誰もが当たり前に遊学できるわけでなく、それを許されたこと自体が将来を嘱望されたことの表れだった。その逸材が学びは尽くしたといって、清澄寺に戻ってきたのだ。

でなくとも、いわゆる「叡山帰り」である。世に聞こえた本朝仏法の中心で学んできたとあらば、この片田舎で騒がれないはずがない。素直にありがたがる心持ちから、意地の悪いやっかみまで含めて、静かに放っておかれるはずがない。

さぞや尊い法門を耳にできるに違いないと、期待は道善房ひとりというより、清澄寺全体で高くなっていたようだった。

予定通りの午の刻に、始まりの太鼓が叩かれた。日蓮が進み出たのは、南面の縁だった。

ひとつ合掌、まずは見渡してみた。道善房から話があったときは、僧数人ということだったが、もはや境内を埋めるほどの人だかりである。

稚児らを含め寺中の者が欠けず詰めかけたのみならず、頭に髪を留める在家の姿も少なくない。御家人や被官と思しき烏帽子（えぼし）もみられる。

日蓮は我覚えずして震えた。

あまりの人出に臆したというのではない。これだけ多くの人々に向けて、会得した法門を説けることの喜びに、総身を突き上げられる思いがしたのだ。

さらに数歩を進めて、日蓮は置かれた文机の前に座した。自分を迎えてのことと思われる口元の呟きが、そのとき無数に重なって聞こえてきた。

「南無阿弥陀仏、南無阿弥陀仏」

念仏である。唱えたのは僧だったか。あるいは在家の者たちか。いずれにせよ、それは浄土宗の教えだった。

ただ「南無阿弥陀仏」と唱えよ。かかる易行（いぎょう）のみで人は救われる。ひたすら阿弥陀仏に縋（すが）ることで、死後は西方浄土に行くことができる。

そう説いて数多（あまた）の信者を獲得したのが、浄土宗である。禅宗と並んで、今や世を席巻している、いわゆる新仏教のひとつだ。

清澄寺は天台宗の寺であり、浄土宗の寺ではない。とはいえ、浄土信仰そのものは、天台宗の教えのなかにもあった。

ゆえに念仏は清澄寺でも、かねて広く容れられてきた。昨今顕著な隆盛から、専ら浄土の教えに傾倒する僧さえ、少数派でなくなっている。これといった宗派に頓着しない在家となると、ほとんど全員が、もはや差はあれ念仏の信者であるといってよい。

「南無阿弥陀仏、南無阿弥陀仏」

幾重に声がくぐもるなか、日蓮は始めた。

「日蓮と申します。十余年の学びを終えて、清澄寺に戻ってまいりました。帰山今さら思い知りましたところ、この天台に連なる寺で得度できたことは、私にとりましては何にも勝る果報でありました。そう申すのは、他でもありません」

日蓮は声が大きかった。大柄で、しかも筋骨隆々たる身体を、あたかも楽器のように用いる。そうした術でも心得ているのかと思わせるほどで、加えて調子には独特の艶まであった。

「法華経をこそ奉じなければならない。それが私の学びが行きついた答えだからです」

と、日蓮は最初に明らかにした。ええ、皆様もご存知ありますように、仏法には沢山の経典がございます。八宗十宗と宗派が別れる理由にもなっておりますが、さて、それらは全て同等なのでありましょうか。いずれも悟りに達する道を説いているからには、どれがどうと勝劣つけられないものなのでしょうか。

「いや、そうではないだろう。諸経には勝劣つけなければならないし、またつけることができる。教相判釈と申しまして、それをなしたのが智顗という、漢土隋代の僧でありました」

音吐朗々たる話しぶりに、聴衆は知らず惹きこまれていく。宿す光が離れていても覗けるほど、その大きな目にも抗えず吸い寄せられる。

「この智顗――というより、天台大師の名前のほうが、世に知られておりますね。そうなのです。天台宗の祖であられます。その天台大師ですが、釈迦が自ら説かれた法華経こそ実教であり、経のなかの経なのだと判じました。その法華経ですが、本朝には聖徳太子によってもたらされました。同じ隋代に、もう届けられていたのですね。とはいえ、智顗の教相判釈、つまりは天台の教えなわけですが、これをもたらしたのは本朝天台宗の祖、比叡山延暦寺を開かれた最澄こと、伝教大師であらせられました」

当然ながら、その名前を知らぬ僧はいない。仏法隆盛を迎えた今世においては、在家の者とて大半は心得ている。だから、なのだろう。

ありがたい、ありがたい、と繰り返すかわりに、再び念仏が唱えられた。

「南無阿弥陀仏、南無阿弥陀仏」

聴衆の呟きは薄靄のように立ち上がり、もはや目でみることさえできる気がする。

しかし――と、日蓮は思わずにいられない。阿弥陀如来の話などしていない。それどころか、浄土の教えについてなど、ただの一言も触れていない。

「法華経が伝えられ、その教えの尊さも過たずに教えられたのですから、この日本という国には仏法が正しく行き渡るはずでした。僧といわず在家といわず、あまねく救われるはずでした。

しかしながら、どうでしょうか。本朝では皆が救われておりますか。誰も苦しまぬ世が来ておりますか。仏の悟りに達しておりますか」

衆に問いかけて、少し置き、答えが返らないことを確かめてから、日蓮は自分で答えた。

「否であります。否であるならば、それは何ゆえのことでしょうか」

「念仏を唱えなかったからですか」

答えて出たのは、前列にいた僧だった。臆しながらも、まっすぐな目をした、まだ若い僧である。日蓮は柔らかな笑みで受け止め、それから答えた。

「法華経は確かに念仏を説いておりませんね」

そばから、また念仏が聞こえてくる。易行とはよくいったもので、南無阿弥陀仏、南無阿弥陀仏と、なんにつけ造作もなく唱えることができる。

「念仏を唱えなければ救われない。ということは、天台宗でなく、浄土宗にこそ帰依するべきだ。私もそう考えたことがありました。実際に学んだこともありました。まだ若かりし、鎌倉に遊学した頃の話です。しかし、そこで目の当たりにしたことには、浄土宗の高僧は大抵の者が苦しい往生を迎えるのです。必ずといってよいほど、救われていないのです」

「それは末法だからではありませんか」

やはり若いが、さっきとは別な僧だった。

末法とは、大集経による仏教の時間観念、正像末の三時のひとつである。

釈迦の入滅から千年を正法といい、この間は正しい教えが行われ、また修行により悟りを開く者がいる。が、像法とされる続く千年は、釈迦の教えはあり、修行もなされながら、悟りに達する者はいなくなる。さらに後に来るのが末法で、釈迦の教えは廃れ、修行も行われず、悟りは望むべくもなくなる。

この末法は、日本の暦では永承七年（一〇五二年）に始まったとされていた。

若い僧は続けた。

「もはや末法に入っておりますれば、今世で救われる術など最初からないのではありませんか」

他の僧たちも次々と口を開く。

「すでに現世は穢土である。救いもない。悟りもない。仏になどなりようがない。人たる生には死後に西方浄土に行く望みしか残されていない。だから南無阿弥陀仏と唱える。一心に唱えて、阿弥陀如来にお縋りして、浄土に連れていっていただくしかない――と、そういうことでございましょう」

「やはり念仏しかありません。浄土宗が末法時機相応の教えといわれる通りです」

「法華経では救われない時代になったから、もう浄土を望むしかないということですかな」

南無阿弥陀仏、南無阿弥陀仏と、くぐもるような念仏の声も繰り重なる。そこに日蓮は改めて、例の朗々たる声を投げかけた。

「違います。そんな風に娑婆から目を逸らさずともよいのです。法華経は久遠の仏の教えです。法華経をもってすれば、像法であろうが、末法であろうが、皆を救いに導くことができるのです」

「それならば、なぜ人は救われていないのですか」

「せっかくの法華経が、ないがしろにされているからです。仏法が天台大師、少なくとも伝教大師の時代のままであったなら、この娑婆に楽土が現れていたかもしれない。ゆえに古の形まで仏法を戻さなければならないというのが、私の研鑽が辿りついた答えです。言葉を換えますならば、仏法の形は今日までひどく歪められてしまったのです」

「ぜんたい誰が、そんなひどいことを」

「何が、そこまでの悪をもたらしたのですか」

「念仏です」

日蓮は声に出した。やはり大きく、はっきりとした声だった。

三、破裂

聴衆が波立った。いや、悲鳴のような声まで上がった。ややあってから続いたのが、またしてもの念仏だった。

「南無阿弥陀仏、南無阿弥陀仏」

必死さが感じられた。仏罰を恐れ、それから逃れたい一心で唱えた風だ。日蓮の微動だにしない振る舞いは、そうした怯えをいたぶるようでさえあった。

「念仏です」

と、朗々たる声が繰り返した。

「なかでも最たる悪義が専修念仏です。ええ、浄土宗の念仏です。法然房源空(ほうねんぼうげんくう)の念仏のことです」

そうやって、あからさまな名指しさえ躊躇しない。

となれば、一瞬で空気が変わる。みるみる濁(にご)って、立ちこめたのは不服、あるいは敵意だろうか。

なるほど、南無阿弥陀仏の一色だった場所である。怒声が上がったとしても、それは当然というべきだった。

「いうに事欠いて、この罰当たりが」

「暴言を吐きも吐いたり。日蓮とやら、ただで済むとは思わぬことだ」

「ああ、念仏者に好んで喧嘩を売る気なら、買ってやろうではないか」

「理由を申せ。念仏が悪だというなら、せめて理由を明らかにせよ」

かたわら、背後に控える道善房は慌てていた。それまで座していた師だが、俄(にわか)に腰を浮かせると、こちらに縋りつくように左右の手を前に出した。

横目で気づいた日蓮は、それを頷きを送ることで宥(なだ)めた。御師様、心配無用でございます。ただ暴言を吐きたいのでも、ただ喧嘩を売りたいのでもありません。

「理由はあります」

日蓮の声は、なお朗々として恥じなかった。

「それも、なんら難しい理由ではありません。専修念仏というからには、浄土宗は念仏しか認めません。人は西方浄土でしか救われない。だから阿弥陀如来に縋るしかない。そうやって、是とするのは一仏一行のみ。重んじるのは浄土三部経のみ。他は一切認めません。ありとあらゆる大乗諸経、ありとあらゆる仏菩薩を、捨閉閣抛せよと命じております。そのとき、釈迦と法華経も別としない。浄土宗は釈迦と法華経まで否定してしまうのです」

「それが古よりの仏法の形を歪めたと仰る理由ですか」

また若い僧だった。今度は名前も知っていて、確か浄円房といった。小柄で痩せぎす、貧相なくらいの男だが、そうと容易に思わせないのは、目に熱いものを宿しているからだった。

日蓮は強く頷いた。

「すっかりないがしろにしておきながら、はは、確たる理由も示していないのは、実のところ法然房のほうだ」

「法然上人を愚弄する気か」

厳しい声を打ちこみながら、出てきたのが実城房という僧だった。固太りの五十年配は清澄寺の寺僧で、しかも上から数えられるほど位が高い。それでも日蓮は臆しない。

「愚弄ではありません。源空は強引な言いくるめしかしていないではないですか」

「そんなはずがあるか。日蓮、きさまこそ言いくるめではないのか」

「源空の書に『選択本願念仏集』がありますが、お読みになられたことは」

「それは……」

「源空は曇鸞、善導、道綽という漢土の三僧を引き、阿弥陀経、大無量寿経、観無量寿経の浄土三部経のみ拝めと書いております。しかし、その三僧どなたも、法華経は否定していないのです。ええ、他は捨てよと求めても、法華経のことは認めている。それなのに源空は否定した。しかも、そうする根拠は示さなかった。ただ『之に準じて之を思うに』と書いただけです。どうして思うも、こうだから思わずにいられないも、何もない。三僧は他を否定したのだから、準じて僕は法華経まで含めて、全て捨ててしまっていいと思うんだ、と、それだけの論法なのです」

ざわと聴衆が波立った。そんなはずはない。しかし、そうなのか。戸惑いの空気に、日蓮は言葉を投じ続けた。

「要するに源空は『準之思之』の四文字でサラリと流し、肝心なところを誤魔化したのです。これこれでこうと筋道を立てられるのなら、釈迦と法華経を退けられる理由を、それこそ得意げに、とうとうと述べ立てていたはずではありませんか」

聴衆はぎこちない静けさに縛られた。南無阿弥陀仏の声も今度は湧かなかった。

「私は好き嫌いでいっているのではありません。学びから導き出された疑問として、おかしいことをおかしいといっているだけなのです」

そう続けたとき、再び反感の空気が立ち上がるのは、日蓮も感じた。が、それに先んじたのは道善房だった。今度こそ立ち上がると、後ろから日蓮の腕を引いた。

「いい加減にせよ、日蓮。そんな風に学を振り翳(かざ)して、どうなる。頭の上で言葉をやりとりするような真似をして、誰が救われるわけでもあるまい」

「お言葉ながら、御師様、それは違います。ええ、救われます。逆に専修念仏の誤りを知らなければ、誰も救われなくなる。浄土宗の誤魔化しに囚われたままになる」

「法然上人は確かに法華経を否定なされた。ああ、それは、かねて天台、それに真言も責めてきた点じゃ。朝廷の命により禁じられたことさえあった」

聴衆のざわつきが再び高くなった。そうなのか。浄土宗は禁教にされていたのか。南無阿弥陀仏と唱えることは、許されていなかったのか。

「じゃが、今の浄土宗は違う。専修念仏というが、他宗を認めないわけではない」

事実だった。だからこそ、今は誰も攻撃しない。他と宥和することとひきかえに、浄土宗は世に罷り通る資格を手に入れたのだ。

それをよいことに信者を増やし、今や世を席巻している。多く庶民を取りこんだのみならず、京鎌倉にあっては公家や幕府の要人の帰依まで得て、すでにして天下公認の体である。

「もとより天台にも浄土の教えはある。それこそ伝教大師の時代からあって、法然上人のそれより古い。念仏も唱えられてきた。修行のひとつとなってきた。そなたも知るように、この清澄寺でもじゃ。念仏そのものを認めないという気はなかろう、日蓮」

「いいえ、私は認めません」

「依怙地になる話ではあるまい。念仏は法華経を否定せず、天台も浄土を否定しない。それでよいのではないか」

道善房に励まされたか、聴衆からも息を吹き返したような言葉が続いた。

「念仏も、法華経も、全て仏に通じる道でございましょう」

「ああ、そうだ。行によって仏に近づく者もいれば、学によって悟りに達する者もいる。念仏で救われる者もいて、それでよいのだ」

「念仏の興隆とて、仏法の興隆には違いない。なんら憂うべきことでは……」

「憂うべきことです」

と、日蓮はやはり言葉を濁さなかった。様々な道があってよいとはいえません。どれもが仏法の興隆を意味するわけではありません。

「なぜじゃ、日蓮。なぜ、そうまで」

「それでは全てが同等のようだからです」

「…………」

「最初に申しました。諸経は全て同じではない。勝劣があり、その最上のものが法華経なのです。法華経こそ実教であり、それに比べれば念仏は未顕真実の方便、つまりは権教にすぎない。平たくいえば、念仏は程度の低い教えなのです。それと釈迦が説かれた至高の経典である法華経が、まるで同等に考えられてしまうのでは、その時点で法華経が軽んじられたことになる。浄土三経のほうはといえば、分不相応に高められ、本来寄せられるべきでない崇敬を寄せられる格好だ。これを仏法の形が歪められたといわずして、なんといったらよいのですか」

「…………」

「法華経でなければならないのです。何も特別なことはいっておりません。ただ本来の姿に戻すべきだといっているだけなのです」

道善房に言葉はなかった。他の僧たちも同じだ。上がるとすれば、新しい声だった。

「しかし、それでは、わしらは救われませんせん」

日蓮にもわかった。縋るような言葉は、頬が汚れた粗衣の輩だった。

「みての通りの貧乏でございます。仏塔を建てることなどかないません。学もない。読み書きもできなければ、写経の術とてありません。修行の暇があれば、働けといわれます。それなのに簡単な念仏では駄目、法華経でなければならぬといわれた日には、わしらは救われようがなくなってしまうのです」

これに勢いを取り戻す声もあった。

「誰にでもできる易行というところが、念仏の尊さなのだ」

「ただ末法の方便というのではない。念仏がなくてはならないのは、悪人無智の者にも救いを与えられるからなのだ」

「いいえ、救われません」

なお日蓮は動じず、ひとつの譲歩もない。ええ、念仏では阿弥陀如来に届いたとして、ただ浄土に行けるだけだ。法華経の教えは違います。法華経は、この娑婆での救いをもたらします。ええ、法華経を信じれば、この世において誰もが仏たりえるのです。

「馬鹿をいうな。だから、誰にでもできるのは念仏だけ……」

「どうすればよいのですか」

声が重なった。それが勢いづいて重なり、繰り返された。

「念仏が駄目というなら、法華経ではどうしたら」

「『南無妙法蓮華経』と唱えなさい」

と、日蓮は答えた。聴衆は一段と高く、ざわざわと波を立てた。どういうことだ。どういうことだ。日蓮さまは、南無なんといった。それも念仏のひとつなのか。

「念仏でなく、唱題です。法華経に易行がないわけではありません。ええ、何も難しいことはない。『南無阿弥陀仏』のかわりに、ただ『南無妙法蓮華経』と唱えればよいのです」

そうした行が、天台宗にあったことは事実だ。唱題行は平安の昔から、広く民に布教を行う持教者らが励行してきたものだ。それを日蓮は、末法の世における悪人無智の者にも遂げうる易行、念仏に勝る易行として初めて示した。

声は広がっていった。

「南無妙法蓮華経か。そういえば、阿弥陀仏でなく、釈迦如来に帰依したことになるのか」

「この世で救われるんなら、わしは法華経のほうがいいな」

「そいつは、ここは末法の穢土だなんて、あきらめなくていいってことだろう」

「ああ、浄土しかないって聞いたから、念仏を唱えたんだ。娑婆で仏になれるんなら、そのほうがいいに決まってる」

そうした全てを切り落とすような声だった。

「まやかしを申すな」

雷鳴さながらの怒声は、折烏帽子から発せられた。やおら立ち上がれば、巨軀といえるほどの武士だった。それが鍾馗(しょうき)の髯(ひげ)を頰の左右に逆立てながら、ギョロリと目を剝く迫力の相貌で吠え立てる。

「大人しく聞いておれば、勝手なことを。わしも念仏者だ。もう我慢ならん。きさま、日蓮とやら、この場で斬り捨ててくれるわ」

いうままに、武士は腰のものにも手をかけた。なお脅しかと思いきや、そのまま白刃を閃かせ、本当に抜いてしまう。

　聴衆は悲鳴を上げた。逃げ惑う人、人、人を押しのけながら、烏帽子はずんずん詰めよってくる。駆け寄るのが実城房、それに円智房というような、清澄寺の役付たちだった。

「東条(とうじょう)様、どうか御寛仁を、どうか、どうか」

「何分にも未熟者でございます。あの日蓮には我々がしかと説き聞かせますので」

「それくらいで改まるとは思われん。糞の足しにもならん似非(えせ)学問で、骨の髄まで腐りきっておるようじゃ。かくなる上は斬り捨てるしかない」

　ご勘弁を。ご勘弁を。二人の僧は壁さながらの身体に取りすがった。もうひとりの道善房は、こちらでやはり大きな男の腕を捕まえていた。

「日蓮、そなたからも詫びよ。東条様に詫びるのだ」

「何を、です。詫びることなどありません」

「よいから、日蓮」

「よくはありません」

「よいのだ。あの方こそ東条左衛門尉(さえもんのじょう)様じゃ」

「ああ、そうですか。ならば、なおさらのこと」

　答えた日蓮は、傲然として目を飛ばした。この男が東条左衛門尉景信(かげのぶ)か。東条郷の地頭、東条景信が相手となれば、どうでも引き下がるわけにはいくまい。

四、下総

「あの東条だけには屈するわけに参らぬのです」

と、日蓮は吐き出した。

「返す返すもといったところですかな、日蓮殿にとっては」

そう受けた相手は、名を富木五郎常忍(ときごろうつねのぶ)といった。

まだ四十にならないが、固太りの風体は落ちついた貫禄を感じさせた。あるいは、それが押しも押されもしない身分ということなのか。

折烏帽子に直垂の富木常忍は、下総の守護、千葉介頼胤(ちばのすけよりたね)の被官である。

守護所が八幡荘にあるので、歩いて通えるところに自身の屋敷も構えている。日蓮が通されていたのは、その屋敷も母屋の一間だった。

建長五年も暮れに近づいていた。冷たく乾いた風が吹きつける頃であり、それでもめげない日蓮は海傍から房総半島を縦に貫き、わざわざ訪ねてきたことになる。

「東条郷の領家の苦境のことは、帰郷間もなくから聞かされておりました」

と、日蓮は続けた。

故郷の領家は北条氏の一流、名越(なごえ)家だったが、それが楽ではなくなっていた。

「今の領家は尼殿が守っておられるわけですが、つまりは、そこです。御夫君朝時殿に先立たれて間もなくから、東条左衛門尉は地頭の位を振りかざし、領地あちらこちらに手を出すようになったというのです」

名越朝時の死は寛元三年（一二四五年）の話である。二十四歳の日蓮は比叡山に遊学中で、何かできる身でもなく、また何も知らされていなかった。

「悔しくてなりません。なかでも東条が我が物のごとく扱うようになったのが、領内の清澄寺、そして二間寺だったということですから」

「日蓮殿が方人となって裁きに上げられるまで、それがしも存じておりませんでした」

「無理もありません。安房と下総はやはり離れておりますし、でなくても清澄寺が騒がずにきたのです。あからさまな横暴に目を瞑るのも道理といいますか、寺内には東条の仕業を受け入れ、あまつさえ歓迎する僧がおる始末です」

「円智房、実城房と、その二人に従う一派ですな。それらは念仏を逞しくする一派でもあると」

日蓮は頷いた。ええ、天台の寺でありながら、なんと嘆かわしいことか。

「それら僧たちは東条と語らいながら、清澄寺を浄土宗の寺に変えんともしています」

「よほど入れこんでいるとみえますな」

「なんの、信心なぞではありません。東条は元が連署殿の子飼いです。その連署殿が熱心な専修念仏の徒だというので、ただ機嫌を取り結びたいだけなのです」

「そうですか。ううん、そうですか」

唸りながら、富木常忍は腕組みだった。

その歯切れの悪さは、日蓮とて理解できないわけではない。

連署というのは鎌倉幕府執権連署、つまりは執権北条時頼（ときより）の補佐である。大叔父の北条重時（しげとき）がそれで、東条景信の横暴も、それほどの有力者を後ろ盾に持てばこそなのだ。

対するに名越家は、北条一門のなかでは反主流派である。朝時を襲った光時（みつとき）が寛元四年（一二四六年）、前将軍の藤原頼経（ふじわらのよりつね）と結んで、執権北条時頼に謀反を企てたとして、罰せられた立場でさえある。

いうところの「宮騒動」であり、これで名越家は窮地に追いこまれた。東条景信の専横は朝時の死というより、むしろ「宮騒動」を契機としたものかもしれない。

が、だとすれば日蓮は、いっそう許すことができない。弱者の弱り目につけこむような振舞いには、正面から唾棄して憚（はばか）ろうとも思わない。

「それでも非は非なのです。正さずして、御成敗式目も何もございますまい」

「それは日蓮殿の仰る通り。いや、わかりました。それがし、近く鎌倉に上りますので、清澄寺、二間寺、その他諸々に関する訴状、間違いなく問注所に届けてまいります」

「お願いいたします」

「ただ時間はかかるかもしれません。『三問三答』といいますように、訴人が訴えれば論人が答え、これを三度繰り返さなければならない。いちいち書面を作って……」

「厭うつもりはありません。そのたび、この日蓮が筆を執りましょう」

実際のところ、日蓮の働きは精力的だった。

名越家の方人として裁きの手続きを整え、あるいは便宜を図るために方々を訪ね歩くことも厭わない。こうして下総八幡荘まで足を運び、守護所の被官に働きかけている通りだ。

富木常忍は微笑で続けた。

「古里の人々のために駆け回るなど、日蓮殿は義理堅いことですな」

「どういうことでございましょうか」

「日蓮殿ほど学問がおありなら、叡山に留まり、学僧として名を上げることだって、きっとおできになったはずだというのです」

「ははは、御山というのは、そういう場所ではございませんよ」

いうと、富木常忍は怪訝な顔をした。日蓮は続けた。貴族権門にお生まれの方々ばかりが、ひしめいている場所だというのです。位を上り、名を上げるのは、そういった方々です。

「叡山のみならず、古い南都は一体にそういったものでしょうか。しかし、新しいほうとて、それこそ念仏の法然源空しかり、栄西(えいさい)禅師、道元(どうげん)禅師にしてみたところで、名のある僧は、誰もが畿内にいるものではないのですか」

「皆さん、やはり高貴な御生まれなのです。貴族でなくとも、武士の家だ。この私はといえば、安房の国の漁村、片海というところですが、そこの漁師の倅にすぎません」

その答えに富木は、一瞬ながら目を見開いた。向き合う相手の影の広さに、改めて感じ入るといった風だ。

漁師の倅といわれてみれば、海に生きる者の血筋なのか、日蓮の体軀は僧侶にしては立派すぎた。そのへんの半端な武士より、遥かに逞しいくらいだ。実際、富木と比べても、縦横に一回りは大きいのだ。

「いや、日蓮殿、それでも仏門の話です。建前としては、生まれなど関係ない。日蓮殿とて畿内にお留まりになれば、行く行くは新しい仏教をお立てになれたことでしょうに」

「新しい仏教？　ははは、拙僧は当たり前のことを当たり前と唱えたいだけです。ただ新しいことに意味があるとは思いません。仮に意味があるとしても、こちらの東国でかなわないという話にはなりますまい」

「東国でも、例えば鎌倉というのならわかりますが、安房とか、この下総とかでは……」

「辺鄙な片田舎ということでございますか。ははは、それでも、この日蓮が生を受けた土地でございます。御仏の御導きで、ありがたい縁に与れたとも思っております。富木殿は義理堅いと、何か奇特なことのように仰いましたが、それまた拙僧にいわせれば、当たり前の話にすぎないのです。日蓮の今日あるは皆様方のおかげなのですから、その御恩に報いることは当然です」

「日蓮殿の学問は、日蓮殿の努力研鑽の賜物でございましょう」

「努力研鑽など、機会を与えられた者には最低の務めでしかありません。そもそも学問など望めない生まれなのです。ですから、本当なら片海で魚を獲っている人間なのです」

そこで日蓮は少し置いた。いえ、己を卑下するわけではありません。生まれを悔やんでいるわけでもない。それでも世の現実は現実としてあるわけです。

「そもそも拙僧の父母に、これは利発な子だ、読み書きを習わせたがよいと勧めて、寺に上がる世話をしてくださったのが、領家だったのでございます。清澄寺で僧となってからも、随分な御力添えをいただきました。その御志なくば、十余年にもわたる学問三昧など夢のまた夢だったのです」

要するに、金を出してもらったということである。

「もちろん清澄寺にも感謝しております。畿内に留まるなど言語道断、この寺の僧として遊学を許されたのですから、この寺の僧として働くのも当たり前のことなのです」

そうまで続けてから、日蓮は少し面目なさそうな顔で剃髪(ていはつ)した頭を掻いた。

「それなら富木殿とて同じ、本当ならまっさきに御恩に報いねばならないのですが、このように、かえって頼み事ばかりしてしまい……。偉そうな口をきいて、お恥ずかしい……」

今度は富木常忍のほうが、何の話だという顔になった。ややあってから破顔した。

「いやあ、それは先代の蓮忍がなしたことです」

富木常忍は日蓮より六歳ほどしか上でない。長年の遊学に、他と並んで富木の家の世話があったことは確かだが、日蓮の才を見込んで応援したのは、今は亡き父親のほうだった。日蓮は母の実家が下総であり、その縁から幼き頃に引き合わせられていたのだ。

「私は何もしておりません。それなのに報われるのは父でなく私だというのだから、ははは、それこそズルいことになりますな」

「いや、ですから、何も報いることができず……」

「報われております。これも亡父の遺産ですか。日蓮殿と縁づいて、こうして日蓮殿の御話を伺うことができる」

「それが、ご厄介ばかりで、申し訳ないというのです」

「違います。仏法の御話でございます。御房が当たり前といわれる仏法の。いや、当たり前と申されますが、はじめて拝聴したときは驚かされました。それでも、日蓮殿の仰る通りなのです。釈迦牟尼が説かれた法華経が何より尊い。端から浄土行きを考えるのでなく、この娑婆で仏になることを考える。まったく当たり前なのですが、目から鱗と申しますか、そう説かれてみないと、なかなか気づかないのですな。だからこそ、なおのこと惹きつけられる。日蓮殿の説法を聞きたいという者は、この下総でも増えていくばかりです」

日蓮は手を合わせた。

一介の寺僧として、生きていく。それゆえに土地の人々と交わり、その悩みや困難に真摯に応えてやる。ながらも、なお己が本分として、弘法を忘れたわけではなかった。

それどころか、伝を辿り、別件にかこつけ、僅かでも隙あらば、もう熱く仏を語る。相手が容れず、法論に発展しても決して退かない。堂々たる体軀で立ち、朗々たる声で唱え、そうするうちに日蓮に魅了される者も少なくない。

法華経の信者は安房、そして下総と順調に増えつつあった。まだ半年にも足らない活動ながら、ちょっとした熱狂を生み出していたといってもよい。

「ありがたいことです。この故郷から、この東国から、仏法の正しさを取り戻したい。それが切願でございますれば、ええ、いつでも訪ねて参りましょう。ああ、機会がございましたら、富木殿も一度安房に参られよ。大概は清澄寺におりますゆえ」

五、破門

「いや、日蓮、このままでは寺にいられなくなるぞ」

警告したのは、師である道善房だった。

領家に話を持ちこまれ、幼き日蓮を稚児として清澄寺に引き受けてくれたのが、この道善房である。十六歳で得度して後は、そのまま仏門の師になった。

鎌倉に遊学したいといえば、それを認め、比叡山に行きたいといえば、進んで手配してくれた。まさに大恩ある道善房だったが、その気骨ある寺僧も老いて、もう眉白く皺がちな相貌である。

それを喜びに綻ばせるどころか、苦いものでも噛むように歪めさせた。理由の如何(いかん)にかかわらず、もう日蓮は気が咎める。

それでも確かめないわけにはいかなかった。御師様、どういうことでしょうかと。

「東条様はひどくお怒りじゃ」

「それは問注所の沙汰が下りたからですか。御領家の正しさが認められ、東条の専横が退けられたからですか。それなら本来の筋が通されただけの話です。怒るというのは、それこそ筋違い……」

「日蓮、おまえ、御領家のために訴状を代筆したというではないか。陰では守護所の被官に働きかけをなしていたとも聞く」

「いかにも。それが、なにか」

「なにか、じゃと……」

「読み書きが達者な者は、さほど多くありません。寺僧が裁きに係わることなど、珍しくも何ともないと思いますが」

「そういうことではない。長いこと留守にしていたゆえ、おまえがわからぬのも無理からぬ話じゃが、昔の清澄寺とは違うのじゃ。東条様とうまくやっていかないでは……」

「うまくやっていくべきは、本来の領主である御領家のほうとでしょう。ええ、御師様の仰るように長らく留守にしていた私は、たいそう驚かされました。これまで清澄寺の誰も、名越様のお手伝いに出向かないでいたなんて」

道善房は言葉に詰まった。それだけといえばそれだけながら、その姿が小さく萎んだようにみえた。日蓮の胸に再び気まずさがよぎる。

気づいたのか、道善房は言葉を取り戻した。

「そう簡単には行かぬ。東条様はそも近郷の領主であり、またこの東条郷の地頭なのじゃ」

「おまけに執権連署殿の覚えもめでたいと。反対に名越様のほうは、北条得宗の一門から疎んじられていると」

「俗な世の盛衰といいながら、それを寺とて無視することはできん」

「しかし、御師様、なお寺として守るべき一線はあるのではないですか」

「なんの話じゃ」

「東条のいうがままに、清澄寺を浄土宗に変えることまで許すわけにはいきますまい」

「念仏を悪しざまにいうことだけは、やめよ」

道善房の答えは少し話を飛ばしたものだった。が、いいたいことは日蓮にも理解できる。

日蓮が瞠目の勢いで信奉者を獲得していったのは、何処より先に清澄寺においてだった。少し前までは念仏一色に近いほどで、浄土宗に変わるという話が出ても宜なるかなと思わせたが、それが日蓮の帰郷で一変してしまったのだ。

法華経を奉じる一派は、今や寺内の一大勢力である。さかんに「南無妙法蓮華経」を唱題し、「南無阿弥陀仏」の声を掻き消したばかりか、その念仏を否定する言説も際限ない。

「そのために一部の僧たちが不服を覚えていることは存じております。拙僧の努力不足と心得、遠からず正しく説き伏せまして、法華経の帰依に導きたいと考えております」

答えてのけた日蓮は、それで止めるわけでもなかった。

「いずれにせよ、この問題に東条は関係しません。あくまで寺のなかのこと。念仏を否定されて、東条が憤慨しているのだとしても、それは寺には関係ない。いや、ですから関係させてはならない」

「わかっておらぬな、日蓮。そうではない。むしろ逆じゃ。問注所の裁きなら、東条様とて逆らわぬのじゃ。どれだけ根に持とうと、それを表に出すことはかなわん。しかし、信心は別じゃ。念仏に帰依する者としては引き下がる必要がない。要するに日蓮、おまえが念仏を扱き下ろすほど、おまえは東条様に、報復の口実を与えているようなものなのじゃ」

「だとしても、引けません。引けば、もう法華経の弘法者たりえない」

「法華経を信じるなとはいっておらん。清澄寺は天台宗の寺じゃ。法華経なら大いに帰依したらよかろう。けれど、その天台宗にも念仏はある。浄土の教えとてある。阿弥陀如来を拝むこともある。ああ、このわしとて『南無阿弥陀仏』と唱えてきた」

「それは誤りです。御師様、それだけは直ちにお止めください」

「なんと……。なぜじゃ。日蓮、なぜ念仏を、そうまで憎まなければならん」

「憎むというのとは違います。誤りは正さなければならないといっておるのです。というのも、本来権教にすぎない浄土三経を……」

「よい。おまえの考えは、もう何度も聞いておる。間違っておるともいわぬ。学問としては正しいのじゃろう。じゃが、かたやに現実というものがある。念仏は世に受け入れられておる。この清澄寺にも心から帰依する者がいる。東条郷にも、安房の国にも、いや、この国あまねくに、浄土の教えは広まっておるのだ。であるからには、折り合いも必要じゃろうと、そういっておる」

「それこそ危険と考えます。安易に折り合いをつけてきたから、こうまで仏法が歪められてしまったのです。先達の過ちを繰り返すべきではないでしょう」

「じゃから、日蓮、おまえは過ちというが、それで片づけられてしまう者の身にもなってみよ。今日の今日まで念仏を信じてきた者の立場から、いっぺん考えなおしてみよ」

「考えてみるだに、気の毒でなりません。有体にいえば、騙されているわけですから。ええ、左様な不幸もないくらいです。いっそう正してやらなければと思います。謗法（ほうぼう）の教えから一刻も早く救い出してやらなければならないと、私は決意を新たにさせられるばかりです」

道善房は、ふうと大きく息を吐いた。どうして、こうなってしまったものか。独り言も半ば聞えよがしにしてから、ゆっくりと顔を上げた。

「日蓮、おまえは学問を修めた。それは、わしにも、清澄寺の他の誰にも達しえない境地じゃろう。ああ、日蓮、おまえは清澄寺始まって以来の逸材じゃ。それは、おまえと会った最初の日からわかっておった。この子は違うと、思わせずにはおかなんだ。じゃから、なあ、日蓮、おまえには期待しておったのだ」

「それは身に余る思し召しと」

「おまえは勉学に励んだ。立派になって帰ってきた。見事に期待に応えてくれたと、わしは喜んだ。二人といない俊才が弟子であって、わしは鼻が高かった。ゆくゆくは清澄寺の別当にとも、先々のことまで思い描いた。しかし、このままでは……」

「清澄寺の主にはなれないと、そういう御話でございますか」

「それどころではない。別当になれないどころか、このままでは日蓮、おまえは全てを失うことになる。おまえとて清澄寺におるから、身分も、仕事も、暮らしも約束されておるのだ。それを取り上げられてしまえば、どうする、日蓮。どうやって生きていくつもりじゃ」

「わかりません。考えたこともございません。しかし、どのような苦しい思いをしようとも、法華経の弘法だけは止めるわけには……」

「それさえ続けられなくなるかもしれぬ。塗炭の苦しみを余儀なくされるかもしれぬ。命すら長らえなくなるかもしれぬ。そういっておるのだ」

「しかし、私は……」

「法華経はよい。ただ念仏を悪しざまにすることだけはやめよ。それさえ約束してくれるなら、あとはわしが、なんとかする……」

「約束できません」

日蓮の答えは変わらなかった。ええ、約束できません。念仏のような悪義をそのままにしていては、世のためにならないからです。

「ならば、破門じゃ」

日蓮は絶句した。それでも道善房は繰り返した。

「清澄寺を出よ、日蓮。もうそなたを置いておくことはできん」

日蓮は少し考えた。それから口を開いた。ええ、法華経勧持品十三に、こうあります。

「《濁世の悪比丘(あくびく)は、仏の方便、随宜(ずいぎ)所説の法を知らず、悪口(あっく)し顰蹙(まゆしか)め数数(しばしば)擯出(ひんずい)を見(あらわ)して、塔寺より遠離せしむるを》と」

やはり法華経は正しいようです。それを最後に深々と頭を下げると、日蓮は師の持仏堂を出ていった。

六、旅立ち

「道善房様も責められていたのだ」

明かしたのは浄顕房だった。瘦軀（そうく）が案山子（かかし）を思わせる僧衣姿は、清澄寺での兄弟子だった。

「それも上下から責められていた。上役の円智房と下役の実城房だが、日蓮は目に余る、東条様の怒りまで買ったからには、もう寺には置いておけぬと、そんな調子で道善房様は厳しく突き上げられていたのだ」

「そうでしたか。ええ、そうなのでしょう。わかります」

「いや、わかっておらんな」

と、浄顕房は下がらない。というのも、我が師ながら道善房さまには、臆病な一面がおありだ。清澄寺しか知らず、また清澄寺を離れない、というより離れられない風がある。この寺が全て、この寺での立場が全てという御仁なのだ。

「そんな御師様も、こたびばかりは抗われた。日蓮を追うことだけはできぬと、最後の最後までおまえを守ろうとした。守りきれなかったのは……」

「ですから、わかります。東条左衛門尉が、この私を斬り捨てるとでも息巻いたのでしょう。それを御師様は、日蓮に謝らせる、念仏を悪しざまにしたことだけは謝らせると、それくらいに約束して、なんとか止めていたのではないですか」

「おまえ、知っていたのか」

驚きの声は義城房だった。ずんぐり体軀の四角顔は、もうひとりの兄弟子である。

「知ってはいませんでしたが、いきなりの破門でしたから、尋常でない話が隠れていたのだろうと」

二人の兄弟子は互いの顔を見合わせたようだった。察しながら、日蓮は続けた。約束を飲ませられなかったのだから、私を破門するしかない。破門したといえば、円智房、実城房、それに東条左衛門尉だって、いくらかは収まるでしょうからね。

「とはいえ、なお御師様は安心できなかったとみえますね。今すぐ寺を出よと追い立てた割に、御房たち二人をつけてよこしたわけですから」

「いかにも、そうだ。東条殿の怒り狂い方といったら、一通りのものでなかった」

「今夜にも乗りこんでくるというほどに、ですな」

「そこまで見抜いていたか」

「見抜くも見抜かないもありません。御房たちは私を急かしたではないですか。朝まで待てぬ、夜のうちに発つといって、あげく引っぱってきたのが、こんな道なわけです」

実際のところ、三人が話していたのは、月あかりだけの夜道だった。それも駅路や伝路でなく、かろうじて踏み固められているだけの小道だ。ときとして森に入り、険しい上り下りを踏み越える間道になりもする。

「人目を避けて、密かに私を逃がせと、それが御師様の指図だったのでしょう」

「全て、おまえのいう通りだ」

と、浄顕房は答えた。義城房が続いた。ああ、グズグズしてなどいられなかった。

「当夜には、東条殿が来ることになっていたのだ。今頃は清澄寺に着いたかもしれんな。そこで、おまえは詫びを入れるはずだった。が、おまえがいないとなれば、どうするか。破門で納得しなければ、どうするか」

「今頃は郎党を引きつれて、おまえを探しているかもしれん」

「私をみつけて、どうしようというのでしょうか。念仏僧でも伴わせて、法論を挑んでくるとか。脅し文句そのままに、まさか本当に斬り捨てるわけではありませんでしょう」

兄弟子たちの返事はなかった。日蓮は苦笑ながらに続けた。そうですか。それほどまでの怒り方でしたか。斬り捨てなければ、とても収まらないというほどの……。

「やはり法華経勧持品十三に『諸の無智の人の悪口罵詈（あっくめり）など、及び刀杖（とうじょう）を加うる者もあらんも』ともありますが、これまた当たってしまいましたな」

「この期に及んで、なにを呑気な」

「事態は緊迫しているのだ。本当なら、寄り道などしていられないのだ。だから、日蓮、手短かにしてくれよ」

潮の香が強くなっていた。山の木々が途切れるや、もう海というのが安房である。

しばらく歩けば、岩に波が砕ける音が聞こえ始める。青々とした夜に漆黒の影となりながら、一塊としてうずくまるのは肩を寄せ合う苫屋である。片海の集落だ。日蓮が生まれたところだ。

日蓮は小走りになった。潮に曝（さら）され傷んだ木板の壁に、繕いを待つ網が掛けられ、干されていた。戸板の建てつけも悪くなっているらしく、隙間から灯が洩れている。幸いにしてというべきか、それが日蓮の生家である。

「まだ起きているようです」

二人の兄弟子に頷きを示されて、日蓮はひとり戸口に歩を進めた。

「父さま、母さま、日蓮でございます」

戸口で告げると、なかで人の気配が動いた。と思うや、戸はガラッと横に滑り、伸びてきたのが丸太のような腕だった。袖をつかまれ、強引に引きこまれる格好で、日蓮はなかに入った。

「おまえ、なんということをしてくれた」

後ろ手に戸を閉めなおしながらいったのは、父だった。日蓮と同じくらいに大柄で、顔といい、剝き出しの腕といい、炉の灯にもそれとわかるほど赤銅色に日焼けしている、まさに海の男である。その逞しい父が臆病顔で、一番に聞いてきたのだ。

奥のほうでは、母も蒼い顔をしていた。清澄寺の話は、すでに聞いていたようだった。

日蓮自身、帰郷してから何度か家を訪ねていたし、その折に東条景信の一件を話して聞かせたこともあった。いよいよ事態が緊迫した様子を、知らせる者もあったのだろう。里の東条屋敷の動きなら、あるいは清澄寺がある山よりも網場がある浜のほうが、よくわかるのかもしれなかった。

「なにゆえ東条様を怒らせるような真似を」

「私は御領家のために働いただけです。それは私は無論のこと、父さまからして恩ある名越の家ではないですか」

父は領家に釣人権頭を仰せつかる身だった。網場を差配する浦刀禰(うらとね)を助けながら、片海が負う公事、雑事を漁民に振り分ける役分だ。

「それはわかるが、だからといって東条様を好んで怒らせることはあるまい。なんといっても、あの方は東条郷の地頭なのだぞ」

「地頭だから、何でも通るわけではありません。実際のところ、正しい裁きはなりました。ええ、地頭とて問注所には逆らえません。父さまも公事は本来納めるべき御領家に納めるだけでよくなりましたよ。東条の手の者に難癖をつけられて、獲った魚を持ち去られることもなくなります」

「それは、ありがたい話だが……」

「おまえ、東条様の御信心まで悪しざまにしたというじゃないか」

今度は母である。浜の女とは思われないほど色の白い、それは美しかった母なのである。日蓮は相手をいたわり、また安心させるような微笑を浮かべた。

「悪しざまにしたのではありません。ただ専修念仏の間違いを明らかにしてやっただけです。法華経こそ最善の仏法であると説いたまでのことなのです。いってみれば、私は東条を救おうとしたのであって……」

両親ともに眉間に皺を寄せて、険しい顔のままだった。

「父さま、母さま、つまり……」

さらに言葉を重ねようとした矢先に、外から兄弟子の声が届いた。

「日蓮、そろそろ」

両親のほうがハッと思い出した顔になった。事態は切迫している。そのように聞いていたし、実際かなり厳しい様子だと察したらしい。

「ええ、そうなのです。父さま、母さま、こたびはお別れの挨拶をしに寄らせていただきました。長年の遊学から帰郷して、さほどの日もたっておりませんのに、また私は……」

言葉に詰まった。このまま無理にも続けてしまえば、全て涙に攫われる予感がある。日蓮は踏み止まるため、いったん左右の手を出して、それぞれ両親の肩に置いた。

「申し訳ございません。これからは近くにいて、父さま、母さまにも少しは孝行できるかと考えていたのですが、それもかなわなくなってしまいました」

続ければ、やはり胸が苦しい。父母の恩に報いることができない。ある種の裏切りを働いたのだと、自責の言葉も湧いてこないではない。それは師の道善房に対しても同じだったが、つまるところ、自分は周囲の期待に応えることができなかったのだ。

それも――ひとえに念仏を否定せずにはいられなかったからだ。強いて与せよと求められたわけでなく、法華経に帰依するなと本意を禁じられたわけでなく、ただ浄土宗については黙して何も語るなと頼まれただけなのに、それすら容れられなかったのだ。

「私という人間は、どうして、こうも……。けれど、それを曲げては、私は……」

「善日麿、いや、今は日蓮か。とにかく、おまえの考えなど、わしらには到底わからん」

父が再び口を開いた。おまえはできた子だ。わしらにはすぎた倅だ。だから家から出したのだ。なにしろ、この通りだろう。漁師の跡など、とても継がせられないと思った。もっと立派になってほしいと願った。その通りに日蓮、おまえは立派に長じてくれた。

「わしらは、もう何もいうことはない」

日蓮が顔を上げると、父は迷いのない顔だった。隣にいて、母の相も穏やかだった。

「おまえが信じる道をいくがよい」

日蓮は少し黙った。ややあってから口を開くと、話が飛んだようだった。

「浄土宗を開いた法然源空は、この世を救いなき末法、望みなき穢土であるとして、浄土に縋るよう説いて……」

「だから、日蓮、そんな難しい話をされても、わしらにはわからんよ」

「本当にいいんだよ、私たちのことは」

「いいえ、聞いてください。というのも、たった今、思いあたったのです。法然源空が浄土に縋る考えに傾いていったのも、この現世に絶望するしかなかったのも、あるいは父母の愛に恵まれなかったゆえだったかもしれないと」

法然は源氏の血を引く武士の家に生まれたが、幼くして父を斬殺されていた。土地問題に端を発する争いが高じたゆえだが、その事件で一家は離散、母方の叔父が僧侶であったことから、出家することになったのだと聞いていた。

「法華経は違います。全ての人間は、この娑婆に生きながらにして、仏になれると説いています。それこそ正しいと私が思うことができたのは、父さま、母さま、あなた方のもとに生まれたからでしょう。貧しくとも、卑しくとも、この倅は愛されました。この世は末法の穢土などではない、救いがないはずがないと、父さま、母さまがすでに教えてくださっていたのです。道を誤らなかったのは、父さま、母さまのおかげです。ひとつも報いることができないま

ま、こうして余所に追われる日蓮でございますが、そのことだけ御礼を申し上げさせてくださ
い」
やはり涙が溢れた。また父母も泣いていた。それでは参ります。父さま、母さま、どうか御
元気で。御仏の御加護がありますよう。手を放し、合掌し、さらに踵(きびす)を返そうとしたときだっ
た。
「日蓮」
声と一緒に父がすがった。母も続いた。再び我が腕に迎えれば、両親は驚くばかりに頼りな
かった。
日蓮の胸も再び強く締めつけられた。私の成長だけを楽しみにしてきたのだ。そのために我
が身を犠牲にしてきたのだ。清澄寺の別当になる日もあるかと、夢みていたかもしれないのだ。
それだのに私ときたら……。己の存念ひとつ曲げられないとして、全て裏切り……。あまつさ
え、老いゆくばかりの父母を捨てることに……。
日蓮の心が泳ぎかけたとき、また父が告げてきた。
「わしら夫婦ふたり、おまえの仏弟子になろう」
「なんと」
「おまえの信じる法華経に帰依しよう。だから、名前をくれぬか」
「名前ですか。入道なさるということですか」
わかりました、と日蓮は答えた。ありがたい。なんと、ありがたい。果報者だ。私ほどの果
報者は二人とあるまい。

「では、父さまは妙日と、母さまは妙蓮と」

「それで、何をすればよい」

「ただお唱えください。ええ、ひたすらに『南無妙法蓮華経』と」

日蓮は生まれた家を後にした。いつか帰ると疑いもせずにきた土地に、もういることができなくなった。踏み出す先は茨の道かもしれなかったが、それを後悔することはないはずだった。

七、辻説法

日蓮は声が大きい。しかも、よく響く。喧しい市中であれ、物ともしない。行き交う列から頭ひとつ抜ける大きな身体も、人目を惹くのに一役買う。

「法華経をこそ奉じなければなりません」

急ぎ足も、ほとんどが振り返る。往来の流れを堰き止めて、いきなり立ち止まる者も少なくない。もう人垣ができて久しいので、何事かとわざわざ覗きにくる輩とて絶えない。

日蓮は続けた。古くからある天台宗の教えですが、何も難しいことはありません。

「ただ『南無妙法蓮華経』と唱えればよいのです」

「南無、なんだって。そいつは『南無阿弥陀仏』とは違うのかね」

大きな箱荷を背負う男が、「ふう」と一息吐くままに聞いてきた。比べると、天秤棒の両端に桶を吊るしている男は、もう中身は捌けた様子で楽そうだった。

「ああ、前にもあんたの話を聞いたが、おいらも違いがわからなかった」

「その『南無妙法蓮華経』ってのも、念仏の一種かね」

最後は物乞いの風体である。

やはりといおうか、念仏の信者は多い。今いる大町大路は、西に進めば小町大路、若宮大路にも通じる賑やかな通りだが、米町、魚町と並ぶことから知れるように、商いの声も喧しい、貧しき庶民の界隈なのだ。

となれば、浄土の教えに縋る者が大半だ。それこそ望むところとばかり、日蓮は丁寧に答えていく。いいえ、念仏ではありません。

「唱題です。『南無妙法蓮華経』と唱えることで、法華経に帰依することを明らかにするのです」

「『南無阿弥陀仏』じゃ悪いのかね」

天秤棒の男が確かめてきた。

「浄土宗の『南無阿弥陀仏』が悪いとは申しません。しかしながら、『南無妙法蓮華経』を忘れて、それを後回しにしてしまうほど大切ではありません」

「どうして、だい」

と、今度は箱荷の男である。

「第一に『南無阿弥陀仏』ですから、阿弥陀如来に縋ることになります」

「阿弥陀如来の、何が悪いね」

「阿弥陀如来は西方浄土の仏です。拝んでいれば死んだ後には、浄土に行けるかもしれない。しかし、あなたは生きている間に、この娑婆で救われたいとは思わないのですか」

「そら、まあ、そうなるんだったら、嫌だとはいわないな」

いよいよ背の荷を下ろしながら、男は食いついてくる。てことは、何かい。「南無妙法蓮華経」だと、今の暮らしが楽になるってことかい。

「無理無理。この娑婆じゃあ、無理なんだよ」

物乞い風体の男は、なにやら知った顔である。馬鹿だなあ、何やったって無駄なんだよ。

「だって、もう末法なんだ。とっくに娑婆は穢土なんだ」

「なお南無妙法蓮華経と唱えるがよろしい」

と、日蓮は答えて出た。法華経は釈迦が自ら語り聞かせた経だからです。その釈迦は過去もなく未来もない、久遠の仏なのですから、正法も像法も末法もなく、皆を悟りに導いてくださいます。引き比べると、阿弥陀如来は……。

「待て、待て、待て、待て」

犬が吠え立てるような声だった。それも幾つか重なって、ぞろぞろとやってきたのは黒衣の群れだった。僧形の男たちは全部で五人もいたろうか。

「この悪僧めが、また出鱈目を吹いておったな」

そう日蓮を呼び捨てながら、早速ひとりが嚙みついてきた。二番目は人垣に向かって、大きな手ぶりである。いけ、いけ。おまえたち、このような罰当たりの話を聞いてはならん。耳を貸してはならん。その間も三番目と四番目は、嵩(かさ)にかかって日蓮に向かってくる。

「世人を誑かすのも、いい加減にせよ」

「ほざくなら田舎でほざいておれ。この鎌倉で勝手をいうことは許さんぞ」

事実、日蓮は鎌倉に来ていた。

清澄寺を破門され、片海の実家で父母と別れ、それから日蓮は浄円房——清澄寺での説法以来懇意にしていた蓮華寺の住持を頼り、その西条花房の寺にしばらく匿われていた。

この間に意を決した。もはや故郷の安房にはいられない。そうまでして犠牲を払ったからには、なおのこと法華経の弘法を止めるわけにはいかない。その新たな拠点として選んだのが、幕府が置かれ、今や京の都に替わる本朝の中心、鎌倉だったのだ。

建長六年（一二五四年）のうちに上り、今が正嘉元年（一二五七年）八月であれば、じき鎌倉に来て三年ということになる。ああ、悪僧日蓮めが、いい加減に承知せよ。

「ここでの勝手は、我ら浄土宗の僧が許さんといっておるのだ」

五番目が凄んで、一通りの啖呵は終わったようだった。そのままの勢いで、五人は横並びに押し出してくる風だったが、こちらの日蓮はといえば、それに一歩も引くことなく、かえって大きな身体で前に踏み出した。

「鎌倉であろうと、京であろうと、浄土宗の格が上がるわけではありますまい。また法華経の尊さが廃れてしまうわけでもない」

「まるで己が格上という物言いだな」

「そう申し上げております」

「驕るな、日蓮」

「拙僧が驕る、遜る(へりくだる)の問題ではありません。法華経こそ最勝の教えだという話です。法華経は実教たる了義経、喩えていうなら、仏法という木の幹だ。比べれば浄土三経は方便のために説かれた権教、つまりは仮の教えであり、仏法という木の枝葉にすぎない」

人垣はなお散らず、それどころか、ザワと大きな波を立てた。仮の教えってどういうことだよ。仏法の枝葉どころか、どまんなかだと思ってたぜ。おお、阿弥陀如来だけで全部足りるんじゃなかったのかい。

「浄土宗の教えが権教などと、無礼を申すな」

「出鱈目だ。まったくの出鱈目だ」

「何を根拠に左様な誹謗を口にする」

「取り消せ、日蓮。きちんと理由を述べられぬなら、今すぐ取り消せ」

「取り消しません。そのかわりに理由なら、いつでも述べて差し上げよう。法華経の序分にして開経である無量義経に『四十余年には未だ真実を顕(あらわ)さず』とあります。法華経こそ釈迦が四十余年の後に語られた真の教えであり、これに比べれば、それ以前に説かれた経は、小乗にすぎぬということです」

人垣のどよめきは高くなるばかりである。いわれてみりゃあ、確かにおかしい。浄土宗の説法には、お釈迦さまが出てこねえもんな。ああ、おいらも如来、菩薩、諸天に詳しいわけじゃないが、それでもお釈迦さまのことは知ってるぜ。おお、仏法だものな。釈迦がいなくちゃ始まらねえ。その釈迦が出てこないってことは、出てこられたら都合が悪いってことなのか。聞かれたら、拙い(まずい)話でもあるってことか。

「四十余年の間の教えには念仏も含まれます。浄土の教えは不了義経であり、権教にすぎないという所以(ゆえん)です」

「しかし、それは……」

「釈迦は嘘をついたとでも」

反論は上がらない。念仏僧は五人とも口籠るばかりだった。おいおい、五人もいて、誰も言い返せないぜ。浄土宗は、もっと仲間を呼んでくるしかないんじゃないか。鎌倉には西に極楽寺、東に悟真寺とあるからな。深沢に作ってる大仏だって、阿弥陀仏なんだろう。はは、この分じゃあ、大仏さんも裸足で逃げ出すんじゃないか。ましてや念仏僧なんか、加勢に駆けつけるわけないじゃないか。

人垣の声を聞き止めるほど、念仏僧は苛々ばかり面に濃くした。あげく思い出したような顔で口を開く。浄土三経が最上などとはいっておらん。阿弥陀如来が唯一の仏だというつもりもない。

「それでも浄土三経を唱え、阿弥陀如来に縋るしかないというのは、もはや末法だからであり、その末法においては……」

「悪僧が増えるとされていますな。もはや念仏でしか救われないと説くなどの謗法の輩が」

「お見事、お見事」

喝采しながら近づいてくる男があった。折烏帽子の武士で、何人か供も従えている。

「これは金吾(きんご)殿」

と、日蓮は迎えた。この隙にと旗色悪い五人の念仏僧たちは、音もなく踵を返してしまったが、それは追うつもりもない。また向こうの武士も、悠然たる大股の歩みを変えなかった。

四条中務三郎左衛門尉頼基（しじょうなかつかささぶろうざえもんのじょうよりもと）は鎌倉で日蓮の信者となった、いうところの檀越（だんおち）のひとりである。

左衛門尉という官職の唐名が「金吾」であり、そこから四条金吾の通称がある。

歴とした領主であるが、まだ三十という若さのせいか、それともスラリとして背が高い風貌のゆえなのか、いつも颯爽として軽やかである。

実際に活動的といおうか、普段から腰が軽い。

「今日も日蓮様のところに行くつもりでおりました」

と、四条金吾は始めた。

「松葉ヶ谷（まつばがやつ）に」

そうですかと受けると、日蓮も同じ方向に歩き出した。それならば、参りましょう。ええ、私もそろそろ引き揚げる頃合いですから、一緒に名越の松葉ヶ谷に。

八、草庵

日蓮が新たな居とした松葉ヶ谷は、鎌倉の南東、いうところの名越にあった。

名越北条家の名越で、そも北条時政（ときまさ）の屋敷が置かれていた土地だ。今も弁ヶ谷（べんがやつ）の山荘としてあるが、それを孫の朝時が受け継いだことから、この一流を名越家と呼ぶようになったのだ。

鎌倉に出た日蓮が、その名越の地に落ち着いたのは、いうまでもなく安房東条郷の領家の尼の世話による。

寺を追い出された日蓮は、若かりし学僧だった頃に増して、余人の志に縋るしかなかった。もとより鎌倉においては、地所を有する寺社か御家人から借りなければ、いかなる土地も使うことができない。

だからというわけではないが、あまり贅沢はいえなかった。

庶民の界隈とはいえ、賑やかだった大町大路を少しでも離れると、山々がみるみる頭上に迫るようになる。「名越」の地名も元は「難越」だったといい、それくらい急峻な斜面が無数に折り重なっているのだ。

人を転げ落とすような谷も連なるわけで、一帯が別に「名越の谷」とも呼ばれる所以である。そのうちのひとつが、松葉ヶ谷なのである。

夕刻ともなれば、もう一気に辺りを暗くしていく。鬱蒼と繁る木々が格好の寝床になっているらしく、そこは烏たちが鳴き声を連ねる場所でもある。

「何度来ても薄気味悪いところですなあ」

さすがの四条金吾も零した。そこは人の死を扱う僧侶であり、答える日蓮に苦るような風はなかった。

「もう少し行けば、葬送の地もありますし」

墓など持てるのは恵まれた者に限られ、大抵は風葬で済まされる。その遺体が置き去りにされる場所が、実際近くの高台にある。烏が多いというのも、寝床ばかりか、食い物にも困らないからなのだ。

「でしたな、松葉ヶ谷は。それも名越の土地の話ですゆえ、それがしが文句を垂れる筋ではありませんが」

苦笑いになるというのは、四条金吾は名越家に仕える臣だったからである。

朝時の長子である光時が継いだ嫡流で、かつて流された伊豆の地名から「江馬」とも呼ばれる家門、つまりは「宮騒動」で罰せられた家門である。これに父頼員と二代、以前と少しも変わらぬ忠義を捧げて、四条家は有名だったのである。

日蓮の檀越になったというのも、元を辿れば名越家の縁だ。

「いや、だから文句というより無念ですな。もう少し何とかできれば、よかったのですが」

日蓮の草庵がみえてきた。いくらか拓かれ、平らに均されただけの土に、いきなり柱を打ちこんで、そこに木材を組んでいっただけの建物だ。

世辞にも結構な住まいであるとはいいがたい。領家の尼や富木常忍、四条金吾ら新しい檀越を含め、やはり専ら有志の出資で建てられていたからには、天に聳える大伽藍とは行かないのだ。

「いえいえ、ありがたいばかりでございます」

そうした答えも、日蓮にすれば嘘ではなかった。度重なる寄進のおかげで、これでも立派になったほうだ。雨露さえ凌げれば十分との思いでいたところ、萱で屋根が葺かれ、妻戸、蔀戸の壁が立ち、床が上げられ、板まで敷かれて、今では小さいながら厨まで備えるのだ。

その勝手口から出てくる影があった。恐らくは、こちらの話し声が聞こえたのだろう。

「御師様、お帰りなさいませ」

迎えた長身瘦軀の僧は、名を日昭といった。こちらを尊称で呼んだ通り、日蓮の弟子である。

それでも、日蓮は面映ゆいような顔になる。

「ですから、弁殿、その『御師様』はおやめください」

今の「日昭」は、いうまでもなく日蓮から授けられた名前である。それまでは成弁といった。

下総国海上郡能手郷に、武士の子として生まれたが、次男ゆえに出家の道を選んでいた。その成弁が天台僧として遊学したのが、比叡山だった。

出会ったのが日蓮であり、同学として親しく誼を通じるうちに、すっかり心酔してしまった。

東国に帰ったものを追いかけて、安房を追われたところで再会を果たすと、そのまま弟子入りを申し入れたのである。

年齢だけをいうならば、日昭のほうがひとつ上だった。それで日蓮は自ら名前を与えながらも、比叡山にいた頃のまま、「弁殿」と呼びかける。「御師様」などと呼ばれれば、面映ゆい顔にもなる。

日昭はひとつ笑みを浮かべたが、言葉遣いを改めるわけではなかった。

「御師様に、ああ、四条様がご一緒であられましたか」

「ええ、日昭殿、そろそろ百座説法の日取りなど決まりましたかと思いまして」

それは日蓮と日昭で、ここしばらく相談してきたものだった。

「ああ、檀越の皆さんにも、広く声をかけていただけるということでしたね」

日昭は受けた。ええ、是非にも四条様の力をお借りしたい。これを好機と鎌倉での法華経弘法に、弾みをつけたいものだと考えております。

「とはいえ、ううむ、やはり多くは期待できませんでしょうか」

「と仰るのは……」

「なかなか伝わりません。辻説法など試みても、世人の反応は鈍いばかりで。法華経を奉じれば、この娑婆で救われる。そう説いても、そりゃあ、救われたい、もちろん救われたいとは思うが、この有様では救われようなどないではないかと、最後は腹立ちながら返されるというのが大方で……。我が師の日蓮ならば、もっと耳も傾けてもらえるのでしょうが、それが私となると……」

「いやいや、弁殿、私とて思うようには運んでおりません。念仏僧に囲まれて、法論では仮に圧倒できたとしても、そこで論より証拠ではないかと切り返されては、たちまち窮地に追いこまれてしまう。実は今日も法論になったのですが、現実は浄土宗のいう通りではないかと凄まれたら、こちらが黙りこむしかなくなるところでした」

「その現実の有様とは、昨秋の洪水のことをいうのですか」

四条金吾が確かめた。

建長八年（一二五六年）八月のことである。例年にない大雨に見舞われて、川という川が氾濫した。山という山が低いところに水を走らせたため、普段から峰々に囲まれている鎌倉は水浸しになったのだ。

「あれは確かに、ひどかった。水が引けても、あとの鎌倉は至るところが汚泥に塗れて」

「ええ、四条様、そのせいで疫病まで続きましたからな。それも世辞にも綺麗とはいいがたい病で」

と、日昭も受けた。際限なく下痢が続くという、それは赤痢（せきり）の流行だった。

「柳営（りゅうえい）の執権殿まで病に見舞われ、位を譲られましたからな」

日蓮も腕組みである。第五代北条時頼のことで、まだ齢三十を数えたばかりだったというのに、執権の座を義兄の北条長時（ながとき）に譲る羽目になっている。

「まさに前代未聞の出来事でしたな」

まとめた四条金吾だったが、それでは終わらなかった。

「今年に入っても、五月には日が欠けました。あれは恐ろしかった。なにしろ昼が夜みたいに暗くなったのですからな」

「弱みをみせた分を取り戻すつもりなのか、それからが日照り続きです。寺社という寺社で雨乞い祈禱を試みるも虚しく、今日の今日までカラカラの天気が続いている。今秋の実りも、そろそろ怪しくなってきましたぞ」

「日昭殿のいわれる通りだ。昨秋は洪水にやられ、今秋は日照りにやられ、ひもじさに、さらなるひもじさが重なりかねない。なるほど法華経に縋れば娑婆で報われるなどと説かれても、容易に信じる気になれないでしょうな」

「そうなのです、四条様。私が鎌倉に出てきてからというもの、何だか良いことがありません。おまえのような悪僧が来たせいではないかと、そう世人に悪態つかれて終わることさえあります」

「日蓮様、そのようなことは……」

「いえ、実際に考えてしまうことがあります」

そういう日蓮に、日昭も続ける。

「悔しいことは確かですな。ほらみろ、我らのいう通りではないかと、不幸を喜ぶような念仏僧のほうが、かえって持て囃されるというのですから」

法華経の弘法は思うに任せない。暗く気分が沈みかけたところに、その若々しい声は救いだった。ああ、御師様、お戻りだったんですか。伯父殿が外に出たきり戻られないと思えば、道理で。

「夕餉の支度は、もうできておりますよ」

告げたのは、日朗と名づけられた僧だった。

若い――というより幼いといえるほどで、まだ十を越えて二つか三つでしかない。日昭の妹の子、つまりは甥であり、その伝で日蓮に弟子入りしたのである。

日蓮の志に従う者は増えている。僧俗とも、少しずつだが、確実に増えている。

「焦るまい」

夜、床に入りながら、日蓮は独り呟いた。

簡単でないことは承知していた。法華経の弘法も、ことに鎌倉では難航する。なんといっても東国の都、武士の都であり、また諸寺の勢力も大きい。南都北嶺、あるいは天台真言と招聘されているのみならず、律宗、禅宗、なかんずく浄土宗が隆盛を究めている。

だからこそ、法華経を弘めねばならない――仏法を正しい形に戻さなければならない。諸宗の誤謬を退けて、一乗妙法の教えを説かなければならない。やはり日蓮は気が逸るばかりになるのだが、それも現実の困難が大きいことの裏返しなのだ。

「だから、焦るまい」

耳を傾けてくれるなら、ひとりでも、ふたりでも、熱心に法門を説くことだ。法華経の善を丁寧に伝えることだ。

「さあ、明日も弘法だ」

もう寝よう。そうやって薄い掛け布を被りなおしたときだった。

「………？」

刹那、眩暈（めまい）を覚えた。そんな気がした。

少し疲れているのか。やはり早く寝るべきなのか。日蓮が枕をなおしにかかると、また身体が揺れたように感じられた。なんだ。どうした。やはり具合が悪いのか。身体は丈夫なほうだと考えていたが、これは何かの病ということなのか。

日蓮は寝具のうえで半身を立てた。蔀戸を少し撥（は）ね上げておいたので、狭間に月が覗いていた。青々と明るい光が差しこんで、なかの板間（いたのま）に線画を引く体でもある。

その影が揺れた。日蓮はぶんぶん頭を振ってみた。そんなはずはない。目がおかしくなったのか。いや、おかしいのは耳のほうか。

地鳴りのように遠くから響いてくる音。

というより、何か巨大な獣が遠吠えでもしているような音。

「聞いたこともない……」

次の瞬間だった。ガタガタガタ、ガタガタガタ。けたたましい音が、今度ははっきり騒ぎ立てた。

何と見当つけられるより先に、日蓮は布団ごと浮いた。下から突き上げてくる猛烈な力があり、抗えずに大きな身体が宙に放り上げられたのだ。

床に落ちては、また撥ね上げられる。打ちつけられて、肩に、背中に、腕に、肘に、痛感が度重なる。梁と床の間で毬(まり)さながらに翻弄されながら、日蓮は気づいた。

「地震だ」

縦に揺れる地震だ。横に揺れる地震に増して、激しい地震だ。並大抵ではない、これは大地震ということなのだ。

そうとまで考えるのが、やっとだった。あとは何がどうなっているかも知れない時間が続いたが、ややあって、ようやく揺れが収まった。

呆然と虚空をみつめた数秒のあと、日蓮はバッと動いた。

「外に出なければ」

この粗末な草庵は倒れてしまうかもしれない。あえなく倒壊した日には、瓦礫の下敷きにされてしまうかもしれない。

「外に出なさい。外に出なさい」

全身の痛みも忘れて、日蓮は縁から跳ねた。日昭も、日朗も、起きて、後に続いていた。

「御師様、大丈夫ですか」

「ああ、なんとか。弁殿は」

「私も無事です。しかし……」

名越松葉ヶ谷からは鎌倉の町が望める。

もちろん今は夜陰に沈み、いくら月が明るいといって、何かの形が確かめられるわけではない。それこそ御所も、社も、塔も、伽藍も、何も確かめることができない。

それでも、はっきりとみえた。漆黒の闇に青い光が瞬いた。ほどなく大きく立ち上がり、と思えば、ゆらゆらと踊り始める。

炎か。あれは青い炎なのか。地面から噴き上がる、これも地震の仕業なのか。

そう思ううちに、ポツ、ポツと赤い光までが瞬き始めた。

やはり踊り始めたからには炎だ。いや、赤い光は点から面に広がって、これは火事だ。あっという間に延焼して、日照りに乾いた鎌倉は、一気に燃え上がったのだ。

疑いもない。もはや惨劇は炎の明るさで、すっかり目にみえていた。

九、地獄絵

正嘉元年八月二十三日、戌亥の刻（午後九時頃）に起きたそれは「鎌倉大地震」、ないしは「正嘉の大地震」と呼ばれる。
本朝未曾有の大地震――少なくとも百年は覚えがない天災であり、世が被る痛手の大きさは端から覚悟せざるをえなかった。

「いえ、地震なら起こるものなのです。しかし、この有様となると……」
日朗は震える声で吐き出した。幼顔に似合わないほど、蒼ざめた顔だった。

いくらかすぎて十一月、日蓮、日昭、日朗の三人は、その日も鎌倉の町に出ていた。

もちろん大地震このかた、法華経弘法の辻説法どころではなくなっている。鎌倉からして、もはや町の体をなしていない。

地震が全てを破壊していた。庶民の家々は倒れ、武士の屋敷とて多くが傾き、無事を祝えた神社仏閣も皆無である。

三方を取り囲む山々は斜面を崩し、海に至る地面には縦横斜めの亀裂が走り、その狭間からは火傷せんばかりの熱湯が、いや、ところによっては炎までが噴き出した。地震当夜の夜陰にみた青い焔は、下馬橋（げば）に生じた裂け目から出たということだった。

延焼、そして鎌倉全域に渡る大火事も間違いでなく、そのあげくが黒く焦げた瓦礫ばかりが辻となく道となく散乱している、今の鎌倉なのである。

寒風吹きすさぶなか、細かな粉塵が目を遮るものもない焼け野原の空に舞い飛ぶ。鎌倉の被害は、まさに破滅的だ。ほとんど絶望的といってよい。

が、それだけならば日朗とて、衆生を救わんと志を抱いた身である。いくら幼いといって、打ちひしがれた人々を励ます言葉さえ失くしながらも、徒（いたずら）に声を震わせたりはしない。しかし、この有様となると……。

「だって、もう声をかける者すらいないのですから……」

黒々と折り重なるのは、瓦礫ばかりではなかった。

牛馬が倒れ伏しているだけでもない。牛馬なら綺麗に食われたあとの骨だけだ。乾いた塵芥と化しているのは、大方が人間の死体なのだ。男も、女も、老いも若きも、子供までもが関係なく、半裸全裸の屍（しかばね）となりながら、いたるところに力なく転げているのだ。

いや、屍は屍のままでいられるわけでもない。腕だけ、脚だけの肉片として、いや、肉も削がれた白骨として、もはやバラバラに散らばっている。朽ちたというより、野犬が鼻を突っこんで、貪（むさぼ）り食うからである。それも何頭かで食い散らかすので、あっちこっちに飛んでいく。そうまでして争わなければならない理由も、すぐわかる。

軀と一緒に折り重なり、まだ生きている者もいた。見分けるのが困難なほどだというのは、ただ虚ろな目ばかり泳がせて、呻き声を発する力もないからである。

ほぼ屍と変わらないというべきか、生きながら、もう骨と皮だけだった。

地震に打ちのめされただけではない。火事に焼け出されただけではない。ほとんど廃墟と化した鎌倉には、また食べるものもなかった。

ほどなく迎えた秋に、実りはなかった。日照り続きで雨がないまま、正嘉元年も凶作だった。洪水に襲われた前年に続き、これで二年続けての凶作である。

飢饉になるのは必定（ひつじょう）だった。わけても下々には、ひどい。名越から大町大路の界隈は、もともと貧しい庶民が多かっただけに、鎌倉のなかでも悲惨を窮める。

助けたい。少しでも力になりたい。そう念じて日蓮、日昭、日朗の三人は鎌倉の町に出るのだが、それで何ができるわけではなかったのだ。

できることといえば、一心に法華経を唱えて、せめて死者を弔うことくらいである。

「南無妙法蓮華経、南無妙法蓮華経」

日蓮、日昭は繰り返した。が、若い日朗となると、それさえ手につかないようなのだ。

「なんとかできないのですか。いえ、私たちの無力は承知しています。そうじゃなく、他の誰も、やっぱり何もできないというんですか」

いいながら縋ったのが、目をつぶり、手を合わせたままの日蓮だった。南無妙法蓮華経、南無妙法蓮華経。

「最明寺（さいみょうじ）殿は勝長寿院はじめ、倒壊した寺院の再建を命じられたそうです」

とだけ、日蓮は答えた。「最明寺殿」というのは、前の執権で、位を譲ってなお得宗家の長である、北条時頼のことだ。

「このままでは護国の要が揺らぐからと申されまして」

日朗はさらに強く縋りつく。

「それは仏法に術があるということですか」

「今も諸寺では護摩が焚かれ、さかんに祈禱が行われているそうです」

「はん、それは何の役にも立たん」

吐き捨てるようだったのが、日昭だった。これまでだって寺は建てられた。祈禱だって、それこそ例がないくらい大がかりに行われた。それでも天変地異は治まらない。暴風雨に洪水、あとに疫病が続いて、猛威を振るう。と思えば、今度は旱魃だ。凶作が取り消しになるでもない。巷に食べ物が溢れて、飢饉が終わりになるでもない。

「それどころか、九月の余震では将軍御所の築地まで崩れた。不吉だ、不吉だと騒いで、また諸寺で真言が唱えられたが、治まるどころか、どうだ。この十一月だって、どうだ」

つい先日の十一月八日のことである。正嘉大地震の余震というが、本震と紛うくらいの大きな揺れになった。なんとか建っていたものまで、すっかり倒れた勢いで燃えたのか、どこかから火が上がると、からからに乾いた鎌倉は再びの大火になる。

「はは、元に戻るどころか、とうとう若宮大路までが焼け野原だ」

それは鎌倉の中央を南北に貫く、まさに要の大通りである。

投げやりに言葉を続ける日昭は、日朗に劣らぬ絶望に囚われている。みてとれないわけではないが、日蓮はといえば無言で読経に戻るばかりだった。

弔えど弔えど、屍の列は尽きることがない。読経に戻るのは道理だったが、それが許されるわけではなかった。

また日朗が訴えた。御師様、お教えください。これは、どういうことなのです。

「今の鎌倉は、この都に暮らす人々は、いつの世の誰より救いを求めているのです。それなのに、どうして仏法は無力なままでいるのですか」

「………」

「はは、仏法が無力とは限らんさ」

冷笑しながらの答えは、やはり日昭である。ああ、護摩を焚くような仏法や、それこそ我らが奉じる仏法が無力なだけかもしらん。きちんと救いをもたらす仏法とて、あるのかもしらん。

「ほら、日朗にも聞こえるはずだ」

聞こえるのは、びゅうびゅうと冷たい風が吹く音だけだった。

いや、よくよく耳を澄ませてみれば、微かながらも聞こえてくる。ろくろく音にもならないのに、はっきりと聞き分けられる。

「南無阿弥陀仏、南無阿弥陀仏」

南無阿弥陀仏、南無阿弥陀仏。どこで誰が、あるいは誰と誰が念じているのか、見分けなどつかなかった。

それでも、わかる。横たわる屍に紛れながらも、まだ息のある者は今にも消え入りそうな声で、なお念じ続けるのだ。自ら屍になろうとしているからこそ、そうとしか唱えようとはしないのだ。

念仏である。西方に誘（いざな）うという阿弥陀如来に呼びかけながら、もはや人々は浄土に入ることを願うばかりなのである。

「そりゃあ、そうだ」

日昭は続けた。ほら、この子をみるがいい。手足は棒のようなのに、腹ばかり膨れて。

「まるで地獄の餓鬼だ。今の鎌倉は文字通りの地獄絵なのだ。まさに末法の穢土じゃないか。浄土宗の僧たちが説いたままの世界じゃないか。それくらい、子供だってわかる。唱える言葉を間違えるわけもない。だから、ほら、この子だって、南無阿弥陀仏、南無阿弥陀仏と繰り返し……」

あっ、今、こときれた。日昭の腕のなかで、ガクッと小さな顎が上がっていた。そっと地面に横たえると、その小さな軀に向かって手を合わせたが、南無妙法蓮華経と唱える言葉は、もう出てこなかった。

かわりに日昭は弾けた。

「どうしてだ、日蓮」

僧衣の肩をつかむと、それを乱暴に前後しながら、日昭は訴えるように続ける。

「やはり念仏なのか。正しいのは浄土宗のほうなのか。今や阿弥陀如来に縋るしかない時代なのか。その教えを誤謬として、容赦なく退けようとした我らに、仏は真の法門をみせつけたという……」

日蓮は手を差し出した。そうして相手の言葉は制したものの、自らの言葉は容易に出てこなかった。いや、弁殿、それに日朗にも、きちんと答えねばならないことはわかっております。浄土の教えなどではない。なお法華経なのだと、私の考えが揺らいでしまったわけでもない。

「しかし、今の私には、言葉がない。仏教は興隆し、寺は建てられ、塔は積まれ、祈禱も盛んであるにもかかわらず、こうも天変地異が続くのは全体どうしたわけなのか。今の私には説明づけることができない。ああ、あなたがたを迷いから引き戻す言葉がない」

「それは、もう専修念仏を認めるしかないという……」

日蓮は首を振った。いいや、弁殿、そうではない。

「なにか見落としがあるはずなのだ」

「見落としとは、御師様、どういうことですか」

「ああ、日朗、なんとも恥ずかしい話だ。私は学は究めたと思っていた。諸経は読みつくしたつもりでいた。が、とんだ驕りだったかもしれない。ああ、仏法が世の真理を解き明かすものであるならば、この惨状さえ説明できる文言が、諸経のどこかに書いてあるはずだ。すぐ思い当たらないからには、それを私は見落としているに違いないのだ」
いうと、日蓮は手を合わせなおした。南無妙法蓮華経、南無妙法蓮華経。命尽きたばかりの子供を弔うと、そのまま踵を返してしまう。弁殿、留守を頼みます。日朗も伯父御をお助けするように。ええ、当ては余所にあります。私は当分の間、鎌倉を離れることにいたします。

十、一切経

日蓮は年のうちに鎌倉を出立した。駿河(するが)国岩本に到着したのが正嘉二年（一二五八年）の正月六日で、逗留したのが実相寺という天台寺だった。

鳥羽法皇の勅命を受け、比叡山横川に属した智印という学僧が、百年ほど前に建立(こんりゅう)したと伝えられる。以来駿河国で天台宗を代表する名刹になっていたが、日蓮が遠路わざわざ足を運んだというのは、この実相寺に一切経が整えられていたからである。

天台寺門派の祖、智証大師こと円珍(えんちん)は、唐より二組の一切経を持ち帰った。一組は当然園城寺に収められたが、もう一組はこの実相寺に寄贈されたのだ。

かかる事情を日蓮は、この寺で学頭を務める僧、やはり遊学時代に友誼(ゆうぎ)を結んだ智海から聞かされていた。思い出し、頼ることにしたというのが、こたびの駿河行だった。

経という経を読む——全ての仏典を繙(ひもと)き、つぶさに検(あらた)めるならば、近年天変地異が相次いでいる理由を、必ず突き止めることができる。

それを誰かに尋ねようとは思わない。たとえ聖人であれ、あるいは賢者であれ、人がいうことは信じない。拠るべきは文だ。立ち返るべきは常に経なのだ。釈迦が述べた言葉だからだ。尋ねるべきは、無謬の仏であるべきなのだ。

それが日蓮の、かねて揺るがぬ信条だった。

「で、やはり、あった」

巻物を転がし開く手が止まった。日蓮は『金光明経』にみつけた。

「疫病流行し、彗星数出で、両日並び現じ、薄蝕恒無く、黒白の二虹不祥の相を表し、星流れ、地動き、井の内に声を発し、暴雨、悪風時節に依らず、常に飢饉に遭いて苗実も成らず、多く地方の怨賊有りて国内を侵掠し、人民諸の苦悩を受け、土地に所楽の処有ること無けん」

まさに鎌倉で、いや、日本全土で起きていることである。彗星の出現や賊の跋扈など、起きていない災いも挙げられているが、それは向後に起こるということかもしれない。

「疫病、日蝕、地震、暴風雨、飢饉……」

これらは『大集経』にも書かれていた。日蓮は飛びかかるような動きで、かたわらに開いたままにしてある別な巻物に向かった。

「当時、虚空中に大なる声ありて地に震い、一切皆遍く動ぜんこと猶水上輪の如くならん。城塞破れ落ち下り、屋宇悉くやぶれさけ、樹林の根・枝・葉・華葉・菓・薬尽きん」

これは大地震のことだ。『大集経』の別な箇所には、こうも記されている。

「諸有る井泉地一切尽く枯涸し、土地悉く鹹鹵し、敵裂して丘澗と成り、諸山皆燋燃して天龍雨を降らさず、苗稼皆枯死し、生ずる者皆死れ尽くして、余草更に生ぜず。土を雨らし皆昏闇にして、日月明を現ぜず。四方皆亢旱し、数 諸の悪瑞を現ぜん」

旱魃を理由として、飢饉が起こるということは、この経でも明らかにされている。いや、それだけではない。

「其の国当に三の不祥の事有るべし。一には穀貴、二には兵革、三には疫病なり」

飢饉、兵乱、疫病の三災である。そうした世の有様は「常に隣国の為に侵嬈せられん。暴火横 起り、悪風雨多く、暴水増長して人民を吹漂し、内外の親戚其れ共に謀叛せん」とも、詳らかにされている。

火事、暴風雨、洪水にまで触れられて、まさしく現今の本朝だ。ここでも隣国の侵略、さらに謀叛と挙げられているが、かかる兵革の災だけは、今のところ免れている。

さらに『薬師経』である。ああ、この経文だ。起こるべき災いが端的に列挙されている。

「所謂人衆疾疫の難、他国侵逼の難、自界叛逆の難、星宿変怪の難、日月薄蝕の難、非時風雨の難、過時不雨の難あらん」

疫病、外国の侵略、内乱、星の乱れ、日蝕月蝕、暴風雨、日照りと、起るのは全部で七難である。今日まで本朝で起きたのは、そのうちの四難だ。他国侵逼、自界叛逆、さらに星宿変怪が、未達ということになる。

「七の畏るべき難有り」

とは、『仁王経』でも述べられている。こちらでは日月失度難、衆星変改難、諸火梵焼難、時節叛逆難、大風数起難、天地亢陽難、四方賊来難の七難である。

太陽や月の乱れ、星の乱れ、火災、季節の乱れ、大風、旱魃、そして賊の侵略になるが、これに則せば、近年すでに五難が起きたことになる。未達は衆星変改難と四方賊来難で、後者を『大集経』にいう兵革の災、すなわち内外の兵乱をまとめたものと解釈すれば、『薬師経』とも矛盾しない。

「さておき、ここまで書かれていたとは……」

日蓮は、ぶるると身震いした。

今の鎌倉、そして日本が見舞われている災難は、全て経文に書かれていた。それは全てが見舞われるべくして見舞われたという意味だ。今は未達の災難とて、早晩避けられないということなのだ。

「しかし、何故のことか」

日蓮は経机を全て手許まで寄せると、その箇所を開いた巻物を横に並べた。

まず『金光明経』によれば、こうまでの災難は「其の国土において此の経有りと雖も未だ嘗て流布せず、捨離の心を生じて聴聞することを楽わず、亦供養し尊重し讃歎せず」といった状況に惹起されたものである。正しい経文が読まれず、仏法が廃れている。そうした国が辿らざるをえない、不可避の道行だということだ。

「世尊、我等四王幷に諸の眷属及び薬叉等、斯の如き事を見て、其の国土を捨てて擁護の心無けん。但我等のみ其の王を捨棄するに非ず、必ず無量の国土を守護する諸大善神有らんも皆悉く捨去せん。既に捨離し已れば、其の国当に種種の災禍有りて国位を喪失すべし」

とも、続けられている。国を守る仏や善神が、それを見捨てる。離れて、いなくなってしまうから、その国は災禍を逃れられないというのだ。

同じ理屈は『大集経』にも書かれている。「仏法実に隠没(おんもつ)せば、鬚髪爪皆長く、諸法も亦忘失せん」と嘆きながら、わけても問われるのが国の王たる者の責である。

「若(も)し国王有りて、無量世において施・戒・恵を修すとも、我が法の滅せんを見て捨てて擁護せざれば、是の如く種うる所の無量の善根、悉く皆滅失して、其の国当に三の不祥の事有るべし」

と、いうのである。あげく「其の王久しからずして当に重病に遇い、寿終の後大地獄の中に生ずべし。乃至(ないし)、王の如く、夫人・太子・大臣・城主・柱師・郡守・宰官も亦復(また)是の如くならん」とも続けられるのだから、国の主たる者の責任は、やはり重いとみなければならない。

日蓮は身を翻して、また背後の巻物に組みついた。

さらに『仁王経』によれば、そも「一切の国王は皆過去の世に五百の仏に侍(つか)えしに由(よ)りて帝王の主と為ることを得たり」ということである。また「是を為て一切の聖人・羅漢、而(しか)も為に彼の国土の中に来生して大利益を作(な)さん」ともいう。しかし、である。

「若し王の福尽きん時は、一切の聖人皆為れ捨て去らん。若し一切の聖人去る時は七難必ず起こらん」

先の『大集経』と合わせて考えるならば、王の福が尽きるときとは、すなわち王が仏法を擁護しなかったときということになる。

それが今の本朝なのか――だから善神聖人は去り、災難が連続した。経文に真相を突き止めながら、なお日蓮は唸り続けた。しかし、その仏法を守るとは、どういうことなのか。

仏法を守るということを、もし王たる者ができれば、それで災難は止むのか。少なくとも、これ以上は見舞われないのか。さらに確たる答えを得たいと、新たなる経を検めにかかったときだった。

「日蓮様」

と、経蔵の外から声が届けられた。まだ若い声だった。

「伯耆房でございます」

実相寺で修行する僧の名前だった。まだ十二というから、鎌倉の日朗と同じ、いや、いっそう下の歳である。

顔を覗かせてみせれば、なるほど子供だ。その丸顔を面長の日朗に比べても、輪をかけて幼くみえる。が、その年齢で出家を決めて、やはり日朗と同じに志を感じさせる。

伯耆房は元は近隣の蒲原四十九院にいたが、やはり学問を求めて、当寺に来ていた。そこに訪ねてきたのが日蓮で、並外れた学識、さらに一方ならない弘法の熱意に当てられて、すっかり傾倒してしまっている。

数日は弟子入りを口走るほどだったが、その伯耆房が今度は何だというのだろうか。

「富木様という方から、日蓮様に荷が届きました」

と、若い僧は続けた。経文に組みついていた日蓮も、これには思わず喜色を浮かべた。ああ、もしや頼んでおいた品が送られてきたのか。

「お運びいたしますか」

「お願いしたい」

伯耆房が経蔵に持ちこんだのは、一抱えもある木箱だった。

実相寺の一切経堂は、山内の中腹にあり、いくらか石段を上らなければならない。元気いっぱいの少年とはいえ、まだ大人にならない身には応えたらしく、床に置いては「ふう」と大きな息を吐いた。

「思いのほかに重い荷ですね。なかには何が」

「紙です」

と、日蓮は答えた。

一切経を検めることができたなら、その成果を紙に記し、あるいは論としてまとめたい。当然の願いであるが、その紙というのが簡単には手に入らなかった。もちろん金さえ払えば思うがままだが、その手元が常に不如意なのだ。

日蓮は、かねてからの檀越である富木常忍に頼んだ。守護所に勤める役人は、その仕事で普段から大量の紙を使う。のみならず、使ったあとの紙を随意に処分できた。

そうして捨てられる紙だが、役所では表しか使わない。裏は白いままであり、それを日蓮は自分が書き物に使いたいと、富木常忍に頼んでいたのだ。

「なるほど、ありがたいですね」

荷解きを手伝いながら、伯耆房も納得の返事だった。箱から束をつかみ出しながら、日蓮も笑顔が絶えない。ええ、本当にありがたい。

「さっそく使わせていただきましょう」

「えっ、これから？　お仕事を続けられるのですか、日蓮様」

問われるそばから、もう日蓮は書几で硯に墨を磨り始めていた。

「もちろん続けます。ちょうど書き留めておきたい経文がありましたゆえ」

「しかし、じき日暮れです。日蓮様は朝から経蔵に籠もりきりであられました。少しお休みにならなければ」

「そうはいきません。この危急の事態に休んでなどいられない」

「しばらく地震は来ていません。なお飢饉の苦しみは変わりませんが、それなら今年の秋の実りを待つしかありません」

「危急というのは、そういう意味ではありません。さらなる災難が起こる、それも起こるべくして起こるというのです。何としても止めなければ。今からでも間に合えばよいのですが……」

いいながら、もう日蓮は書几に紙を置いていた。その背中を追いかけるように、なお伯耆房は問うた。

「そう仰いますが、日蓮様、どうしたら間に合うのです。どうやって止めるのです。だって、相手は災難ではないですか。人知を超えた天変地異ではないですか。天上の仏に縋り、加持祈禱を行うというのならわかりますが、書き物をしたからといって、どう……」

「幸いにも当てがあります。というより、当てがみつかりました。そこに届けるのです。ええ、きちんとした文章にまとめて、急ぎ上申することを考えています」

「釈迦仏に、ですか」

「いいえ、そうではありません」

日蓮は仕事にかかった。「灯をとってまいります」と、伯耆房はいったん経蔵を後にした。

十一、客人

その客人が訪ねてきたのは、文応元年（一二六〇年）六月、ある日の昼下がりのことだった。夏もさかりの蟬しぐれに追い立てられるかのようにやってきたのは、剃髪のうえ黒衣を纏う法体の男だった。

顎が丈夫そうな四角顔も皺という皺がなく、歳は三十をすぎて、まだ数年ほどにみえた。三十九を数える自分よりは明らかに若く、年下であろうと日蓮はみたのだ。

隠居入道には、若すぎる。もちろん若い僧侶というのもいるが、十代で得度した生粋の僧侶という風ではなかった。

それなら、そうとわかる。同じ出家者として、一種の勘が働く。してみると、その客人は俗人めいた生臭さが、まだまだ抜けない感じなのだ。

やはり隠居入道かと思い返すも、依然として若すぎる。いくらか不可解な客人だったが、無論のこと、それで拒むというのではない。

日蓮は手ぶりで招いた。

「御覧の通りのあばらやでございますが、どうぞ、お座りください」

「かたじけないことです」

客人と二人で座したのは、名越松葉ヶ谷の草庵の一間だった。

正嘉の大地震、いや、そのあとも続いた余震で何度も傾き、そのたび直ぐに戻すことだけ繰り返した、例の粗末な住まいのことである。

日蓮は鎌倉に戻った。正嘉二年の夏には戻り、それからは駿河国岩本実相寺にいた頃に増して、書き物に励む日々だった。

一切経を調べ上げた賜物で、本朝を災難から救う方法はわかった。が、あれからも災難は続いている。

縁起が悪いと変えられて、康元が一年、正嘉が二年、正元が一年、それも文応と改められるといった風に、年号が落ち着く間もないほどだ。

鎌倉で大火事が出たかと思えば、冷夏で作物が育たず、大雨、洪水と見舞われたあげくに飢饉、さらに疫病と襲われる。この国はひどく打ちひしがれたままなのだ。

やはり急がなければならない。というより、急がせなければならない。日蓮が心がけたのは、書面に託した有力者たちへの上申だった。

誰より王がやらなければならない。そう諸経にも書かれていたし、また危急の事態であれば、王に働きかけ、王に変えさせるしかないのも道理だった。

現下の日本において国を動かしているのは、鎌倉の幕府である。なお京の帝こそ国王と呼ばれるべきであるとしても、国主とされるべきは幕府であり、東国の武士団であり、その統帥である北条家なのである。

そこに届けなければならない。当たれるだけの有力者に当たらなければならない。書を宛てて、断られたり、受け取られたり、返されたり、読まれたり――そうするうちに知遇を得たのが、宿屋光則という武士だった。

入道して宿屋最信を称していたが、変わらず北条家の被官だった。屋敷が近いという四条金吾を介して、勘文一部を託してみると、それが読まれたようだった。

周囲に話もしたらしく、ややあってから興味を持たれた御仁がいる、直に御説を拝聴したいといっている、御房を訪ねさせてよろしいかと問い合わせられた。

日蓮は二つ返事で快諾した。かくて迎えることになったのが、この日の客人だったのだ。経緯から考えても、僧俗の如何によらず、国の為政に力ある権人ということになる。

開け放たれた縁から、松林が覗いていた。

枝々の影に木漏れ日が揺れ動き、と思うや、そこから涼やかな風が吹き流れてくる。じっと座していて、なお顎から汗が滴るような暑さが、少しだけ救われる。

励まされたように、客人は始めた。ええ、こうして御邪魔させていただいたというのは、他でもありません。

「近年近日にいたるまで、天変地異、飢饉、疫病と、災禍が続いております。道に牛馬は倒れ伏し、それどころか人までが屍となり、あるいは骨となりながら、あちらこちらに溢れている有様です。もはや本朝の人間は半ばが死んだともいわれております。かかる惨禍を悲しまぬ者は、いないのではないでしょうか」

「少なくともあなたは、心痛めておられたわけですな」

　日蓮が確かめると、客人は頷いた。いかにも心痛めておりました。が、それと同時に困惑も禁じえないでおります。

「困惑と。どういったことでしょう」

「御房は出家の身、私とて入道しておりますから、この事態に仏法に縋るという話をしても、首を傾げたりはなさるまい」

「いかにも、縋るのが自然ですな」

「実際のところ、西土教主、阿弥陀如来の名を唱える者がおります。『衆病悉除』の願を頼りに、東方浄瑠璃世界におられる薬師如来の経典を読む者もいます。『病即消滅、不老不死』とあれば、法華経薬王品の妙文を崇めたりもする。仁王経には『七難即滅、七福即生』の句がありますから、仁王会の百座百講の儀式も整えられました。五つの瓶に水を注ぎ、秘密真言の教えによって祈禱も行われております。座禅入定の作法を完成して、『一切皆空』の境地を求める者もいる。しかし、なのです。懸命の祈禱は、ひとつとして実を結びません。逆に飢饉や疫病が猛威を振るうばかりになっている。だから私は困惑を禁じえない。世がかくも早く衰えるのは何故か。仏法が廃れるのは何故か。これは如何なる禍、如何なる誤りによるものなのか」

　訴えかけるような客人を、日蓮は静かに受けた。なるほど、それで私のところに。

「ええ、かねて私も度重なる災禍に心を痛め、ときに怒りすら覚えながら、やりきれない思いを抱えてまいりました。今日あなたがおいでになり、同じように世を嘆かれていることを知ったからには、こころゆくまで語り合おうではありませんか」

　客人は大きく頷いてから、話を進めた。

「伝え聞くところによりますと、なんでも経文を読めば、全てわかるのだとか」

「はい。経文こそ仏法の礎、そこに立ち返ることは、何も特別なことではありません。それなのに忘れられ、疎(おろそ)かにされることが多いのですな。つらつら微管(びかん)を傾けながら、いくらか経文を開いてみますと、ええ、きちんと説かれておりました」

「何と」

「世の人々は皆して正しい教えに背き、悪法に染まっている。そのために善神は国を捨て去り、聖人も所を辞して帰らなくなる。これをみて、魔や鬼が来る。災起こり、難起こる」

「神聖去り辞し、災難並び起こると。それは、どの経典に出ているものなのですか」

「沢山あります。ええ、いくらでも証拠は挙げられます。まず『金光明経』に『其の国土において此の経有りと雖も未だ嘗て流布せず、捨離の心を生じて聴聞することを楽わず、亦供養し尊重し讃歎せず』となると、『世尊、我等四王幷に諸の眷属及び薬叉等、斯の如き事を見て、其の国土を捨てて擁護の心無けん。但我等のみ其の王を捨棄するに非ず、必ず無量の国土を守護する諸大善神有らんも皆悉く捨去せん。既に捨離し已れば、其の国当に種種の災禍有りて国位を喪失すべし』とあります」

「なるほど」

「『大集経』にもあります。仏法が隠没してしまえば、僧は戒めに背いて鬚や髪や爪を長く伸ばし、様々な教えも全て忘れ去られてしまう。そこから災害が起こる。『是の如き不善業の悪王・悪比丘、我が正法を毀壊し、天人の道を損減せん。諸天善神王の衆生を悲愍(ひみん)する者、此の濁悪の国を捨てて皆悉く余方に向かわん』となるからだというのです。さらに『若し国王有りて、無量世において施・戒・恵を修すとも、我が法の滅せんを見て捨てて擁護せざれば、是の如く種うる所の無量の善根、悉く皆滅失して、其の国当に三の不祥の事有るべし。一には穀貴、二には兵革、三には疫病なり。一切の善神悉く之を捨離せば、其の王教令すとも人随従せず』となって、隣国の侵略、火事、暴風雨、洪水、謀叛と相次いでしまうのだと。『其の王久しからずして当に重病に遇い、寿終の後大地獄の中に生ずべし。乃至、王の如く、夫人・太子・大臣・城主・柱師・郡守・宰官も亦復是の如くならん』とも、付け足されておりますな」

客人は黙して聞くままだった。ただ王、さらに王に連なる者の件が語られると、その頬が少し強張りを帯びたようにみえた。

日蓮は続けた。『仁王経』を引いて、さらに付け足しますと、そも国王という者は、過去世に五百の仏に仕えた功徳（くどく）によって、帝王となることができたというのですね。このため、全ての聖人も、羅漢つまりは賢者も、その国王のために国土に生まれて、大いなる利益をもたらすのだと。

「ところが、ひとたび『若し王の福尽きん時は、一切の聖人皆為れ捨て去らん。若し一切の聖人去る時は七難必ず起こらん』ということなのです。すなわち、日月失度難、衆星変改難、諸火梵焼難、時節叛逆難、大風数起難、天地亢陽難、四方賊来難の七難です。ちなみに『薬師経』では……」

「わかりました。もう結構です」

客人は手を出して止めた。ええ、わかりました。経文に書いてあるということの証は、もう十分に立てられております。

十二、選択集

「正しい仏法が行われず、釈迦の教えが捨てられんとしているのに、それを守ろうともしない。わけても王たる者が擁護しない。そうなると、善神、聖人が国を捨て、悪鬼外道が災いをなし、難をいたす。それは私も至極もっともな話だと考えます」

客人はその先を、しかし、と続けた。しかし、そこが私の困惑の理由でもあるのです。

「この話は本朝に当てはまりますでしょうか」

「と申されるのは」

「厩戸皇子(うまやどのみこ)、つまりは上宮太子このかた、上一人から下万民にいたるまでが、仏像を崇め、経典を専らにしてきました。叡山、南都、園城、東寺に、あるいは四海、一州、五畿、七道のいたるところに、経典は星のごとく、堂舎は雲のごとしではないですか。これほど仏法が繁栄しているというのに、あなたは誰が釈迦一代の教えを乱しているというのですか」

「王が、とは申しません。王、国王、帝王、そうした言葉を本朝に当てはめられるか。当てはめられるとして、それは帝か。現実の支配者である北条家なのか。仮に帝を国王としたとしても、なお北条家は国主とされるべきだろうと私は考えますが、いずれにせよ、王が正しい仏法を害しているというつもりはございません」

「すると、誰が」

「『涅槃経』に『菩薩、悪象等に於ては心に恐怖することなかれ。悪知識においては怖畏の心を生ぜよ』とあります。なぜかといえば、悪い象に踏み殺されても三悪道、つまり餓鬼道、畜生道、地獄道に落ちることはないが、悪い知識に騙されれば、必ず三悪道に落ちるからです」

「その悪い知識とは？」

「『仁王経』に『諸の悪比丘、多く名利を求め、国王、太子、王子の前において、自ら破仏法の因縁、破国の因縁を説かん。其の王別えずして此の語を信聴し、横に法制を作りて仏戒に依らず、是を破仏破国の因縁と為す』とあります」

「王ではなく悪比丘、つまりは悪僧が原因だと」

「その通りです」

と、日蓮は答えた。この悪僧どもが王に取り入り、取り入ることで力をつければ、正しい仏法を行おうという者がいても、たちまちにして追われてしまう。『大集経』にいう正法、像法、末法と、世が悪くなればなるほど、そうなるのです。

「『法華経』に『悪鬼其の身に入って、我を罵詈毀辱せん。濁世の悪比丘は、仏の方便、随宜所説の法を知らず、悪口し顰蹙め数数擯出を見して、塔寺より遠離せしむるを』とある通りです。これら悪僧を誡めずして、どうして善事を成就できましょうや」

「待たれよ、待たれよ」

客人は少し声が大きくなった。いや、なんと申しますか、失礼ながら、罵り、辱めようとしているのは、御房のほうではないですか。というのも、そのような悪僧が本朝にいるとは思われない。ええ、帝であれ、北条であれ、王たる者に取り入った悪僧など、ひとりとして思い浮かびません。

「いったい全体、あなたは誰を指して悪僧といっておられるのか」

「法然です」

「えっ」

「法然房源空のことを、私は悪僧といっております」

「………」

「後鳥羽院の御世に生きていた僧です。はじめ天台僧として比叡山に修行しましたが、後に浄土宗の開祖となりました。つまりは専修念仏の……」

「それくらいは存じております。といいますか、この国に知らぬ者などおりますまい。だから、その御名が出てくることが、いっそう解せないというのです。いや、わからない。なにゆえ法然上人が悪僧とされなければならないのです」

「法然は『選択本願念仏集』という本を書きました。そのなかで釈迦が生涯にわたって説いた教えを批判し、あまねく十方の衆生を迷わせております」

そうした答えに、客人は何か返そうとした。が、唇の動きが音を伴わせる寸前に、日蓮は立ち上がった。かたわらの書几に向かうと、そこに置かれていた冊子を手に取り、また元の座に戻ってくる。ええと、これですな。略して『選択集』は版木で大量に刷られておりまして、そのうちの一冊を私も手に入れてみたのです。

「ご覧ください。こちらの件でございます」

日蓮は客人に冊子を差し出し、文言を指してから始めた。

「ここに『道綽禅師、聖道、浄土の二門を立て、聖道門を捨てて正しく浄土門に帰するの文』とありますな。道綽というのは唐の浄土僧ですが、法然は『之に準じて之を思うに、応に、密大及び実大を存すべし。然れば即ち今の真言、仏心、天台、華厳、三論、法相、地論、摂論、此等八家の意、正しく此に在るなり』と申しております。此というのは聖道門、つまりは捨てるところにありといっているのです。浄土宗より他は、全て捨てよということですな」

「それは……」

「書いてありますでしょう。どうぞ何度でもお確かめください」

「いや、ええ、文言は間違いありません」

「よろしいですか。では、先に進みますが、法然は曇鸞法師の『往生論註』を引きながら続けております。曇鸞も震旦の僧、それも南北朝時代の僧で、浄土宗の開祖ですが、いうことには、菩薩、阿毘跋致を求めるに、難行道と易行道の二種があると。そのうち難行道が聖道門で、易行道が浄土門だと。そして、ここです。法然は『設い先より聖道門を学ぶ人なりと雖も、若し浄土門において其の志有らば、須らく聖道を棄てて浄土に帰すべし』というのです。聖道を捨てよ、とはっきりいっておりますね」

「………」

「間違いありませんね。では、次が『善導和尚、正雑二行を立て、雑行を捨てて正行に帰するの文』のところです。善導も唐の浄土僧ですね。浄土宗で読むのは『観無量寿経』などの浄土三部経ですが、それらを除いた他の経、大乗小乗、顕密の諸経を受持し、読誦することを読誦雑行としていると。浄土宗で拝むのは阿弥陀仏ですが、それを除いた他の仏、菩薩、諸天を敬うことは、礼拝雑行としていると。こういった善導の文を引いたうえで、法然は『須らく雑を捨てて専を修すべし』と主張するわけです。諸経、諸仏を『雑』で片づけながら、また捨てよというわけですね」

「しかし、それは……」

「違いますか。『捨』の文字がみつかりませんか」

「……………」

「ありますね。ここに『捨』の文字が。法然は百人が百人、みな往生できる専修念仏を捨てて、千人に一人も往生できない雑行に執着する必要があるのか、というのです。どうせ閉じるものなのに、ともいっております」

日蓮は、また指さした。

「ここです。『当に知るべし、随他の前には暫く定散の門を』、これは読誦大乗はじめ、定善、散善の救済の門のことですが、その『定散の門を開くと雖も、随自の後には還りて定散の門を閉ず、一たび開きて以後永く閉じざるは唯是れ念仏の一門なり』と。聖道門、雑行の門は閉じるといいますが、何の根拠も示されてありませんね。いえ、さっきは千人に一人も救われないといった。非常に少ないとはいったが、無であるとはしていない。しかし、今度は閉じる、すっかり閉じてしまう、無であるという。こうやって注意して読まなければ気づかないように、ちょっとずつ誤魔化しながら、ちょっとずつ論を飛躍させて、最後にはすっかり否定してしまう。法然源空お得意の論法です」

「そのような悪意があるとは……」

「いえ、悪意なら、はっきりと読み取れますぞ。法然は罵詈雑言さえ吐いておるのです。ええと、ここですな。『或は行くこと一分二分にして』、ああ、ここの『行く』というのは、浄土に行く、浄土に向かうという意味です。そうやって行こうとしているのに『群賊等喚び廻すとは、即ち別解別行の悪見の人等に喩う。私に云く、又此の中に一切の別解別行異学異見等と言うは、是れ聖道門を指すになり』と。聖道門というのは、先ほどみましたね。法然は『今の真言、仏心、天台、華厳、三論、法相、地論、摂論、此等八家』だと明言していました。それを捕まえて、ここでは『群賊』呼ばわりするわけです。せっかく浄土に行こうとする者を呼び止めて惑わす、『別解別行の悪見の人等』の『群賊』であると」

「まさか、そのような……」

「信じていただけないかと案じたゆえ、こうして『選択集』をおみせしながら、話を進めております」

「………」

「よろしいですか。では続けますが、『選択集』の最後を法然は、こう結びます。『夫れ速やかに生死を離れんと欲せば、二種の勝法の中に且く聖道門を閣きて、選びて浄土門に入れ。浄土門に入らんと欲せば、正雑二行の中に且く諸の雑行を抛ちて、選びて応に正行に帰すべし』と。はははは、いよいよ、いうに事欠いて、閣け、抛て、と打ち上げております」

　客人は冊子の文言に目を落とし、そのまま固まっていた。みるみる青ざめていく相貌は、すんでに病人めくほどだった。

日蓮は続けた。法華、真言総じて釈迦が一代で説かれた大乗経典六百三十七部、二千八百八十三巻、さらに一切の諸仏菩薩、および諸の世天らをもって、全て聖道門、難行道、雑行に摂し、それらを、あるいは捨て、あるいは閉じ、あるいは閣け、あるいは抛てと説いている。法然は「捨閉閣抛」の四文字で多くの衆生を惑わせたのです。

「悲しきかな。この数十年の間、百千万の人が、この魔縁に蕩(とろ)かされて仏教に迷っている。あげく謗を好み、正を忘れてしまったのです。これでは善神が怒らないわけがない。円を捨てて、偏を好む。これでは悪鬼がつけこまないわけがない」

「………」

「あなたは先ほど、本朝では仏法が盛んだといわれました。しかし、それは上辺だけの話だ。今このとき本朝で行われるべきは、数を競うような祈禱ではない。法然の専修念仏という一凶を厳に禁ずることこそ、何より大切なの……」

バンと音が破裂した。客人は右の掌を力のかぎり床板に叩きつけていた。黙られよ、日蓮房、黙られよ。

「これほどの暴言、これまで聞いた例(ためし)もない」

十三、立正安国

もはや客人は、こちらを睥睨(へいげい)するような形相だった。

「曇鸞法師、道綽禅師、善導和尚、いにしえの聖人たちが弥陀を崇めること、それは御房のいう通りだ」

「未だ仏法の奥深きを知らぬというところで……」

「黙られよ、日蓮房、黙られよ。方々の教えのおかげで、どれほど多くの者が往生を遂げられたことか」

「震旦の三僧に限るなら、全て間違っていたわけではありません。ええ、悪僧というほどではなかっ……」

「なかんずく、本朝の法然上人であられる」

　バンと再び板間を叩いて、客人はもう日蓮には何もいわせまいとする勢いだった。ええ、法然上人は幼くして比叡山に上られ、十七にして天台三大部六十巻に通じ、さらに八宗の教えを究められた方だ。一切の経と論書を読破すること七度、勢至(せいし)菩薩の化身とも、善導和尚の生まれ変わりともいわれた方なのだ。

「その上人が辿り着かれたのが、念仏の法門だ。それを御房ときたら……。恣意に任せて、弥陀の教門を謗(そし)るとは……」

　日蓮はあえて間を置いた。客人が畳みかけないことを確かめて、それから答えた。

「恣意に任せて謗ったわけではございません。法然が退けられるべき理由は、あなたの目の前で書物を開き、逐一お示ししたはずだが」

「そ、そんなものは、こじつけだ。ああ、全て、こじつけにすぎぬ」

「こじつけでないことくらい、あなたとて理解なされているはずだ」

あなたほど聡明な御仁が、わからぬままではなかったはずだ。日蓮に切り返されて、客人は少し言葉に詰まった。が、それで後退するのでないことは、なお眼に滾る炎で知れた。

「そもそもが、おかしいではないか。近年の災いの原因を、どうして後鳥羽院の御世に、つまりは法然上人が念仏を広めた時代に求めるのか。どうして道綽、善導ら先師を謗り、上人を罵るのか。いや、まったく、とんでもない話だ。御房も少しは慎まれよ。ああ、御房の罪業は極めて重いといえよう」

客人は言葉を連ねるほど憤りが募るばかりといった体である。ああ、もう堪えられん。こうして対座することすら憚られる。ああ、そうだ。それが利口だな。

「杖を抱えて、さっさと退散するに限るな」

実際、客人は立ち上がった。くるりと回ると、そのまま座を離れようとした。その背中に言葉を投げつけたとき、日蓮はほとんど笑みながらの表情だった。

「蓼の葉を食べつければ、辛いがなくなる。厠に居続ければ、臭いがなくなる。どっぷりと悪に染まれば……」

客人は立ち止まった。案の定だ、と日蓮は思う。もうわかっている。頭では理解している。それでも認めがたい。今日まで信じ、敬ってきた物を、即時に捨て去ることは容易でない。だから心が暴れているのだという自覚も、すでに客人にはあるはずだった。

「何を仰りたい」

振り返り、なお問うことになるのだから、こちらの日蓮は笑みを浮かべたくなるのである。

ええ、端的に申せば、こういうことです。

「どっぷりと悪に染まれば、善言を聞いては悪言と思い、謗者を指して聖人といい、正師を疑って悪侶とみなすようになると」

客人は無言ながら、目はこちらから逸らさなかった。まっすぐ受け止め、日蓮は続けた。

「あなたの迷いは深いようですな。しかし深いだけ、その罪は軽くはありませんぞ。ええ、あなたの罪こそは重いといわねばならない」

日蓮は手ぶりで座に戻るよう促した。決まり悪げな躊躇の一瞬だけ置くと、客人は元いた場所に座りなおした。

日蓮は話を戻した。ええと、近年の災いの原因を過去に求めるのはおかしい、ということでしたな。そうでしょうか。未来に求めるより、ずっと自然な論法のように思えますが。

「というのも、災いには、まず予兆が現れるものなのです」

「そうなのですか。実際に現れたことがあるのですか」

日蓮は頷いた。まず唐の例を引きましょうか。慈覚大師の『入唐求法巡礼行記』によりますと、武宗皇帝は会昌元年（八四一年）、勅を下して章敬寺の鏡霜法師に命じ、諸寺に弥陀念仏の教えを伝えさせることにしたそうです。寺毎に三日巡輪せよと命じて、それを貫かれたのです。そうすると、どうでしょうか。会昌二年、回鶻国（ウイグル）の軍勢が、唐の国境を侵しました。同三年、今度は河北の節度使が突如として反乱を起こしました。その後も大蕃国（チベット）が唐の命令を拒むようになり、回鶻国も重ねて地を奪いにきました。兵乱は秦項の代、つまりは秦が末期に近づき、項羽と劉邦が相争わんとした時代ですな、その頃に匹敵するほどになり、災火は邑里ごとに起きたと伝えられます。が、それにもかかわらず、武宗皇帝はいっそう大々的に仏法を破却し、数多くの寺塔を滅ぼしたのです。

「結果、武宗皇帝は兵を鎮めることもできず、そのまま滅亡に進んでしまいました」

「……」

「それこそ、こじつけだ。災いも、滅びも、念仏を弘めたせいではない。ただの偶然にすぎない。と、そう仰いますか、あなたは。しかし、一度ならず二度起これば、こじつけでも、偶然でもないことになりませんか」

「念仏は他にも災難をもたらしていると?」

「それをいわねばなりませんか。客人とて知らぬ話ではございますまい。ええ、次に挙げられるべきは本朝の出来事です。というのも、法然は後鳥羽院の時代の人ではないですか」

客人はハッとしたような顔になった。

「その後鳥羽院は、どうなりましたか。ええ、隠岐に流されて終わりましたな」

三十九年も前の話で、まだ日蓮も生まれていない。ましてや目の前の客人であるが、それでも知らないわけがない。この日本国に生を受けて、知らずにいられるはずがない。

承久三年（一二二一年）五月十四日、後鳥羽院は執権北条義時追討の触れを出した。政の権を取り戻すための倒幕の試みだったが、逆に東国武士団に反撃されて、十九日には決定的な敗北を喫することになった。

世にいう「承久の乱」である。

「法然の『選択集』は建久九年（一一九八年）、同じ年に譲位したのが後鳥羽院なのです」

隠岐流刑まで二十三年、謗法の専修念仏を咎めもせず、好きに流布させたあげくの顚末——そう仄めかされて、客人は再び顔色を変えた。赤く沸騰していたものが、今度は俄かに青くなった。謗法の専修念仏を咎めもしない。それは今も同じだからだ。

浄土宗には、いっそうの興隆さえ許している。後鳥羽院の末路がほんの前兆でしかないとするなら、現に起きている災難、これから起こるであろう災難の大きさに、震えないわけにはいかないのである。

再び話し始めたとき、客人の声は少し震えていた。いや、まだ全て腑に落ちたわけではないが、お話の趣旨は、ええ、大体わかり申した。

「ただ、なんというか、それならば、また別に首を傾げないでもなく。というのは、華洛から柳営に至るまで、釈門には枢楗があり、仏家には棟梁があるわけです。それなのに専修念仏を誰も咎めない、未だ勘状を参らせるでも、上奏に及ぶでもないというのは……」

「及んでおりますよ」

「えっ」

「元仁年間（一二二四年～一二二五年）には、もう。ええ、延暦寺、興福寺の二寺は、たびたび専修念仏を禁止せよと、朝廷に奏聞しております。勅宣や御教書の許可を得て、法然の『選択集』を焼き捨てたりもしています。法然の墓所も破却された。その弟子である隆寛、聖光、成覚、薩生らも流罪に処されて、今も許されていないはずです」

本当に知らなかったらしく、客人は取り繕いもない驚きの表情だった。が、その不面目に気づいたか、慌て気味に言葉を継いだ。いや、ああ、そうですか。ううむ、そうですか。

「法然上人が本当に経を下し、僧侶を謗じたのか、なお私ひとりでは何とも判断がつきかねますが……」

「法然の『選択集』は、おみせしたではありませんか」

「例の『捨閉閣抛』ですな。それは、ええ、確かにみました」

あとは自分の頭で考えれば、わかる。物事を考える力があるなら、他に取りようがない。

「法然上人の落度……。と、するべきなのでしょうな。それにしても玉に瑕……。そう、ほんの僅かな欠点でしかないものを取り沙汰して、あなたは誹謗しているとも……。血迷ったあげくの戯言なのか。すっかり悟られたうえで語っておられるのか。あなたは賢者なのか、愚者なのか。正しいのか、誤っているのか。私には何とも判断つきかねる」

日蓮はあえて言葉を返さずに、ただ見守るような笑みでいた。客人とて、わかっている。だから頭では、もう十二分にわかっている。それでも従前信じてきた心が、まだ認めたくないと、もがき、苦しみ続けている。が、それが乗り越えなければならない葛藤であることも、理解している。

日蓮の笑みには、それを励ます意味も込められていた。気づいた客人は、決まり悪さを誤魔化すような咳払いで改めた。

「結局のところ、天下泰平と国土安穏は君臣の願うところ、土民の思うところでありましょう。国は法によって栄え、法は人によって貴きものとなる。国が滅び、人がいなくなればいったい誰が仏を崇め、誰が法を信ずるというのでしょうか。そのゆえに、まず国家を祈り、すべからく仏法を立てなければならない。もし災いを消し、難を止める術があるなら、是非ともお聞かせ願いたいものだ」

　日蓮も口を開く。いや、頑愚な私が、何の賢い術を知るわけではありません。できるのは経文から引いて、いくらか所存を述べることだけです。つまり仏法における術ということになります。

「まず正しきを立て、もって国を安んじる。立正安国の論法になります」

「立正安国と。それは、如何なる」

「結論から申し上げれば、謗法の人を禁止して正道の僧侶を重んじれば、国中は安穏となり天下は泰平となるでしょう。それだけのことです。ええ、先程来の話から推して知るべしだ。それを、もしやあなたは躊躇いを禁じえないとか。あるいは気が咎めるとか」

「正直申せば、そうです」

「ご案じめさるな。涅槃経に『今無上の正法を以て諸王、大臣、宰相及び四部の衆に付属す。正法を毀る者をば、大臣四部の衆、応当に苦治すべし』とあります。苦治する、断固として止めるということです。その方法として、仏は『正法を護る者は応当に刀剣、器杖を執持すべし。刀杖を持つと雖も、我れ是等を説きて名づけて持戒と曰わん』とさえいっております」

「謗法の者は殺してしまえというのですか。それは殺生の罪にはならないのですか」

「同じく涅槃経によりますと、蟻を殺しても三悪道、すなわち餓鬼道、畜生道、地獄道に落ちるけれども、謗法を止める者は定めて不退の菩薩の位に昇るとさえしています。もちろん殺生の罪にはならない。謗法はそれほどの大罪なのだということです。とはいえ、あくまで喩えであって、『設い五逆の供を許すとも、謗法の施は許さず』ともいわれておりますから、実際の手段としては、謗法の者への布施を止めることでしょう」

「布施を止める、と。それは五逆、すなわち母を殺すこと、父を殺すこと、阿羅漢を殺すこと、僧たちの和合を乱すこと、仏を傷つけること、それらの五つの大罪を犯した者を供養することが許されたとしても、なお許されないくらいに罪深きことである、と」

確かめる言葉に全て頷きを返されると、客人は腕組みして、むうと唸った。布施を止めるか。念仏者に布施をしないか。まあ、とりたてて浄土宗を盛り立てないという程度なら、できないこともないか。

十四、予言

うんと最後に頷くと、客人は俄かに座を下り、襟を正してから始めた。仏教、これまちまちにして旨趣究めがたく、なお不審な点も多くあり、どれが正しくどれが誤っているか、私は理非を明らかにできたわけではありません。しかし、だ。

「法然上人の『選択集』は目の前にある。諸仏、諸経、諸菩薩、諸天、全てを『捨閉閣抛』せよと、はっきり書いてある。これを元凶として、聖人は国を去り、善神は所を捨て、天下は飢渇し、世上は疫病に見舞われた。その理非だけは、あなたが経文を引くことで、はっきりお示しくだされた」

「それでは……」

「国土泰平、天下安穏は、一人より万民にいたるまで好み、また願うところだ。いち早く謗法者に対する布施を止めて、末永く正法の僧尼に供養し、仏海の白狼ともいうべき賊を退治いたしましょう。さすれば世は義農の世になり、国は唐虞の国になりましょう」

漢土の聖代とされる伏羲、神農の世になり、平和を謳歌した堯舜の国になると、そうした喩えで客人は、あるべき理想を実現したいといったのである。

日蓮は答えた。

「喜ばしいことです。近年の難を顧みて、私の言葉を受け入れてくだされたなら、風は和らぎ、波は静かにして、たちどころに豊年が訪れることでしょう。ただし……」

そこで日蓮は一拍置いた。何かと見開かれた客人の目を、まっすぐ捕えてから続けた。

「人の心は時にしたがい移ろいやすく、物の性は境により改まってしまうものです。あなたとて当座は私の言葉を信じたとしても、後になれば、きっと忘れてしまうことでしょう」

「そんなことはございません」

「本当ですか。ならば、お言葉を信じて続けますが、よいですか、まず急がなければなりません。国土を安んじ、現当の安楽を祈りたいと心から願うのであれば、どうかどうかお急ぎくださいませ。速やかに情慮を巡らし、早急に対治を加える必要があります」

客人は少し気圧された様子だった。そ、それは悠長に構えるつもりはありませんが、そこまで急ぐというのは、どうして……。

「わけがあります」

と、日蓮は続けた。正しい仏法が損なわれたとき、その国を襲う災難の数々が諸経に述べられていることは、すでにお話ししております。

「それは『薬師経』にもみつけることができます。ここでは七難が挙げられております」

「七難、でございますか」

「いかにも、書かれていることには『所謂人衆疾疫の難、他国侵逼の難、自界叛逆の難、星宿変怪の難、日月薄蝕の難、非時風雨の難、過時不雨の難あらん』と。正嘉二年の八月には長さ四丈（十二メートル）に及ぶ大流星が出現しましたから、星宿変怪の難、すなわち星の運びの狂いも確かめられて、今日までに本朝では実に五難が起きたことになります。が、まだ二難が残っております。他国侵逼の難、そして自界叛逆の難です」

「外国に攻められ、内乱が起きるということですか」

「その通りです。先ほど触れた『大集経』でも三災が挙げられております。そのうち穀貴、疫病の二災は現実のものとなっておりますが、あとの一災がまだです。兵革の災です」

日蓮は続ける。この「兵革の災」を内外の兵乱をまとめたものと解釈すれば、『薬師経』が挙げる他国侵逼の難、自界叛逆の難とも矛盾いたしません。

「『金光明経』のなかで説かれる種々の災禍も逐一起きた格好ですが、『他方の怨賊国内を侵掠する』という災がまだです。『仁王経』にも七難が挙げられています。日月失度難、衆星変改難、諸火梵焼難、時節叛逆難、大風数起難、天地亢陽難、四方賊来難の七難ですが、近年に起きたのは六難です。未達は四方賊来難ということになります」

「内外の兵乱……、やはり、それですか。まだ起きていないが、これからやってくると、つまり御房は予言なさるのですか」

「経文に、そう書いてあるというのです。様々な経を跨いで、ほぼ符合しているからには、もはや確実だろうというのです」

「しかし、それを解釈したのは、あなただ。その上で予言なさった」

自分が予言した、しないは問題でない。そうした意味を込めた笑みで話を流すと、日蓮は先を続けた。

「『仁王経』には『加之国土乱れん時は先ず鬼神乱る。鬼神乱るるが故に万民乱る』ともあります。鬼神たちは本朝に、すでにやってきたとはいえないでしょうか。民は多く死んでいるのです。ええ、これが先難であることは明らかだ。とするならば、これから本格的な災難が来るというのは、むしろ自明のことではないですか」

客人は絶句した。もはや青ざめてさえいた。日蓮は聞いてみた。

「もしや、何かお心当たりでもあるのですか」

「いえ、いいえ、本当に何も。内に不穏な様子があるでなし……。ましてや外国が攻めてくるなど……。宋が？　あるいは高麗が？　いや、まさか……」

「お心当たりがないとしても、急がねばなりません。謗法を廃さなければなりません。実乗の一善、真実の教えである法華経に帰依なされて……」

そうした日蓮の言葉の途中で、縁の外から声が届いた。告げたのは、地面に膝つけ畏まる烏帽子姿だった。

「入道様、お時間がすぎております」

気がつけば、もう薄暗い。西側も木々鬱蒼たる山なので、燃えるような夕陽とてチカチカ木洩れるにすぎないからだが、うるさかった蟬にせよ、もう鳴かなくなっている。

「そうか、そんなにか」

受けた客人は、素直に無念の相を浮かべた。

「日蓮殿の御話、もっとじっくりお聞きしたかった。が、何分にも忙しい身で」

「それは私も残念に思います。もしよろしければ、本日の話を文章にまとめて、あらためて差し上げることができますが」

「おお、それは是非にもお願いしたい」

「宿屋殿を介すれば、よろしいのですな」

「ええ、そのようにお願いできれば、ありがたく」

「承知しましてございます、最明寺入道殿」

そう名前を出すと、客人は一瞬だけ驚いた顔になった。が、もはや忍ぶ意味もないと観念したか、すぐ白い歯をみせた笑みになった。

「隠せなかったようですな」

「そうと察しませんでしたら、私もこうまでの話はいたしませんでした」

最明寺入道——前の執権、相模守北条時頼のことである。

赤痢で執権の位を引いたものの、その病さえ癒えれば、なお北条得宗家の当主であり、今も事実上鎌倉幕府の最高権力者である。別な言い方をすれば、本朝の国主だ。

「いかにも、御房のいう通りだ」

再びの笑みで「御免」とだけいうと、最明寺入道は草庵を後にした。

十五、松葉ヶ谷

文応元年（一二六〇年）七月十六日、日蓮は北条得宗家被官、いうところの身内人である宿屋光則を介して、最明寺入道に勘文を届けた。

立邪亡国の今を憂い、改めるべく書かれたそれこそは、題して『立正安国論』である。

今日が八月二十七日であれば、もう上申から四十日がすぎたことになる。

「で、まだ何もないのか」

確かめたのは、日昭だった。

いつもの松葉ヶ谷の草庵、弘法の辻説法を終えた夕の縁である。

日蓮は答えた。いえ、何もありません。柳営からも、得宗家からも、特には何も。

「そもそも何かあるべしという話でもありません。ええ、拙文を最明寺入道殿が読み、前にもお聞かせした話の理屈を改めて踏まえたうえで、どう思われたか。やはり道理と受け入れて、私の勧めに従うのか。これは受け入れられないと思い返して、何もしないのか。ただ、それだけのことなのです」

とんでもない暴論だと憤りに駆られなおして、誅罰を加えるというのであれば別ですが。そうやって、日蓮は笑みさえ浮かべた。日昭のほうは、なお晴れない顔である。

「通りそうなのか。その、なんというか、最明寺殿と話した感触では」

「ええ、感触は悪くありませんでした。最明寺殿は人物であられます。妄執に凝り固まる頑迷の徒ではない。はじめは抵抗感もお隠しになりませんでしたが、それも道理を認めざるをえないと解せる聡明さゆえのものと、お見受けいたしました」

日蓮は手応えを感じていた。思いは届いた。最明寺入道には確かに届いた。ひとたび話を理解すれば、それを話だけで終わらせる人間でもない。

「隠居入道の身とはいえ、もう世事に関わらない風でもありませんでした。むしろ積極的に関わり、改善に運びたいといった意欲に満ちておられた。でなければ、私の話を聞きたいなどと、自ら機会を求めようとするわけがありません」

果断な気性も垣間みえた。最明寺入道は行動を躊躇する手合いとも思われない。その前向きな心根に届いたと、日蓮は密かに自信があったのだ。ええ、ほどなく聞こえてくると思いますよ。念仏が禁じられたとか、権門による浄土宗への布施が止んだとか。そうなれば、じきだ。仏の正法が取り戻されます。守護の善神が本朝に帰ってきます。災難は起こらなくなります。それを実現したいと思わないわけがないのです。

「ひとつ気になるところがあるといえば……」

「あるといえば？」

「最明寺殿は未だ歳若くあられることか」

と、日蓮は答えた。ええ、いくらか線が細いところも見受けられないでなく。あるいは歳若いからでなく、未だ病が快癒に達してはおられないせいなのかもしれませんが。

「なるほどな」

と、日昭は受けた。骨ばる肩肘で腕組みながら続けたことには、なるほど、なるほど、それなら確かに腑に落ちないこともないと。

「ああ、日蓮、きっとお主のいった通りの御仁だな、最明寺殿は」

「弁殿、それは？」

今度は日蓮が尋ねる番だった。日昭は答えた。

「最明寺殿には確かに受け入れられたのだろう。でなければ、ただ無視されて、そっと片づけられたに違いない。日蓮という、地位もなく、名も知れない田舎法師が……、いや、失敬」

「構いません。弁殿、続けてください」

「そうか。うん、では続けるが、その田舎法師が『立正安国論』なる勘文を最明寺殿に上げたなどと、皆が知っているわけがない」

「皆が知っているのですか」

「ああ、知っている。日蓮、お主は今の鎌倉では、ちょっと話題の人物なのだ」

そういってから、日昭は苦笑にしても面長に歪みがすぎる相になった。いや、そんな言い方じゃあ、あまりにも呑気にすぎるか。

「むしろ怨嗟の的になりつつあるというべきか」

「恨まれている。というと、ああ、浄土宗にですか」

確かめると、日昭は頷いた。

「念仏僧たちは、もうピリピリしているよ」

「そうなのですか。いや、気づきませんでした。辻説法していても、邪魔するような輩は、かえって減ったように感じていましたが」

「そこだよ、日蓮。もう気楽には嚙みつけんということだ。そうまで切迫しているということなのだ」

無理もない、と日昭は続けた。『立正安国論』が容れられれば、浄土宗とその僧徒たちは直ちに疎外を余儀なくされる。それも権力に疎外されてしまうのだ。

「ふんだんな布施を止められ、数多の優遇を取り消され、事実上の追放に処され……」

「謗法の道から正法の道に引き戻されるのですから、念仏者にとっても救いに他ならないのですが……。もちろん荒療治であることは否めませんが、それも仕方ありません」

そう受けたからには、日蓮もできることなら法論を通じて改めさせたかった。そのつもりで法華経の弘法に取り組み、専修念仏の理屈を論破してきた。いうところの折伏(しゃくぶく)だが、それでは遅遅たる歩みにならざるをえない。かかる悠長は、もはや許されない。本朝の仏法は廃れ、善神聖人は国土を離れ、かわりに鬼や魔が到来して、数々の災難を起こすところまで来ているからだ。

「仕方ない。ああ、仕方ないことなのだが、それにしたって我々が恨まれるよう、わざわざ仕向けることはないじゃないか」

「仕向ける？　誰が、です」

「最明寺殿が、だよ」

それが日昭の答えだった。いや、仕向けたという言い方は、おかしいかもしれん。最明寺殿にも、そんなつもりはなかったろう。しかし、現実に念仏者たちに恨まれることになっている。もしやると決めたのなら、最明寺殿もただやればよい、黙々とやればよいというのだ。日蓮房が勘文を上げたなどという裏の事情を、好んで表に洩らすことはなかった。

「そう考えて、不服を覚えないではなかった、悪意すら勘繰らないではなかったのだが、最明寺殿はいくらか線が細いというお主の話で、それもわかるような気がしてきた」

「線が細いと、なぜ話が洩れるのです」

「己の一存で強引に進めることはないからさ。これは北条得宗家の命令なんだと、問答無用に押しつけるのでなく、つまるところ周囲に相談してしまうのさ」

「周囲というと、宿屋殿のような得宗家の被官たち……。否むしろ、柳営の執権殿や連署殿、それに連なる……」

「はっきりいえば、極楽寺殿さ」

と、日昭は名前を出した。

極楽寺殿、または極楽寺入道殿と呼ばれているのは北条重時――今の執権北条長時の実父である。最明寺入道には義父に当たる。執権を務めた時分には、その施政を支えてくれた前の連署ということでもある。

政に隠然たる力を振るう陰の大立者といってよい。その極楽寺重時が、かねてより隠れもない熱心な念仏者だったのだ。

「極楽寺殿に知られぬわけにはいかなかったと?」

日蓮は確かめた。確かに極楽寺入道に知られれば、そこから話は浄土宗の寺僧らに洩れていく。

「というより、知らせたのだ、最明寺殿は。だから自ら相談したのだ」

「どうして、そんなことを……。反対されると、わかっていて……」

「そこが線が細いというところだ。どうせ反対されるから、ここは秘密にしておいて、こちらで勝手に進めてしまおう、とはならない。反対されるかもしれないが、情理を尽くして説得して、あげくに力を貸してほしいと思う」

そうまとめて、日昭は最後は唸るようだった。ううむ、なんとも惜しいな、最明寺殿は。これだけ大胆な献策に耳を傾けてくださる方など、そう多くはないというのに。

「私の勘文は、それだけ広く詮議されたということです」

日蓮は、なお前向きに捉えた。それこそ大抵の方なら一顧だにしなかったでしょうが、それを取り上げ、きちんと俎上に載せてくださっている。

その点は日昭も認めないではなかった。ああ、よくぞ取り上げてくだすった。

「それはありがたいばかりだが、広く詮議されているということは、極楽寺殿が反対できるということでもある。最明寺殿としては押し切るつもりなのだろうが、逆に極楽寺殿に押し切られる可能性もある。いかな得宗家といえども、同じ北条の一門を、それも共に政を担ってきた有力な一門を、一睨みで黙らせられるかといえば、甚だ心もとないのではないか。ましてや、日蓮、お主がいうように歳若く、未だ体調に不安を残すような、どこか線が細い当主となると……」

「一抹の不安が拭いきれないと。詮議では極楽寺殿が勝るかもしれないと。しかし、弁殿、そのときはわかるでしょう。もし最明寺殿が押し切られ、私の『立正安国論』が退けられれば、そのときは報せを待つまでもないでしょう」

「それは？」

「すぐさま念仏僧どもが押しかけてきます。柳営も北条得宗家も動かないと決まれば、もう怖いものなしだとなって、我々に文句の百もぶつけずにはおかないでしょう」

「確かにな」

それに備えておくべきかな、あれこれと案ずるよりも。日昭が引きとって、二人ながら笑みを交わしたときだった。

日朗がやってきた。

厨のほうから出てきたので、夕餉の支度ができたと知らせにきたかと思いきや、ひとりの女が一緒だった。歳のころは三十を少しすぎているか、襟もはだけた市井の女だ。

「米町に住んでおられるそうですが、御師様に知らせたいことがあると訪ねてこられて」

「新善光寺に人が集まっております」

と、女は始めた。大勢です。それに皆さん、物凄い剣幕で。そうした最初の言葉で、日蓮も、日昭も、無念の呻きを洩らさずにはいられなかった。新善光寺は同じ名越の弁ヶ谷にあるが、そこは隠れもない浄土宗の寺なのだ。

「駄目でしたか、最明寺殿は」

「やはり極楽寺殿に押し切られてしまったようだな」

吐き出した二人の僧を見比べながら、女は怪訝な顔になった。というより、嘆息する呑気が解せないという顔だ。ですから、大勢の人が集まってるんですよ。ああ、そうか。

「これから松葉ヶ谷に向かうともいっています」

「そうでしょうね」

「そうなるだろうと、ちょうど話していたところだ」

「法論なら受けて立ちますよ。ええ、やはり、それしかなさそうだ。時間はかかってしまいますが、丁寧に法門を説き、謗法を改めさせていくしか……」

「話なんかできる風じゃありません」

と、女は途中で割りこんだ。ですから、物凄い剣幕なんです。日蓮ども、決して許しておくものかって、もう目の色を変えてるんです。

「それでも僧侶だ。それは最初は悪僧だの、田舎法師だの、罰当たりだのと罵るかもしれませんが、まがりなりにも僧侶であるなら、最後は法論にならざるをえません」

「違うんです、日蓮様、違うんです。御房さまもいますが、御房さまだけじゃありません。在家も集められているんです」

「武士たちですか」

と、日蓮は確かめた。とっさに思い出されたのが、故郷の安房の東条景信のことだった。

「つまりは極楽寺殿の郎党ということですか」

女は頷いた。それと、町人も駆り出されました。ええ、名越から大町大路の界隈まで、住人がかなりの数で。

「従わなかったら、浄土宗に異を唱えたとみなすなんて脅されて、みんな新善光寺に連れていかれたんです。そこで男たちは棒杖を渡されて。好きに動けるのは私みたいな女と、あとは……。ああ、来ました。向こうから来ました」

女は裏山を指さした。日蓮が振り返ると、いつもと同じ急峻な斜面ながら、木々の黒のなかにヒラヒラと白いものが動いていた。ガサガサと木々の葉を騒がせながら、松葉ヶ谷まで降りてきてみれば、それは白猿ならぬ半裸の子供たちだった。

「おっかない連中は、こっちには来てないよ」

「うん、まだ山には逃げられれらあ」

「洞窟もある。一晩くらいなら、隠れられるよ」

浄土宗が強いといいながら、日蓮らの数年にわたる弘法の努力で、名越界隈にも心を寄せてくれる者たちが増えたようだ。男たちは自由にならなかったが、女や子供はあきらめずに急を知らせ、のみか助け出そうとしてくれたのだ。

「だから、日蓮様、早く」

八月も末であれば、日暮れは早い。それは急坂に足を踏みしめ、道なき道を辿りながら、高台の洞窟に身を潜めると、もう間もなくのことだった。

「南無阿弥陀仏、南無阿弥陀仏」

山々に木霊して、念仏の声が聞こえてきた。と思うや、眼下に松葉ヶ谷の草庵が浮かび上がった。本当ならみえるはずもなかったが、赤々とした灯で闇に照らし出されたのだ。

松明を手に手に、やはり大人数だった。草庵を囲んだのは五十人、いや、百人もいたろうか。ほどなく怒号も渦巻いた。言葉としては聞き取れなかったが、人が怒鳴る声であることは疑いなかった。

が、すでに草庵は無人である。返事はなく、気配すらないことに焦れたのだろう。物音が後に続いた。バン、バキッ、ドサ、バリバリと、薄闇に響くのは破壊の物音である。皆で草庵に押し入ったということだ。建物に怒りをぶつけたということだ。それは町衆に知られなければ、今頃は日蓮たちが襲われていたという意味だ。

「ここまでやるか」

そばの闇から、日昭の呻きが届いた。日蓮は答えた。やるのですね。ええ、弁殿、あやつらは本当にやるのですね。

「まさに謗法の輩です。法華経に書いてある通りです」

諸の無智の人の悪口罵詈などし、及び刀杖を加うる者もあらんも——と、みえている風景そのままなのは、『法華経』の勧持品の一節なのである。

松葉ヶ谷の草庵は最後は眩(まばゆ)いばかりになった。煌々たる光のなかで踊り、それに疲れたかのように崩れ落ちる。連中は火までかけて、すっかり焼け跡にしていった。

十六、逃亡

「文殊師利(もんじゅしり)菩薩が海のなかの竜宮から戻ったときです。智積(ちしゃく)菩薩は何をしていたのかと聞きます。文殊師利菩薩が法華経を説いていたと答えると、智積菩薩はさらに『速やかに仏を得ること有りや』と、つまりは法華経を理解して、成仏できたものはいたかと聞きます。文殊師利菩薩の返事は『有り』というものでした」

日蓮が連ねる言葉に、一同は高座に注いだ目も逸らさず聞き入っていた。

「有り、それは竜王の娘だと」

そう続けると、いくらか戸惑うような空気が流れた。

「竜王の娘は八歳、それでも優れた智慧があり、身口意(しんくい)を具(そな)え、あらゆる如来が説かれた言葉の意味を会得できたのだと。『刹那の頃(あいだ)に菩提心を発(おこ)して、不退転を得たり。弁才は無礙(むげ)にして、衆生を慈念すること、猶赤子の如し。功徳を具足して、心に念じ、口に演(の)ぶることは、微妙広大にして慈悲仁譲あり。志意は和雅にして、能(よ)く菩提に至れり』と。『悟り』に達する力があったというわけです」

皆は戸惑いというより、もはや驚きの色が濃い。なるほど、竜女である。畜生で、女で、しかも幼い。それが『能く菩提に至れり』というのだ。

「これに智積菩薩は返します。釈迦でさえ長い年月をかけて、大変な思いで悟りに達したのだ。その竜女が一瞬で完全な悟りを得ることができるなど、いったい誰が信じるのかと、なかなか認めようとしなかったのです」

聞き入る一同は、今度は安堵に近いような相を浮かべていた。やはり、そうか。ああ、そうだと思った。それこそ妥当な落着だ。

「そこに当の竜女が現れます。『聞きて菩提を成ぜること、唯仏のみ当に証知したもうべし。

我は大乗の教えを闡きて、苦の衆生を救わん』といいます。本当に悟れたのだと。仏は知って証を立ててくれると。皆の苦しみを救えるんだと。そういうんですね。馬鹿な、馬鹿な、とても信じられないと、出てきたのが舎利弗でした。いうことには『女身は垢穢にして、これ法器にあらず』と。努力精進を怠らず、幾百幾千劫にわたって善行をなし、六波羅蜜の修行を成就したとしても、今日まで女は仏陀の位に達したことがないと。『云何んぞ能く、無上菩提を得ん』と、全くにべもありません」

こうなると、聞き入る一同も、さすがに釈然としない顔になる。ことに女人たちは悔しげな色を隠そうともしない。

「智積菩薩の言い方だと、一瞬にして悟るなんて無理だと。裏を返せば、女人でも時間さえかければ、もしやと含みがないではありません。しかし舎利弗は、もう女人であるだけで駄目だと。『女人の身には猶、五障あり』とまで加えます。一に梵天王、二に帝釈天、三に魔王、四に転輪聖王、五に仏身、その五ついずれにもなれないと。『云何んぞ女身、速やかに成仏することを得ん』と、断固退けるわけですが、竜女のほうも下がりません。『我が成仏を観よ。またこれよりも速やかならん』とまで打ち上げます。どうなったかといいますと、『当時の衆会は皆、竜女の忽然の間に変じて男子と成り、菩薩の行を具して』いることをみることになりました」

どよめきが生じた。日蓮は続けた。ええ、竜女は男に変身してみせました。男にだってなれる。これで女が仏になれたといって、疑われる謂れはなかろう。そういうことを、身をもって証明してみせたのです。

「ええ、男であろうと、女であろうと、悟りを求める道に違いはありません。女人成仏は可能なのだと、法華経の提婆達多品も後半は、そうした教えになっているのです」

一場から言葉が湧いた。南無妙法蓮華経、南無妙法蓮華経。何重にも唱えられて、ほとんど合唱のようになった。南無妙法蓮華経、南無妙法蓮華経。

「ああ、日蓮様のお話は違います。ありがたい。本当にありがたい」

帰りがけ、その女は手を合わせながらだった。日蓮が門まで見送りに出たからだったが、そうすれば説法を聞き終えたばかりの信者たちは、名残惜しげに縋らないわけがない。

「こんなわたしでも、心がけ次第では成仏できるかもしれないのですね」

「ええ、誰の内にも仏性は秘められております。誰が即身成仏できないということではないのです」

「悪人提婆達多も成仏できたし、竜女だって成仏できた。この前の御話に続いて、今日の御話でしたから、もう身体が震える思いで聞きました」

男が割りこむようにすれば、また別な女が前に出る。

「またお聞きしたい。わたしだって、何度でもお聞きしたいと思っております」

「ええ、日蓮様の御声を聞くだけで、明日も頑張ろうという気持ちになります」

「送られた御文を読み聞かせていただいただけでも、心震えると申しますのに、こうして直に話していただけるなんて」

また別な女、また女、それから男と続いて、もう競うようである。日蓮の迎えられ方は、ほとんど熱狂的といってよい。

「ええ、本当に。百座説法といわず、二百でも、三百でも」

「いっそのこと、ここにずっといてくだされぱいいのに」

本当に、本当に。何人かで唱和したあげく、人々はかたわらの武士にも水を向けた。

「富木様も奮発なされて、御寺くらい日蓮様のために建ててくださいましな」

「いやあ、それは参りましたな」

富木常忍は苦笑になったが、それも本気で逃げたいわけでなく、むしろ表情にはまんざらでない風が混じる。

「日蓮は果報者にございます。あんな大勢を前に説法させていただけるなど、本当にありがたい話でございます」

きりがないからと促されて、日蓮は奥に下がった。白湯でもてなしながら、富木常忍は今度こそ嬉しげな笑みだった。

「いえ、我ら下総の者こそありがたく感じております」

日蓮は下総に来ていた。説法が行われたのも、八幡荘の守護所近くに構えられた富木常忍の屋敷だった。

松葉ヶ谷の草庵を襲われて、日蓮は鎌倉を逃れた。まっすぐ向かったのが下総だった。

そこは安房の清澄寺にいたころから、日蓮に傾倒する者が多くいた土地である。下々が熱心だったのみならず、富木常忍、さらに大田乗明、曾谷教信、秋元太郎と、安心して身を寄せられる檀越も少なくない。

「正味な話で日蓮殿、このまま下総に落ち着かれてはいかがです」

と、富木は続けた。日蓮が法華経の弘法を試みた土地は、安房、下総、鎌倉といくつかあるが、そのなかで最も順調に信者を増やしていたのが下総であったことは事実なのだ。

もちろん他宗もあり、念仏者も多くいるが、一方的に襲撃され、焼き出されることを心配しなければならないほどの脅威ではない。日蓮に傾倒する人々は規模としても、もはや他に後れを取らない。

日蓮が弘法の拠点とするには、最も理想的な土地であるといってよい。

「安房に帰られるのでなければ、この下総に是非」

そう続けた富木の言葉は、他の多くの信徒の希望を代弁したものでもあった。

日蓮は返した。ええ、返す返すも、ありがたい話でございます。

「もとより安房に帰るつもりはございません。清澄寺を破門された身でありますゆえ」

「東条左衛門尉もおりますしな」

「ああ、東条」

そう思い出したように受けて、日蓮の声に重く考える風はなかった。富木はといえば、これに少し色をなした。簡単に考えてはなりませんぞ、日蓮様。

「東条は土地の地頭です。力を振るえる人間なのです。その力というのは、端的にいえば暴力です。松葉ヶ谷を襲ったような暴力なのです。その黒幕、東条の主筋でもある極楽寺殿がおられるからには、まして鎌倉には戻れますまい」

日蓮は少し黙った。ならばと続けたとき、富木は静かに諭すような調子に変えていた。

「この土地で信徒を増やしていくのが、よろしいのではありませんか。ええ、あっという間に大きくなります。ご自身の宗派を新たに立てられるほどになります。もちろん天台宗なら天台宗で構いません。本来の天台の教えに回帰せよ、仏法を伝教大師最澄の時代に戻せとの訴えに共鳴する天台僧とて、この下総には少なくないのです」

「しかし、鎌倉には今も仲間や弟子がおります。向こうに残してきた者もいるのです」

と、ようやく日蓮は答えた。日昭はじめ、数人の弟子のことである。

松葉ヶ谷の草庵は焼かれたが、それだからと弘法をあきらめるわけにはいかない。密かに機会を窺いながら、活動を再開する。そういって、今も鎌倉で頑張っている。

檀越たちとて、鎌倉にいないわけではない。富木に劣らず、熱心に支援してくれる。日昭らを庇い、匿い、弘法の再開を応援してくれているのも、そうした檀越たちである。

さらにいうなら、鎌倉でも心を寄せてくれる信者は少しずつ増えている。やはり熱狂的といえるほどの傾倒ぶりで、それは日蓮だけは救わなければならないと、自らの危険を顧みず、松葉ヶ谷の危急を教えてくれた通りである。

「ええ、鎌倉を捨てるわけにはいきません。それに……」

「まだ何かあるのですか」

「私は後悔を禁じえないのです」

「後悔?　何を後悔するというのです」

「鎌倉から逃げてしまったことです」

と、日蓮は言葉にした。

そばから不快な息苦しさに胸が詰まる。それは一種の敗北感か。いや、これだけ激しく心が滾り、カッと顔まで熱くなってくるからには、屈辱とも感じているのか。

　富木は驚いたという顔で受けた。

「それは逃げるというのとは違いましょう。日蓮様は難を避けただけのことでございます。というのも、あのまま鎌倉にいれば、今頃どんな危害を加えられていることやら」

「それでも私は鎌倉に留まるべきだったと、今にして悔いているのです。ええ、もっと冷静に考えるべきだった。真に法華経を弘めんとすれば、迫害を加えられるは必定。そのことは経典に書いてあり、私とて覚悟は決めていたはずなのですから」

「だからといって、怪我をさせられたり、ことによると殺されたりすることはありませんぞ。また大袈裟なと、日蓮様はお笑いになるかもしれませんが、私は現実に起こりうる話だと考えます」

「ならば怪我をするべきであるし、あるいは殺されるべきでしょう」

「な、なんですと。どうして、そうなるのです」

「それが真に法華経を弘めんとしていることの証になるからです」

「…………」

「ええ、経典には全てが書いてある。近年本朝が見舞われた災難も全て書かれておりました。まだ起きていないこともありますが、それはこれから必ず起こると私は考えています。やはり全てが書いてあるといえば、法華経を真に弘めんとする者は、罵詈され、追われ、刀杖で打たれるとも書いてあるのです。してみますと、かかる経典の予言の通りにならず、私が無事でいて、うまく立ち回るのだとすれば、それどころか人に恵まれ、信徒に迎えられ、安全な土地でぬくぬく法話を続けられるのだとすれば、それは私が真に法華経に帰依する者ではないという意味になります。まして自ら逃げて、そうなったのだとすれば……」

無念でなりません、と日蓮は噛むようにして言葉を結んだ。ああ、まだ私は何者にもなれていない。であれば当然ながら、まだ何事もなしえていない。

富木はといえば、やや時間を置いて思案してから受けた。ええ、わかりました、日蓮様。

「それは世の人々を救いたいということであられますな。つまりは、自らが法華経の予言の通りになれば、経典に書かれた災いの予言は外れるかもしれないと。これから来るであろう災いは避けられるし、すでに来た災いもひどくならず、鎮まっていくかもしれないと」

「そうなのです。全て経典の通りなら、そうなります。仏法を正しく戻すことができれば、この国を守護する善神聖人も帰り、もって数々の災難は避けられるかもしれないのです。ええ、まだ多くを救えるかもしれない。もとより時間を無駄にはできなかったのです」

「こうしている間にも鎌倉では、極楽寺殿はじめ念仏者の輩が、浄土宗の隆盛に悦に入っているでしょうからな。勢いづくまま、柳営から得宗家から、すっかり身内に取りこんでしまうかもしれませんからな」

それでは善神聖人は戻らない。この国の天変地異が止むことはない。

「そうですか。日蓮様は帰られますか、やはり」

と、富木はまとめた。日蓮様は鎌倉に帰る。私とて早晩そうなると思っておりました。ええ、残念きわまりない話ながら、きっとそうなるだろうと。

「ただ路銀と供の者だけは手配させていただきますぞ」

そういって、富木常忍も最後は気持ちよい笑みだった。

十七、断罪

日蓮が戻った鎌倉には、槌音が響いていた。

幕府が政所、公文所、問注所と再建していただけではない。やはり地震で倒れ、また火事に焼かれた町屋でも、ようやくといおうか、建て直しに手がつけられていたのだ。

名越松葉ヶ谷の草庵も新しくなっていた。地震や火事で損なわれたわけでなく、襲われ、壊され、焼かれたものだが、日蓮の留守を預かっていた日昭が、この弘長元年（一二六一年）までに、なんとか再建していたのだ。

援助を頼んだ鎌倉出府の檀越たちも、四条頼基、池上宗仲、池上宗長、進士善春、工藤吉隆、南条兵衛と増えていたので、建物としては前より立派になったくらいである。

とはいえ、場所は少し違う。大町大路を逸れてからが長く、前より奥まっている。

「襲われにくいということだ。襲われても、すぐ裏が山だから、逃げやすい」

それが日昭の口上だった。

念仏の暴徒らに襲われた一件は、かなり応えたようだった。鎌倉に留まっていれば、語られざる苦労もあったに違いない。あげく、もう大丈夫などとは油断できないと、自ら肝に銘じたのだ。

「弁殿、さすがです」

そう労いながら、こちらの日蓮はといえば、何を恐れる様子もなかった。四月に戻るや、早々から辻説法にも出かけた。他宗と法論を戦わせることも、前と少しも変わらなかった。

「いや、こたびも痛快でした」

快哉を叫んだのは、池上右衛門大夫志宗仲だった。

その日、草庵を訪ねていたのは、折烏帽子も似合わぬほど太い猪首の偉丈夫で、武士も野武士と思うくらいだったが、これで父の池上左衛門大夫康光は武蔵国池上郷の地頭という立派な家の生まれである。

弟が池上兵衛志宗長で、こちらは優男の美丈夫だったが、勢いこむところは兄に遅れなかった。いかにも、いかにも。

「日蓮様ときたら、『ここに源空の門弟、師の邪義を救って云く、諸宗の常の習い、たとい経論の証文なしといえども、義類の同じきを集めて一処に置く』と来たわけですからな」

まだ三十代と二人とも若く、いかにも血気さかんな風だ。鎌倉に出府して当初は、建長寺蘭渓道隆のところで、禅宗に帰依していたらしいが、そこで一緒だったのが四条頼基や工藤吉隆だった。日蓮に惹かれて帰依するようになったのも、また一緒ということだ。

そこだ、と兄の宗仲が再び出てくる。その源空の門弟というところが効いたな。

「日蓮様がやりこめた相手も、こたびは道阿道教だったわけだからな」

「そうそう、新善光寺の別当は、法然房源空の孫弟子だ」

盛り上がる二人に、日蓮が言葉を挟む。いえ、やりこめるのが目的ではありません。

「それを折伏と申しまして、ただ自身の誤りを理解し、謗法の振る舞いを改めてほしいのです」

「簡単には改めますまい。心根から入れ替えさせないと」

「ええ、この松葉ヶ谷の前の草庵を襲撃した一味は、新善光寺から来たわけですからな。道阿道教こそ黒幕だ。少なくとも、そのひとりだ」

「決まっている。決まっている。名越の地の名刹だから、あたりの住人を脅しつけて、いうなりにすることができたのだ。もっとも、あのときから従わない民人はおった。今なら従わない者のほうが多いだろう」

「刀杖は振るえても、弁舌は振るわないとなっては、な」

そうやって池上兄弟は笑い声を響かせる。

これに日蓮は真顔で答えた。確かに、あの襲撃は取り返しがつかないでしょう。法論でなく暴力でとは、悪比丘たることを白状したも同然です。謗法の誹りを免れえない身の上なのだと、自ら公言したようなものだ。それを衆生は見逃しません。いえ、まずもって仏が見逃しません。

「謗法とは恐ろしい罪だ。最明寺入道とて、率先して私を害そうとしたわけではないでしょうが、それでも『立正安国論』を用いませんでした。それだけで謗法の責めは免れず、もって地獄堕ちも逃れられないことでしょう」

とまで、いってしまう。いわずに留めておけない憤りが、今の日蓮にはある。

「そんなに……」

さすがの池上宗仲も絶句に下がる。宗長とても、恐る恐るという問い方になる。

「最明寺殿で地獄堕ちならば、道阿道教や、それこそ襲撃の黒幕も黒幕、実質的な首謀者といわれる極楽寺入道殿となると、いかほどの？」

「無間地獄に堕ちるは必定でしょう」

そう心得て、改心してくだされればよろしいのだが。そう続けた日蓮は、いよいよもって苦いものでも嚙むような顔だった。

変わらない――鎌倉は変わる素ぶりもない。諸宗は権力と結びつき、災難も民人の苦しみもどこ吹く風と、今もって大伽藍の軒の高さを競うばかりだ。

なかんずく浄土宗の隆盛は止まらない。東の新善光寺だけではない。西では阿弥陀如来の大仏が立ち、また極楽寺重時は名前の極楽寺に豪華な山荘を落成して、その祝いという口上で、つい先日にも将軍宗尊（むねたか）親王はじめ数多供奉人を招いて、飲めや歌えの大騒ぎだった。

最明寺入道は何をしている――周囲の反対で大胆な処断に出られず、浄土宗を追放することはおろか、その供養を止めることすら思うに任せないのだとしても、なお何ひとつ改めないというのは如何なる了見からなのか。

鎌倉に戻るにあたって、日蓮は多少の期待は抱いていた。あのとき浄土宗の暴挙を止められなかっただけで、最明寺入道は志を捨ててはいないはずであると。

「いえ、柳営も禁令を出しました。先頃出された『関東新制条々』、その五十の一に『念仏者の事』と別して、『女人を招き寄せ常に濫行を致し、或いは魚鳥の類を食い酒宴を好む、此の如きの類』については、奉行人に通告し、その家屋の破却、鎌倉追放に運べと定められております。少しは変わったのだと、前向きに考えるべきなのかもしれません」

　そうやって日蓮が、ふうと息を抜いたときだった。日朗がやってきた。新しく弟子にした二人、若い日行（にちぎょう）、年配の大進房までが、血相変えた速足だった。

　何事かと問う前に、理由も知れた。追いかけるようにして、松林の細道を抜けてくる一団があったからだ。まさに一団で、十数人はいたろうか。

　とはいえ、前に襲撃してきた輩とは違う。激情に駆られる様子は皆無であり、かえって感じられるのは淡々とした風だった。

「日蓮房とお見受けいたす」

　先頭の折烏帽子が声を発した。さっと動いて、池上兄弟が前に出た。二人とも先刻までの陽気から一変、身を挺して庇うという決意は、その背中からも感じられた。

　かたわらで弟子たちは僧衣の袖に手をかけて、ぐいぐいと後ろに引いた。すぐ背後の裏山に駆けこめと強く促している。しかし、もう逃げないと決めたのだ。

　日蓮は前に出た。池上兄弟まで制して、一団を率いる折烏帽子の面前に歩を進めた。

「いかにも、日蓮でございます」

「武蔵守（むさしのかみ）様より御通達がござる」

　そう呼ばれるのは今の執権、赤橋（あかはし）北条家の長時である。なるほど、やってきたのは幕府の奉行人ということだ。引き連れた一団は、それに仕える小舎人（こどねり）だったのだ。

「日蓮房につき、こたび伊豆国伊東への流罪を決められました」

と、奉行人は続けた。耳にして、日蓮は刹那くらりと眩暈に襲われたように思った。

「馬鹿な。公儀の断罪はありえんぞ」

池上宗仲が叫んだ。つまるところ、一宗と他宗の争いである。法論を戦わせただけなのである。向こうの念仏僧はさておき、少なくとも日蓮は拳ひとつ振り上げていない。

釈然としない顔で、宗長も後に続いた。

「理由をいえ。いかな科(とが)で流罪になるのか、あるなら堂々と申してみよ」

「悪口の罪にて」

「悪口？　悪口と、そういったのか」

「いかにも、御成敗式目(ごせいばいしきもく)で禁じられております」

十二条には確かに「悪口咎事」がある。「闘殺之基、悪口より起る、其の重き者は流罪に処せらるべし」と定められている。

「それにしても、こんな話があるか」

なお宗長が抗えば、宗仲もまた前に出る。

「悪口なら、向こうだって、さんざ吐き出しているではないか」

「向こうとは？」

「念仏者どもに決まっておる」

「念仏者ども？　それについては、それがし、何も聞かされておりません」

「………」

「ただ日蓮房を召し捕えよとだけ命じられております。大人しく御縄につかれたく……」

「つくわけがない」

「冗談も大概にせよ」

池上兄弟は、そのまま腰の得物に手をかけた。向こうの一団も刹那に表情を変えた。俄かに空気が緊迫した。

張りつめたものを破ったのは、日蓮だった。それも大きな笑い声で、だ。

「ははは、ははは、なるほど、そうだ。悪口をいったのは私だけです。来たのは奉行人なのだから当然ですな。ええ、つまりは諸寺諸宗の悪口ではありません。柳営得宗の悪口を吐いたというのです。最明寺殿も救われないとか、極楽寺殿は無間地獄に堕ちるとか、辻説法でも確かに打ち上げております。誤った仏法を信仰したと声高に責めております」

言葉ながらに歩を進め、日蓮は奉行人と肩を並べた。とはいえ、悪口の科で流罪とは、いくらなんでもひとを馬鹿にしておるのではないでしょうか。

「日蓮が生きたるは不思議なり。殺されぬのが科なり」

と、そういうことなのでございましょう。確かめながら歩みを進め、そのまま捕吏(ほり)たちに囲ませた。背後に残る弟子檀越たちに、バッと動き出す気配があった。

「よいのです」

と、日蓮はそれを制した。最明寺入道殿に上げた勘文は用いられなかった。それをみた念仏者ども、上下の諸人をかたらい、私を打ち殺さんとしたが、かなえられなかった。のみか鎌倉に戻ってこられ、そこで、こたびの柳営の処断となったのです。

「武蔵守殿は極楽寺殿の御子だ」

今の執権は、浄土宗庇護の大立者、極楽寺重時の実子なのである。

「ゆえに親の心を推しはかり、理不尽も承知で拙僧を伊豆国に流すことにしたのでしょう。されば、極楽寺殿、武蔵守殿の一門は皆滅ぶるを、御一同とくと御覧あるべし」

日蓮は打ち上げた。あえて予言めいた物言いを用いたのは、その親子を無理にも貶めたかったからである。それは裏腹に、最明寺入道は違う、なお違うのだと思いたい気持ちの表れだったかもしれない。

みれば、日昭も出てきていた。痩せた頰を強張らせながら、それでも他の弟子たちのように動じているではなかった。

さすが覚悟ができていたということだろう。また日蓮も静かに告げた。

「それでは弁殿、いってまいります。あとのこと、お頼みいたします」

五月十二日、まだ日が高い時刻だった。日蓮の護送が始まった。

しばらくは粛々たる行進だった。名越の坂を下り、木戸を抜け、大町大路に入るところで、また別な小舎人の一団が待っていた。

僧ひとり護送するには、大袈裟なくらいの人数である。あるいは大袈裟にすることが狙いか。車大路に進み、滑川に出ると、浜の下町が覗く。そこに人垣ができていた。武士から町人から、僧衣まで少なからず紛れている。人が勝手に集まったというより、無理にも駆り出され、集められたということかもしれない。

「念仏の敵め」

「日蓮、おまえなど仏罰を当てられるがよい」

「きさまこそ悪鬼だ。きさまが来てから、鎌倉は災い続きになったのだ」

「おおさ、出ていけ、出ていけ。日蓮奴がいなくなってこそ、はじめて善神聖人が戻ってくるというものじゃ」

やはり仕込みだ。日蓮の『立正安国論』を揶揄するような罵りは、くぐもる大合唱まで背負っていた。

「南無阿弥陀仏、南無阿弥陀仏」

南無阿弥陀仏、南無阿弥陀仏。念じられ続けるからには、もう間違いがない。

浄土宗の諸寺が、やはり動いている。信徒を掻き集めている。信徒でない者まで連れ出して、憎き日蓮に今こそ辱めを加えようとしているのだ。

人垣に紛れて、弟子たち、檀越たちの顔もみえた。日昭、日朗、日行、大進房、それに池上兄弟、急を聞かされ駆けつけたか、四条頼基、工藤吉隆の姿まである。

悪口を吠え続ける人々に揉まれながら、今にも悲しみに流されて泣くようだったり、あるいは怒りに弾かれて、飛び出してきそうだったり。

それを励まし、落ち着かせるため、日蓮は強く頷いてみせた。のみか、大きく声にも出した。

ええ、よいのです。これで、よいのです。前に松葉ヶ谷の草庵が焼かれたとき、私も襲われるべきだったのです。首尾よく逃れたことが、真に責められるべき科なのです。

「全ては法難です。正しくも法華経を弘法する者として、私は受難を忍ばなければならないのです」

そう思うのが正解であろうことは疑いなかった。

滑川の桟橋に小舟が用意されていた。乗りこんだ日蓮は、漕ぎ手の動きにつれて左右に揺れながら、あとは海の波間に滑り出すのみだった。

日蓮は合掌しながらに、法華経巻四見宝塔品から引いて唱えた。

「此の経は持（たも）つこと難し、若し暫くも持つ者あらば、我れ即ち歓喜せん。諸仏も亦然ならん。かくの如き人は、諸仏の褒めたもう所なり。是れ則ち勇猛なり。是れ則ち精進なり。是れ戒を持ち……」

波音を別とすれば、じき耳に聞こえてくるのは自らの声だけになった。

十八、伊豆

法難――法華経を貫く者の宿命として、のみならず証明としても甘受しなければならない試練は、伊豆配流で二度目ということになる。

とはいえ、名越松葉ヶ谷を襲撃された前回は、あくまでも私事だった。ただ謗法の輩が正法の者を追わんとしただけだ。しかも草庵を焼かれただけで、自身はうまく難を逃れた。

今回は違う。幕府が動いて、処罰された。日蓮は公然たる罪人として、流罪に処された。つまりは王難であり、法難の度はさらに一段深刻になったといわなければならない。

まさに悪比丘が王に取り入り――経文に書かれた通りであれば、ことさら驚くわけではない。

が、本朝いよいよ末法きわまれりと、そこは心得ざるをえない。

逃げず苦しめばこその行と甘受した日蓮だったが、まして法華経の弘法を急がねばと気は逸るばかりである。囚われの我が身は、やはり口惜しいものだった。

連行されたのは伊豆国伊東荘、和田玖須美（わだくすみ）にある地頭屋敷だった。敷地に草庵が結ばれていて、それを日蓮は住まいに与えられたのだ。

不快や不便、不自由があるではない。さすがに好きに出かけることはできなかったが、かたわら草庵に留まる分には何をするのも勝手である。これが流罪というものなのかと、日蓮としては拍子抜けする感もあった。

あるいは仮住まいにすぎず、これから本当の獄に移されるのかもしれないと、なお身構えた数日のうちだった。伊東八郎左衛門尉祐光（いとうはちろうざえもんのじょうすけみつ）が草庵を訪ねてきた。

土着の豪族で幕府の御家人、なにより罪人の身を預かる地頭であれば、伊東は屋敷の主人ということにもなる。近郷近在に並ぶ者もない権力者だが、それにしては貫禄がなかった。

せいぜい三十半ばと、まだ若いこともあったが、ならばと相応の元気を期待しても、同じくかなえられない。痩せぎすな風が否めず、というより削ぎ落としたように頰がこけた相貌は、もはや生気に乏しい感じがした。

口を開けば、また声も弱々しい。

「日蓮房であられますな。鎌倉から来られたのですな」

「いかにも」

答えながら、日蓮は首を傾げた。

名前はともかく、鎌倉から来たかどうかなど、別して検められる話ではない。それくらい幕府から通達されていたはずであり、わざわざ確かめられる理由が知れない。

「拙者も鎌倉におりました」

と、伊東祐光は続けた。「ほお」と受けて、日蓮は先を促した。

「建長三年、今から十年ほど前に身体を壊して、この本貫地(ほんがんち)に戻ってまいりましたが、それまでは鎌倉で、御所の小侍所に出仕しておりました。ええ、今の最明寺入道様ですな。当時は執権であられましたが、あの方の御そばで近習(きんじゅう)を務めておったのです」

「最明寺入道殿の……」

「はい。伊東荘に下がった今も折に触れて文などいただき、ありがたくも気にしていただいております」

すんでに息切れしそうになりながら、それでもいいきる相手をみつめるほどに、日蓮はいよいよもって自問に駆られた。これは、どういうことなのか。

こたびの処断は執権武蔵守長時が下したものである。それは実父である極楽寺重時の意を受けたものだとも考えていた。鎌倉念仏宗の大立者は、日蓮などという田舎法師が怪我ひとつなく今なお尋常でいることなど、どうにも看過ならなかったのだ。

そのはずだった――が、伊豆に流されてきてみると、いたのは最明寺入道の息がかかる御家人だった。今にして思えば、そも流刑先が何故の伊豆だったのか。

伊東祐光がいるからなのだとすれば、やはり最明寺入道の決定だったのか。それを極楽寺入道も追認、受けて執権武蔵守が措置したということなのか。

とすると、最明寺殿も敵か――『立正安国論』を容れなかった。それは極楽寺殿の反対に押し切られたというような受け身の決断でなく、やはり日蓮は罰せられるべきであると、自ら翻意したものだったのか。

日蓮が困惑するというのは、少なくとも目の前の伊東祐光からは、露ほどの敵意も感じられないからだった。それは背後にいる最明寺殿が、怒りゆえに動いたのではない証なのか。が、だとすれば、どうして流罪を決めたのか。

伊東祐光は小さな、それでも迷いのない声で、さらに足した。

「もうひとつ申しますと、それがし、日昭の従兄弟です」

「今、なんと申されましたか。日昭の……。えっ、弁殿の従兄弟であられる……」

「ええ、母が下総の出で、日昭の母御の妹、つまりは叔母に当たります。やはり下総から嫁を取りまして、奥が日昭の妹ですから、我らは義兄弟ということにもなります」

日蓮は驚きに声も出ない。が、ありえない話ではない。日昭は武士の家の生まれであり、その縁者は日蓮の檀越たちのなかにも少なくない。

「いうまでもないことでしたかな。母は工藤の家の娘なわけですから、工藤左近将監も伯父ということになります」

「我が檀越の……」

工藤吉隆のことである。

「そうでしたか」

と、日蓮はようやく受けることができた。いや、受けただけで、まだ終わりにはできない。

「しかし、これでは……」

「何か」

「伊豆に流されたとはいえ、縁者と申しますか、ほとんど身内のような伊東殿に預けられて、これでは罰ではないようだ」

伊東は一度座りなおし、それから続けた。実を申せば、危ないところでした。

「武蔵守殿は御父上のいいなりです。その極楽寺殿が火がついたようになっておられた。いうまでもなく念仏僧たちが焚きつけたものですが、いずれにせよ、もっと苛酷な処断を考えていたようです」

「それなのに最明寺殿は……。いや、なるほど、そうか。それだから最明寺殿は御自分が先んじて動くことになされたのですか」

日蓮に確かめられて、伊東祐光は頷いた。

「日蓮房が鎌倉に戻れば、また市中に混乱を招く。なにより、今度こそ命が危ない。日蓮房はしばらく鎌倉を離れていたほうがよい。と、そのように最明寺様は考えられた御様子にございます」

「もしや弁殿も相談に出向かれたのでしょうか。日蓮の奴、このままでは本当に危ういと」

「そのように聞いております」

「それで伊東殿、あなたのことが話に出て、ああ、それで伊豆に流すということに」

伊東祐光は再び頷きを示した。わかりました、と日蓮は引きとった。

「ええ、わかりました。ということは、私も少しは買われていたのですか、最明寺殿に」

「送られた文では、本朝が見舞われた度重なる不幸を仏法の問題と捉え、その解決を真正面から考えている僧など、およそ二人とおるまいと申されておりました」

「残念ながら、それはその通りでしょう。東端の粟散辺土(ぞくさんへんど)とはいえ、本朝も仏国土の内なれば、僧が我が問題として煩悶するのは、本来は当然のことなのですが」

「その本来の当然が見失われた世なのでしょうな。いわれてみれば当たり前のことなのだが、ついつい見落としている。それを過たずに指摘するから、日蓮房には驚かされるのだと、これは我が従兄弟の申しようです」

「弁殿が。そうでしたか」

日蓮は少し黙った。日昭は理解し、また共鳴してくれる。弟子であり、それ以前に比叡山の頃からの同学同志だからだが、そうでなくとも賛同してくれる人はいるはずだ。最明寺入道も、そのひとりであるはずなのだ。

「それでも最明寺殿は動かれませんか。つまりは諸宗を退けるために」

「動きたくとも、そう簡単には動けませんでしょう。最明寺入道様には御立場がおありです。それも大きく、しかも難しい御立場が」

北条得宗家の長、つまりは本朝の国主ということだ。その立場からでは少し手をつけただけでも、もう世は大きく動揺してしまう。見逃されることはなく、反発も必ず起きる。浄土宗を筆頭に、諸宗が騒ぐだけではない。それらが権力と癒着したものであるなら、北条諸流をはじめ多くが突き上げに動き出す。それを収拾するのは、確かに一通りの苦労ではないだろう。

「しかし、なればこそ私は最明寺殿に期待したのです。最明寺殿なら、おやりになれる、最明寺殿にしか、おできにならない。決然と動く王がいるとするならば、それは最明寺殿を措いて他にはおられない。そう見込んで、私は……」

「動かれるでしょう。ええ、日蓮房の御見立ては間違っていないと思います。最明寺殿は稀な逸材であられます。ただ、すぐには難しいということで」

「いえ、すぐでなければならぬのです。急がねばならぬのです」

日蓮は勢いこんだが、それを伊東祐光は笑みで躱（かわ）そうとしたようだった。あまりに力なく、はかなげな笑みなので、こちらもさらなる強弁には及べなかった。

静かになると、伊東は目を逸らした。ひとまずは縁の向こうの景色でも眺められよ。そう促されて頭を巡らせると、いくらか高台になっているので、まさしく見事な眺望である。

絵のような松原が覗けていた。が、左右から囲みにかかる山々の緑色も、北東の方角だけには大きく口を開けている。

すぐ先が伊東港ということだ。彼方には白浪（しらなみ）遊ぶ海原が広がっているのだ。

打ち寄せの繰り返しも、微かながら音になって聞こえてくる。安房生まれの日蓮は海が嫌いでない。それも故郷と同じ東海と思えば、なおさら心が慰められる。

伊東は青白い顔のまま、また始めた。

「伊豆も悪いところではありません。頼朝（よりとも）公が天下を取る前に流されていた土地ですからね。日蓮様も、どうです。法華経が本朝にあまねく弘まる日に備えて、いくらかゆるりとなされてみては」

「そんなことはいっておられないのです。ですから、このままでは本朝は破滅してしまいます。

最明寺殿が動かれないなら、なおのこと私が少しでも法華経を……」

「それも命を取られては、とげられますまい」

「しかし……」

さらに続けかけたが、そこで日蓮も止めた。ふっと息を抜くと、こちらも争わない笑みになった。ええ、伊東殿の仰る通りかもしれませんな。こうして命を失わずにすんでいるのも、御仏の御心ゆえなのでしょう。

「が、命あってと申すは伊東殿も同じこと。この日蓮、かくて伊豆に来たからには、まずは伊東殿の病気快癒を祈禱させていただきましょう」

「おお、それはありがたい。この歳で隠居、いや、このまま臨終となるのは、拙者としても本意ではありませんからな。ええ、日蓮様、是非にもお願いいたします。御手数とは存じますが、助けになる御弟子も来られていることですし」

「弟子ですと」

「はい。駿河岩本から伯耆房と名乗る若者が」

正嘉の大地震のあとである。日蓮が一切経を調べに訪ねた実相寺に、その若い学僧も学びにきていた。たちまち傾倒し、弟子になりたいとも申しこんできたが、今の鎌倉はひどいからと、しばらく実相寺で励むよう指示してきた。

その伯耆房が、こたびの一件を伝え聞いたのだろう。師匠と決めた日蓮が、駿河の隣りの伊豆に流されてくるならと、迷わず飛んできたということだろう。また経文を繙くなら、自分も前と同じように手伝いたいと。

まだまだ学びが足らぬということか――日蓮は今度は己を冷やかすような笑みだった。まだ経文の見落としがあるということか。もっと仏法を究めよということか。伊豆に流されでもしなければ、大人しく研鑽に努めることなどなかろうからと。

日蓮は前向きな意志を取り戻した。来てくれた伯耆房を正式な弟子として、新たに日興の名を与えたのは、このときの話だった。

十九、無智の悪人

伊東八郎祐光の病は快方に向かった。

弘長三年（一二六三年）を迎える頃には、馬で外を出歩けるまでになった。一時、二時と時間が伸び、五里、十里と距離も増えていくほどに、どんどん自信がついていく。

これなら伊豆の内を往来するに留めている理由がない。鎌倉にだって行けないことはない。そう思い立つと、もう自制の術はなかった。伊東祐光は年始の挨拶に出仕した。

その鎌倉から伊東に戻ったときだった。一番に日蓮に告げたことには、極楽寺入道重時は一昨年の十一月三日に鬼籍に入っていたと。

「極楽寺殿の怒りを宥めるためだったのだから、これで彼の流罪の沙汰も虚しくなった。貴辺が日蓮房の身を預かる任も、そろそろ解くべきと存ずる。と、それが最明寺入道様の申されようでございました」

心ばかりの喜ばせ、それこそ土産話だろうと日蓮は本気にしなかったが、二月二十二日には鎌倉から文が下されてきた。伊豆伊東における流罪は本当に許されていた。

「弘長元年からですから、伊豆には足かけ三年ですか。御房には難儀おかけしましたな」

対面を果たしてみれば、最明寺入道は実際、済まなそうな口ぶりだった。

「いえ、月で数えれば二年にもなりません」

そう答えて、日蓮のほうは声穏やかである。憤りに昂(たかぶ)るわけでも、不満に濁(にご)るわけでもない。

「そうですか。ずいぶん長いように感じましたが」

「鎌倉に帰ってからだけで、もう半年がすぎておりますれば」

事実、もう暦は十一月の半ばまで進んでいた。乾いた風は冷たさを孕み、すっかり冬だという頃になって、日蓮は是非お会いしたいと最明寺入道に請われたのだ。

日蓮は笑みになって続けた。ははは、名越松葉ヶ谷の草庵は今も変わらず、あばら家でございますゆえ、鎌倉での暮らしのほうが、かえって容易でないくらいでございます。

「伊豆では伊東殿に新たな住まいまで建てていただきました。そこで不相応なほど恵まれた日々を送らせていただいて」

「聞いております。毘沙門(びしゃもん)堂と申しましたか。八郎は随分と感激したようですな。病気快癒は日蓮様のおかげだ、法華経で祈禱していただいたおかげだ、新居くらい建てさせてもらわねば罰が当たると、こちらでも興奮気味に話したものです」

そう続けてから、最明寺入道はしんみりと付け足した。

「倣うべきでしたな、それがしも」

日蓮は答えず、ただ下に傾けたままの目で相手をみつめた。

声は弱々しいながら、最明寺入道は話を戻したようだった。

「とはいえ、御房には無為の日々を強いてしまいました」

「そんなこともございません。伊豆では大いなる悦びがありました。大いなる嘆きもありましたが」

そうした答えに、最明寺入道は表情を動かした。少し驚いたようだった。

「嘆きはともかく、大いなる悦びと申されるは」

「法華経を読むことができました」

と、日蓮は答えた。鎌倉にいた頃は、一日に読めるのは僅か一巻一品ほどでしかありませんでした。それが伊豆では昼夜十二刻、たっぷり法華経を修行することができたのです。

「仏法についての考えも深まりました。誤りに気づくこともできました」

「誤りとは？」

「これまでの私は守るべき仏法を『天台真言の教え』と称してまいりました。が、当然のことながら、天台宗と真言宗は違います」

「確かに真言では法華経を主としておりませんな。しかし、だからといって対立するわけではございますまい。真言といえば密教ですが、それは天台にもあったはず」

「いかにも。世に『台密』と呼ばれて、当たり前になってもおります。しかし、伝教大師の時代から、そうではなかった。最澄和尚も密教を知らぬわけではありませんでしたが、教えの柱はあくまで法華経だったのです。それに密教を並べ、二本柱としたのは三代座主慈覚大師円仁です。すぐにも誤りとされるべきところ、口惜しくも定着してしまったのです」

「密教は誤りなのですか。それは何故に」

「やはり謗法の罪を犯しているからです。弘法大師空海からして、法華経は華厳経に劣れり、華厳経に優れる大日経に比べれば、三重も劣れりといっているのです」

「日蓮房の憤慨もわからぬではありませんが、さすがに弘法大師空海がいったことであれば、それも間違いでは……」

「弘法大師は釈迦仏ですか」

「はい？」

「弘法大師とて人にすぎない。絶対に間違わないとはいえない。それが人説の限界です。無謬を断言しうるのは仏説、すなわち経文のみです。その経文を読めば、わかる。大日経が法華経より優れているとした経文など、ひとつとしてないのです」

「そうでしたな、日蓮房は。常に経文に沿うゆえの絶対的な自信なのでありましたな」

頷いて、日蓮は先を続けた。それだから、口惜しい。天台の高僧まで耳を傾け、仏説を曲げてしまうのだから、嘆かわしい。

「ええ、例の密教を容れた者たちです。円仁、さらに円珍といった台密の祖たちにせよ、理、つまりは内容においては法華経も大日経も同じだが、事、つまりは現実の救いであるとか、即身成仏であるとかにおいては、印を結び真言を呪す大日経のほうが優れている、などと口走る始末だったのです。『天台真言の教え』で亡国になる所以です。真言の悪法を天台は止めず、それを助長するような真似さえしてきたというわけです」

「しかし、これまでも本朝では、ことあるごとに護摩が焚かれてきましたぞ」

「それで、どうなりましたか」

「どう、といわれて……」

「天皇上皇は常に真言密教を用い、加持祈禱を行うことで、敵を調伏(ちょうぶく)せんとした。それは事実ですが、しかし、どうなりましたか。密教など用いぬ輩に敗れたのではありませんか」

「……」

「安徳(あんとく)天皇は、どうです。平家一門は延暦寺を氏寺に、日吉社を氏神にしていました。源氏と戦うに際しては、ときの天台座主明雲(みょううん)と三千人の僧たちに祈禱させました。あげく源氏に勝てたというのですか」

「それは……」

「後鳥羽院にせよ、念仏の法然房を放置しただけではなかった。承久の年に鎌倉を討たんとしたとき、その勝利をやはり祈禱させていたのです。天台座主慈円、仁和寺御室の道助(どうじょ)法親王、さらに叡山、東寺、園城寺、南都七大寺の高僧らが、真言の秘法を修し、北条の調伏を祈りました。それで、どうなりましたか」

「後鳥羽院は敗れ、流されることになりましたが、しかし、それは何も後鳥羽院だけということでなく、皆が……」

「北条は護摩祈禱を行ったのですか」

少し黙り、ややあってから最明寺入道は答えた。やっておりませんな。南都北嶺、それに高野山からさかんに僧侶を招くようになったのは、承久の後のことですからな。

「わかりました。ええ、わかりました。つまるところ、御房が考えを深められたというのは、かねてからの法華最勝が、法華独勝に進んだということなのですな」

日蓮の頷きを得ながら、最明寺入道はその先を少し躊躇う様子だった。促す意味で笑みを浮かべると、ようやく続けた。

「禅宗はどうでしょう」

念仏と並ぶ新仏教のもう一翼である。武士の間においては、かえって念仏より盛んである。誰より最明寺入道が、その熱心な信徒で知られている。

「いけません」

日蓮の答えに、曖昧なところはなかった。ええ、聖僧を騙る邪智慢心の輩をいうなら、かつての本朝では空海、円仁、円珍、法然らが、それに当たるでしょう。今の鎌倉でいえば、真言宗の加賀法印、浄土宗の良忠、そして禅宗の道隆ということになる。

「ええ、最明寺入道殿が私淑なされている道隆です。建長寺という立派な伽藍を建立して差し上げた道隆です。しかし、それでおわかりになられませんか。禅宗が正法であるなら、こうまで国主の帰依を得ているのです。とうに国が安寧になっていなければ嘘ということになりますが、現実はどうなっておりましょうや」

最明寺入道は答えなかった。日蓮に問われるほど、答えられない。旱魃、飢饉、暴風雨、疫病、そして地震と相次いだ災難こそ、日蓮と出会うきっかけだったからだ。世が平穏であったなら、『立正安国論』を取り上げようなどとは、ちらとも思わなかったのだ。

日蓮の伊豆流刑は理由がある話として、その間も最明寺入道は禅宗への帰依、道隆への私淑を変えなかった。それで只事と思われない災難は、少しでも鎮まったのかと問われれば、やはり答えられないに違いない。

今年の八月にしても、鎌倉は二度にわたり、大荒れの風雨に見舞われた。港では数十隻に及ぶ船が漂没を余儀なくされたほどだった。つい先だっての十一月十六日には、また大きな地震が起きた。ようやっと再建した建物も、またぞろ半ばが倒壊を強いられた。

やはり何も収まっていない。お会いしたいなどと、日蓮を急に招いたというのも、本朝、わけても鎌倉が不穏なままだからではないのか。

日蓮は続けた。禅宗は教外別伝（きょうげべつでん）を立て、法華経を軽んじる。念仏と並んで、叡山旧寺から帰依者を奪い取ることもする。

「禅の根本にせよ、仏ならぬ人としては慢心がすぎるものだといえましょう」

「そうですか。となると禅宗に帰依したそれがしも、やはり地獄堕ちですか。というか、それ以前に念仏を信じた極楽寺殿と同じく、早々と命を落とすしかありませんか」

そう問うた最明寺入道は、実は最初から横になっていた。もはや黒いくらいに青白い顔をして、一瞥して深刻な病床だった。左右に張り出した顎は、すっかり肉が落ちたため、もう魚の鰓（えら）と見紛うほどなのだ。

枕元に詰めることになっていた日蓮は、次のように答えるしかなかった。

「嘆きというのが、これです」

さらに続けるほど、日蓮の声は震えた。ええ、伊豆に流されている間にわかりました。法華経の「行」は、王の迫害を受けなければ完成しません。受けた私は迫害においては際立ち、竜樹、天親、天台、伝教とて、この身に肩を並べるものではないと、誇らしくさえ覚えます。が、それは私が真に法華経の行者たるがゆえ、王たるものに謗法の罪を冒すよう、仕向けてしまったことにもなるのです。

「最明寺入道殿は自ら進んで刀杖を構えたわけではない。法華経を害するお気持ちがあったとは考えておりません。むしろ私を救おうとなされた。それでも浄土宗を退けようとはなさらなかったのです。なお禅宗に帰依を続けられたのです。さほどの大罪とも思われなかったからでしょうが、それこそ無智の悪人とされざるをえないのです」

「無智の悪人ですか。やはり悪人なのですな」

「はい」

「罪は免れませんな」

「はい」

「やはり命は助かりませんか。伊東の八郎のように、たとえ日蓮房に祈禱していただいたとしても」

日蓮は首を振った。私とて口惜しく思います。最明寺入道殿ほどの方が、何故と……。しかし、ここまで罪を重ねてきてしまったのです。いや、私が『立正安国論』を献じたことで、それを取り上げないという罪まで犯させてしまいました。

「やはり嘆かないではいられません」

「もう手遅れと」

「御自分が誰よりわかっておられるはずだ」

「そうですな。ええ、まったく、その通りだ」

まっすぐ天井を見据えていうと、それから最明寺入道は目を瞑った。

瞼から溢れるものがあり、それが目尻を伝い落ちて、左右の耳を濡らしていく。ええ、それがしのことは、とうにあきらめております。それがしのことは構いません。それがしのことを祈ってほしいとはいいません。

「ただ相模太郎（さがみたろう）を、お頼み申します」

最明寺入道の嫡男、北条太郎時宗（ときむね）のことである。まだ十三歳だが、最明寺入道が亡くなれば、その瞬間から北条得宗家の惣領（そうりょう）である。今のところ幕府は執権長時、連署政村（まさむら）で固められているが、いずれかが退き次第、権力の座にもつくことになるだろう。

日蓮は答えた。日本の国主となるべき方であられますれば、無論のことでございます。

「この国のため、衆生のためにも、この日蓮、力を尽くさせていただきます」

聞くと、顎の小さな動きで頷きを示し、あとは声も出さなかった。最明寺入道は、そのまま眠りに落ちてしまったようだった。

二十、母危篤

弘長三年十一月二十二日、最明寺入道こと、北条時頼は死んだ。まだ三十七歳の若さだった。ないことではないながら、不吉を読み取る向きは、やはり少なくなかった。これも仏罪神罪なのではないか。本朝は救われないのではないか。このまま滅びるのではないか。十二月十日には鎌倉若宮大路が、折りからの強風に煽られた大火で灰燼に帰したのだから、勘繰りすぎと退ける風もない。

さらに災いは訪れた。文永元年（一二六四年）七月五日には、大彗星が到来した。寅の刻（午前四時頃）、東の空に忽然と光の玉が現れ、それが音もなく西へと飛んでいったのだ。まだ暗い時刻だったが、その間は相模国の隅々まで真昼のように明るくなった。犬が吠え、馬は嘶き、いうまでもなく人々も起きて騒いだ。

凶瑞ではないか。大禍が訪れるのではないか。松葉ヶ谷で空を見上げた日蓮も、それを否定するではなかった。

というより、彗星の到来は二度目であり、すでに意味するところも自明である。経文に予言された七難は、やはり避けられるものではない。未達の外乱、内乱を含め、全ては必ず起きるのだ。この国から善神聖人が離れ、魔や鬼につけこまれているからだ。それは法華経がないがしろにされたことによる。最たる証に、謗法の輩には必ず仏罰が下される。

八月二十一日、幕府で執権を務めた武蔵守長時が没した。いよいよ若い三十五歳の享年だった。

長患いの末の逝去は、父の極楽寺入道に続くものである。いうまでもなく、父子は日蓮法難の働き手たちである。

「されば、極楽寺殿、武蔵守殿の一門は皆滅ぶるを、御一同とくと御覧あるべし」

日蓮が伊豆に流されるときになした予言は、これで現実のものとなった。

先がけた八月十一日、長時の辞意を受けて、代わる執権には、それまで連署を務めた北条政村がついた。空いた連署に就いたのが、相模守北条時宗だった。

亡き最明寺入道に頼まれた、その遺児嫡男である。

日蓮は考えた。子を思う親の一念を託されて、何をするべきか。僧として何ができるか。いや、なすべきは法華経の弘法と決まっていた。やってきたことを、やり続けるしかない。この国の仏法を正しい道に戻せたならば、王法も自ずから盤石となるからだ。相模守時宗を支えるに、それに勝る助けはないのだ。

そうした信念は揺らがないながら、なお日蓮は悩まずにはおれなかった。

鎌倉における弘法は変わらなかった。日蓮が伊豆に流されていた間も、日昭、日朗をはじめとする弟子たち、四条頼基、池上兄弟、工藤吉隆といった檀越たちが、きちんと留守を守ってくれていた。そこに戻り、前と同じく日々の勤めに励んでいた折りだった。

名越の尼、つまりは故郷の安房東条郷東北荘の領家の尼が、遣いを寄こした。日蓮が知らされたことには、片海に残してきた母、妙蓮が病を得て、今や危篤であると。

日蓮は自問に駆られた。

親の恩ほど有難いものはない。それは最明寺入道の話をするまでもない。日蓮の父母こそ、子のためなら全てを擲ち、ひとつも頓着しない親たちだった。その恩に子として、ひとつも報いなくてよいのか。今にも死ぬかもしれないというときに、何もしてやらなくてよいのか。それこそ子たる相模守時宗を託され、これに道を示さねばならぬ身にして。

父の妙日には何もできなかった。亡くなったのは正嘉二年（一二五八年）で、このとき日蓮は駿河に行っていて、訃報は後日に聞かされたのみだった。

それで今わの際に間に合わなかった。いや、鎌倉にいて、間に合わせられたとしても、やはり安房には帰らなかったに違いない。

正嘉の大地震の翌年の話であり、日蓮は実相寺で一切経を調べ、それを元に鎌倉では方々に勘文を上げていた。つまりは、やらねばならない使命があった。父の臨終に立ち会えないことは無念だが、それは仏道を進むと決めた身には仕方ない話だったのだ。

日蓮は後にも故郷に出向いて、父の死を弔うということをしなかった。心は痛むが、やはり仕方がない。最明寺入道に『立正安国論』を届けた折りであれば、ああ、仕方がない。

そう考えてきたが、今なお胸が締めつけられるときがある。あれで正しかったのかと思うからだ。というより、嘘をついていたのでないかと、自分に問わずにいられないのだ。あれは仕方なかったのではなく、ただ逃げただけではなかったかと。

両親を残した故郷の安房は、かつて追われた土地だった。日蓮は清澄寺を破門されてこのかた、ただの一度も戻っていなかった。

土地の地頭、東条景信の恨みを買って、安房では身の安全も定かならない。だから帰りたくても帰れない。そうも心に繰り返してきたが、本当なのか。

「母さま」

日蓮は戸口で声をかけた。返る声はなかった。

なかは昼なお暗かった。が、知らない家でなく、おおよその見当はつけられる。ややあって目が馴れると、闇から浮かび上がるような白さを見分けることができた。

床が敷かれていた。掛け布も上げられていたが、はじめは寝ている者もいないと思わせた。厚みというような厚みは認められなかったからだ。よくよく目を凝らして、ようやく微かな盛り上がりばかりは見分けることができた。

「母さま」

日蓮は駆けよった。草履を脱ぐと、板間を膝でにじり寄り、そのまま枕元に顔を寄せる。

母は眠っていた。横になり、目を瞑っているからには、眠っているのに間違いない。

いや——日蓮はハッとして、母の唇に手を翳した。その指先が震える。何の風も感じない。もう息をしていないのか。この眠りは、もう二度とは覚めない眠りなのか。

「母さま」

そう繰り返したときだった。母の目が開いた。本当に微かながら、唇に吐息の出入りも感じられた。よかった。生きていた。よかった。なんとか間に合わせることができた。

日蓮は安房に帰った。迷いを振り切り、鎌倉から大急ぎで下った甲斐あって、片海の生家で危篤の母は、まだ逝かずにいてくれた。

よかった——開かれた母の目に、光るものが滲んでいた。それが滲んでぼやけたからには、また日蓮も涙を溢れさせていたのだろう。よかった。ああ、よかった。

「ああ」

と、母は小さな声を洩らした。あるいは音にはなっていなかったかもしれない。掛け布のなかで左右の手を合わせると、さらに唇を動かしたが、やはり声は容易に耳まで届かない。それは南無妙法蓮華経と唱えたということか。息子に会えたことを、仏に感謝したというのか。死ぬ前に一目でも会えて、もう思い残すことはないと。

それならば、よくはない――日蓮は立ち上がった。振り返ると、きちんと戸口に控えていた。同道させた二人の弟子、鏡忍房と乗観房だった。

「鏡忍房は水を。乗観房は紙と筆を」

命じると、弟子たちはそれぞれ動いた。

乗観房が紙を用意すると、それを板間に敷いて、日蓮は筆を構えた。

「この経はすなわちこれ閻浮提(えんぶだい)の人の病の良薬なり。もし人、病あらんに、この経を聞くことを得ば、病すなわち消滅して、不老不死ならん」

文字にして紙に記した経文は、『法華経』の薬王品から引いたものである。

その間に大柄な影が戸口に戻っていた。鏡忍房は外の湧き水を茶碗に汲んできたようだった。

「御師様、これに」

受け取ると、日蓮は最初に水が澄んでいることを確かめた。大丈夫だとわかると、経文を綴った紙を筒にして、その尖らせた先を茶碗に浸した。いくらか水を吸わせると、運んだのが、母の唇の狭間だった。

また動かなくなって、しばらくたつ。それは罅(ひび)割れて艶もない、明るければ恐らく色すらないような唇だった。まるで死人だ。いや、死人であってはならないのだ。

そっと紙先を当てると、その唇が濡れた。狭間に水滴が満ちたが、口角を伝わり落ちるのでなく、そのまま唇に染み入った。飲んだのだ。

まだ母は水が飲める。それを飲むだけの力がある。あるいは力を取り戻したというべきか。それは生きたいという意欲だった。息子に会えるなら生きたい。まだ生きていたい。それは裏を返すなら、絶望に押し流されるのでないかぎり、まだ生きていられるということだ。

囲炉裏の炭に熾火（おきび）の赤が認められた。ふうふう吹いて、それを大きくすると、日蓮は経文を書いた紙筒を逆さに持ち替えた。

濡れていないほうをくべて、熾から火を移し取ると、じき炎は大きくなり、めらめらと揺れながら駆け上った。端から燃やされていった紙は、あれよという間に灰となる。

それが今にも舞い飛ぼうとするところを、日蓮はすくうような手ぶりで捕えた。掌に集めた灰を注いだのが、まだ水が残された茶碗だった。

灰を混ぜた水を、日蓮は再び母の口に運んだ。さあ、母さま、お飲みください。

「南無妙法蓮華経、南無妙法蓮華経」

最初は少し、紙に吸わせた水よりも少しだった。それを母は、やはり飲んだ。

「南無妙法蓮華経、南無妙法蓮華経」

茶碗の傾きを少しだけ大きくすると、唇が動いた。少し開いて、また閉じた。さっきよりは多くの水を飲めただろう。

「南無妙法蓮華経、南無妙法蓮華経」

さらに続けると、今度は細い喉が動いた。しっかり飲みこんだが、むせて戻すことはなかった。

「御師様、これは」

背後の乗観房が声を上げた。鏡忍房も呻くような低い声で続いた。

「御母堂様の頬が赤らんで」

「赤らむとまではいきませんが」

そう受けたものの、日蓮とて見逃したわけではなかった。母の顔に、ふっと戻る色があった。温かみがあり、潤いがあり、これが生気というものか。

「ああ、日蓮」

声も戻った。ええ、日蓮でございます。帰ってまいりました。日蓮が本当に帰ってまいりました。もうひとりではございません。もうご安心くださいませ。

日蓮は、なおしばらく枕元についた。母が静かな寝息を立てたのは、夕刻を迎えるころだった。

その様子を確かめたのだろう。乗観房は早速聞いてきた。

「御師様、どういたしましょうか」

どうするか――それは幾重の意味を含んだ問いだった。母をどうするのか。自分たちはどうするのか。安房に留まるのか。留まるとすれば、どこに泊まればいいのか。ほんの数日といえども、無事に逗留できる場所などあるのか。

「西条花房に行きましょう」

それが日蓮の答えだった。

二十一、西条花房

「それはよいことをなされました。御母堂様も御喜びになられたでしょう」

そういいながら、浄円房は快く迎えてくれた。

西条花房は片海から西に三里、そこにある蓮華寺の僧が浄円房である。

日蓮とは建長五年、清澄寺で試みられた初説法で大いに共鳴して以来の仲だ。

清澄寺を破門され、東条景信に追われ、安房から出ざるをえなくなったときも、この蓮華寺で、いったん浄円房に匿われてから、折をみて鎌倉に逃れている。

かかる経緯から当然ながら、浄円房は日蓮の事情も承知している。その日は突然訪ねられて、驚きも一通りでなかったと思われるが、何はともあれと奥の青蓮房に案内して、それから詳しい話となったのである。

「お見舞いどころか、御母堂様とはお会いになられるのも、十年ぶりなわけですからな」

小柄な浄円房に続けられて、日蓮は自分こそ小さくなる思いで受けた。ええ、仰る通りでございます。我ながら親不孝も甚だしいと、この期に及んで恥じ入るばかりでございます。

「先の短い老母のこと、向後は面倒をみてやりたいと考えております」

「そうですか。と申されますと、ひとをお雇いになられるのですか」

「もちろん、ひとは雇います。今日も隣家の者に頼んでまいりました。それでも、自分の親なのです。他人に任せてばかりはいられません」

「それでは、お弟子を残されますか」

乗観房と鏡忍房は師の背後に坐していた。二人ながら顔を見合わせ、頷きを交わしたようだった。それを日蓮も取り消さなかった。

「ええ、弟子にも手伝わせます。しかし、しばらくは私も安房に留まろうと思うのです」

戸惑いの空気が流れた。浄円房も、二人の弟子も、すっとは飲みこめなかったようだ。

浄円房が確かめた。

「安房に留まられるというのは？」

「この蓮華寺に置いてはもらえませんでしょうか」

そう請われて、浄円房はすぐ音にして答えるより、まず自分の顎に手を置いた。

なるほど、考えるはずだ。母の見舞いと事情を明かされ、当夜の宿を提供するくらいの心積もりはあったろうが、さらに先のことなど思い及んでいるわけがない。

「しばらくと申されるは、どれほどでしょうか」

浄円房は次の問いを出してきた。日蓮は即座に答えた。

「できうることなら、このまま母を看取りたいと考えております」

「それは、ええ、お気持ちは理解いたしますが……。鎌倉には帰らず、でございますか。御母堂を看取るとなると、無論これから幾年幾月とはっきり申せる話にはならないわけですが、それでもひと七日、ふた七日、いや、一月、二月で終わる話とは思われず……」

「わかっております。しかし、鎌倉は心配ありません。弟子たちが私の留守を守ってくれます。頼れる檀越たちも、熱心な信徒たちもおります。ええ、私が伊豆に流されている間も、鎌倉は一切揺るぎませんでした」

「そうですか」

引き取ると、浄円房はまた少し考えた。それから顔を上げて続けたことには、そうですか、そういうことですか、ええ、わかりましたと。

「日蓮殿、どうぞ当寺にご滞在ください。ここであれば、東条左衛門尉といえども、容易なことでは踏みこむことかないません」

その名前が、やはり出てくる。東条左衛門尉景信――かつて日蓮に遺恨を抱いた男は、十年たった今なお、それを氷解させてはいない。

背後の気配も俄に緊張に囚われた。連れてきた二人の弟子、乗観房、鏡忍房ですら、十年前の話を聞いて、その意趣返しを危惧する。まして安房に居続けた浄円房にとっては、わざわざ改めるまでもない話なのだ。

あるいは東条は、いっそうひどくなっているのかもしれない。

念仏に帰依すれば、それを容赦なく退けられ、領家の利権に手を出せば、問注所に訴え出られ、のみならず、出頭の手蔓(てづる)と期待した極楽寺入道まで失くしている。日蓮のせいで落命を余儀なくされたと、そういう恨み方をしたならば、さらなる怒りさえ燃やしていて不思議でない。

浄円房は言葉を足していた。御母堂のところに寝泊まりなされば、日蓮殿のことは早晩噂になりましょうから、いつ襲われるか知れたものではなくなる。ならばと領家を頼れば、東条は日蓮殿のことを口実に、再びの横領を試みようとするかもしれない。それらと比べてみるほどに、逗留先は当寺しかありませんでしょう。ええ、拙僧が招き入れぬかぎり、誰も足を踏み入れることはできない。東条奴、位を振りかざすかもしれませんが、それも山門不入を申し立てれば、地頭の追捕（ついぶ）とて断ることができるのです。

「日蓮殿、やはり当寺しかありません。慎重におやりになれば、片海にお通いになれましょう。そうですな。朝夕に道を選べば、きっと東条左衛門尉にみつからずに済みますな」

「ありがたい話でございます」

日蓮は合掌しながらに礼を述べた。ええ、お言葉に甘えさせていただきたく存じます。

「しかし、逃げ隠れするつもりはございません」

「もちろん逃げ隠れというのではありません。ただ……」

「東条左衛門尉に恨まれている。みつかれば、襲われるかもしれない。それだからと、私は今から十年前に、この故郷を去りました。去るしかないと、それは仕方ないことだとも思いました。が、今にして間違いではなかったかと、私は疑問に囚われているのです」

「ですが、日蓮殿、この安房にいれば……」

「東条に襲われる。大怪我するかもしれない。殺されてしまうかもしれない。が、それなら大怪我するべきなのです。それなら殺されるべきなのです」

と、日蓮は続けた。

それは鎌倉で松葉ヶ谷の草庵を襲われ、そのあと下総に逃れたときと同じ後悔だった。上手に難を避けて、我が身の無事を図ったというならば、そもそもが安房を出たときなのだ。

悔やんで戻れば、あにはからんやで何事もないだろうなどと、先を楽観するわけではない。下総から鎌倉に戻ったときも、そのために伊豆に流されることになった。が、そのことについては、微塵の後悔もないのだ。

「というのも、法華経第五の勧持品に『諸の無智の人の悪口罵詈などし、及び刀杖を加うる者もあらんも、われ等皆当に忍ぶべし』とあります。それは真理であり、予言です。法難に見舞われてこそ本物の行者として、己の証を立てられるのです。安房が危険な土地だというなら、かえって進んで踏みこんでいくべき法華経の道場とされなければならないのです」

「いや、拙僧とて日蓮殿が清澄寺で説法なされたその日から、日蓮殿に同心し、法華経に身を捧げんと決めた身です。わからないではありません。しかし……」

「その清澄寺で説法した日なのです。私は遊学から帰ってきました。志を立てて帰ってきたのです。いえ、全て当たり前のことです。父母に孝行したい。恩ある人々に報いたい。なにより、これと見定めた法華経を弘め、世の仏法を正しい道に引き戻すに、我が故郷から始めたい。真に凡庸ながら、それだけに価値ある志だったと思います。それを胸に立てたくせに、もう無理だの、仕方ないだの、死んでは元も子もないだの、もっともらしい理屈を設けることで、それを私はあっさり捨ててしまったのです。ですから、やりなおしたい」

そこで日蓮は威儀を正した。

「この蓮華寺を拠点に、安房で法華経の弘法をさせていただけませんでしょうか」

「それは……」

いいかけたが、浄円房は後の言葉を続けることができなかった。驚いたといえば平板で、真実思いもよらなかったのだろう。

聞いていた二人の弟子たち、乗観房、鏡忍房にいたっては、あんぐり大口を開けていた。慎重に身を処しながら、老母を看取りたいというだけで冒険なのに、それに留めず、身を隠すことさえせず、大っぴらな弘法に乗り出したいというのだ。

ありえない。それでも日蓮は本気だった。諾と返されるまではと、さらに繰り返した。

「この寺で法華経を講説させてもらえませんでしょうか。この寺から出かけて、西条郷、東条郷、さらに安房中を説法して回らせてはもらえませんでしょうか。もちろん、その道程においては、浄円房殿に迷惑をかけてしまうかもしれません。それを贖う術が私にあるわけでもありません。それでも……」

続ける日蓮を、浄円房は手を差し出して止めた。何かと思えば、こちらも俄かに威儀を正した。きっぱりした口調で告げたことには、

「その御言葉、お待ちしておりました」

と。ええ、拙僧も十年前に夢をみたのです。日蓮殿が安房に戻られた。求めていた仏法をお示しくだされた。これからは日蓮殿に従おう。拙僧は非力だ。自分では無理だ。しかし、日蓮殿がおられたなら、この安房を法華経の大地に変えることができるかもしれない。そうした夢を拙僧もみたのです。

「それを再びみさせていただけるならば」

ありがたい、と浄円房は手を合わせた。南無妙法蓮華経、南無妙法蓮華経、そんな迷惑だなんて、とんでもない。ひとりでは何もできない拙僧には、ありがたいばかりでございます。

二十二、小松原

山門の燈火が揺れていた。その橙色が目につくくらい、もう暗くなっていた。

木々に囲まれた参道だったが、枝も葉も見分けられない。まだ申の刻（午後四時頃）にすぎなかったが、十一月の日暮れといえば、こんなものか。夜の帳は駆け足で下りるからと、そもそもが見込んで準備を進めたのだ。

日蓮は笠をかぶる旅装だった。手には覚束ない足元を確かめるための杖もある。

「では、そろそろ参ります」

そう告げると、蓮華寺で見送る浄円房は返した。ええ、くれぐれもお気をつけて。

「いや、日蓮殿、この天津行き、やはり止めるわけにはまいりませんか」

天津は西条花房からは東に一里半ほど、片海より遥かに手前で、二夕間（ふたま）川を渡れば、すぐの近さである。日蓮は微笑で首を左右に振る。ええ、やめるわけにはいきません。

「なにより、もう工藤殿に行きますといっておりますゆえは」

檀越の工藤左近将監（さこんしょうげん）吉隆こそ、安房東条郡天津の地頭であり、また領主だった。帰依を受けたのは鎌倉でのことだったが、それが文永元年の今年は、たまたま領地に戻っていた。そこに師の日蓮も帰郷していると聞こえてきたようなのだ。

またとない機会だ、自分だけでなく、家人にも、領民にも、法華経を伝えてほしいと、工藤吉隆が興奮しないわけがなかった。天津の館に招かれ、向かうことになったのが、この十一月十一日の夕なのである。

「行かねばなりません。工藤殿のご領地でも法華経を弘法できるのです。これほどの好機を逃すわけにはまいりません」

「それは、ええ、わかります。しかし、日蓮殿の活動はあまりにも知られてしまい……」

日蓮が安房に来て二カ月、はじめに言葉にした通り、日蓮は法華経の弘法を始めた。

十年前に試み、途中で挫折した活動を、今こそ再開したというべきかもしれないが、それにしても精力的だった。

最初は片海の母親を見舞いがてら、往来での辻説法だった。それが人を集め出すと、村々に呼ばれるようになり、あるいは寺々に招かれて、大っぴらな弘法になった。

信徒も増える。それも驚くばかりに急な増え方である。

日蓮こそ待望されていた。災いが連続し、日々の苦難は止まず、仮に多少は楽になっても、心には常に不安が巣くう。それを仏法で解き明かし、救いの道に導いてくれる僧侶など、他にはひとりとしていなかった。

末法の穢土なのだから仕方あるまいと、都合よく逃げる念仏宗も、ひとり超然たらんとして、娑婆の有様など頓着しない禅宗も、霊験もないままに、ただ炎を立ち上げるだけの真言宗とて、もはやお呼びでなくなっていたのだ。

ひとたび心を寄せれば、必ずといってよいほど熱狂的な信徒になる。誰に頼まれずとも自ら語り歩いて、これが日蓮の名前とその活動を弘める新たな因になってもいた。

「ええ、安房中で知らぬ者はないほどになっています。東条左衛門尉とて、きっと耳にしております。積年の恨みを晴らしてやろうと、今や虎視眈々なのかもしれない」

「それを恐れようとは思いません。これまでも、東条を理由に遠慮するようなことはしてきていません」

「存じております。しかし、今日は左衛門尉殿の領地を通るのです。自ら近づいて、そこを横切ろうというのです」

「迂回しては、天津に着くのが遅くなりますからな。しかし、それだから、この通りで夕闇を待ちました。ええ、あなたの忠告を容れて、目立たぬよう工夫したのです」

「ですが、なお一抹の不安は拭えず」

「工藤殿も天津から迎えに来てくれると申してくれています。ええ、御家来と一緒に、あちらも申の刻には発つことになっている。酉の刻（午後六時頃）くらいには、それこそ東条屋敷まで行かないうちに落ち合えるだろうと、打ち合わせもしておるのです。それが、おお、このようにグズグズしていては、うまく落ち合えなくなってしまいます」

日蓮は出発した。乗観房と鏡忍房、蓮華寺からも学僧と稚児が数人つけられ、全部で十人ほどで歩き出した。

林のなかの参道を降りれば、ぶつかるのが長狭街道だった。それを東に折れれば、景色が一気に大きく開けた。

もちろん夜の帳が落ちたあとだが、頼りなげな月明かりで遮られない広さがわかる。もう海が近いので、風が吹き抜ければ潮の香も鼻孔をくすぐる。

音はなかった。自らの草鞋が道を擦る気配、それと杖を突く響きだけが、やけに大きく耳に届く。聞くでもなく聞きながら、日蓮は考えていた。

東条景信は来る――何か根拠があるわけではない。来ないかもしれない。それでも日蓮には待ち受ける気持ちがあった。来てほしいと望んでいたというほうが、もしや正しいかもしれない。

話せるかもしれない――というより、話したいと日蓮は思うのだ。

東条は熱心な念仏者だった。が、それは先に極楽寺入道の帰依があり、これに倣おうとしたものだ。

立身の手蔓と頼んだからだが、その極楽寺入道は死んだ。日蓮のせいだと、恨む気持ちが増した恐れもあるにはあるが、他面もう無理な信心で後ろ盾の歓心を買う必要がなくなった。

今なら――話に耳を傾けるかもしれない。法華経の帰依に導いて、正道に戻してやれるかもしれない。というのも、東条とて救われるべきなのだ。謗法の道にあることは不幸なのだ。そうやって哀れむならば、十年前の東条とて不幸だった。自明であるというのに、それを日蓮は見過ごした。争うばかりで、正そうとはしなかった。

今にして自分の気が知れずに、唖然とするばかりだ。どうして根気よく仏の道を説かなかったのかと。どうして救いに導く努力を怠ったのかと。危害を加えられるかもしれないという、そんな小さな恐れだけが理由でかと。

後悔を繰り返したくはない――その思いが日蓮をして、かえって東条を待ち望むほどの気持ちにならしめていた。

潮の香が強くなった。波の音も聞こえてきて、もう海辺である。

その割に開けた感じがしないのは、風よけの松林も始まっていたからだった。土地で呼ばれるところの「小松原（こまつばら）」まで来たのだろう。

もう少し行けば、東条左衛門尉の館である。が、今日は避けない。今日こそ逃げない。日蓮が腹中の決意を確かめたときだった。

足元が揺れた気がした。

「御師様」

呼びかけた乗観房の声が鋭かった。

「来ました」

そう続けた鏡忍房は、小走りに前に出た。ずいと差し上げたのが鉄の熊手で、筋骨隆々たる巨漢の僧は、実は元武士である。

「ええ、松林の向こうです。隠れて、待ち伏せしておったようです」

足元の揺れは、ほどなく馬の蹄の連なりと、はっきりわかるようになった。じき地鳴りを思わせるほどになり、同時に闇を照らす月光の薄膜を濛々（もうもう）たる砂埃で汚し始める。

騎馬武者は三十騎、いや、全部で五十騎もいたろうか。

もはや姿も確かめられる。胴丸、籠手（こて）と合戦さながらの支度をしながら、腰には長い太刀を佩（は）き、なにより手には弓矢が構えられている。

「狼藉者め、狼藉者め、許されると思うてか」

吠えるようにして告げながら、鏡忍房は文字通りに身を挺した。が、その弟子を追い越して、日蓮は自分が前に出ようとした。

「私が話します」

しかし、鏡忍房も下がることなく、また前に出ようとする。

「いいえ、御師様は先をお急ぎください」

「よいのです。まず私が話してみる……」

再び追い越そうとした日蓮の鼻先を、風切り音がすぎていった。次の刹那には、くぐもる音が砂に刺さった。突き立っていたのは、まだ羽根の揺れも収まらない矢だった。

いきなりか——と訝しがる間もなかった。

空を仰げば闇夜から抜け出して、鈍く光る矢尻は次から次と降り注いでくる。ボツボツ、ボツボツと際限なく音を重ねて、まさしく雨という数と勢いである。

問答無用の奇襲だった。しかし、これは東条景信なのか。端から殺意を走らせた兵団は、本当にあの地頭が率いるものなのか。

「……」

矢が止んだと思うのと、先駆けの武者が到着したのが同時だった。馬上から白い刃が振り落ろされた。それを弾き飛ばした熊手は、今度こそ前に出た鏡忍房のものだった。

「御師様、お逃げ下さい」

いうものの、すでに鏡忍房は左右の肩から数本の矢を生やす体である。盾になって矢の雨を迎えたということだろう。文字通りに身を挺して、師の日蓮を守ろうとしたのだ。しかし、私が話して……。

「ここは我らが食い止めます。ですから、御師様は逃げて……」

今度は乗観房だったが、こちらも最後までは続けられなかった。新手の武者の剣戟を、薙刀の柄で受けなければならなかったからだ。

蓮華寺がつけてくれた僧も杖を振りかざし、それぞれに応戦を試みていた。が、せいぜいが三人、四人だ。小間使いとしてついてきた稚児たちなど、まともに得物も構えられない。もとより十人ほどでしかなく、こんな一行で相手にしなければならないのは、具足姿の武者たち、実に五十騎だというのである。

「しかし、私は東条殿に話がある。東条殿と話がしたい……」

頭上に白い閃きを覚えて、とうとう日蓮までが杖を振るわなければならなくなった。

俄に暗さが増したと思えば、もはや馬たちの脅すような嘶きに、すっかり取り囲まれていた。怒号、叫び、呻き声、それに悲鳴が重なるほど、目に痛い鉄の香が充満していく。叩きつけられる殺意を跳ね返すのに必死で、誰がどうして、何がどうなっているかなどわからない。が、所詮は多勢に無勢で、このままでは嬲り殺しにされてしまうと、そのことは疑いない。

ここで死ぬのか——日蓮は心に問うた。

東条は怒っていた。安房で新たな弘法まで働かれて、いよいよ逆上の体だった。それゆえに襲われ、殺されるのなら、私は法華経に殉じたことになる。経文の通りになるなら、自分としては本望なのである。

が、東条景信は救えない。謗法の罪から助け出すことはできない。

「だから、私は……」

目の前が明るんだ。大きな影が横に動いて、ハッとみやれば鏡忍房が倒れていた。

いや、鏡忍房は懸命に膝を立て、刺さる矢で針山のようになった背中で、再び立ち上がろうとする。が、もう血塗れだ。黒衣は措いて、襟や袖に覗けるはずの白までが、恐らくは生地に血を滲ませて、ほとんど黒くなっている。

日蓮は思う。じき自分もそうなるのだ。やはり死んでしまうのだ。このまま殺されて……。

また蹄の響きが聞こえた。徐々に大きくなって、それは駆けこんでくる音だ。まだ来るのか。もっといるのか。いや、これは様子が違う。

「吉隆見参！」

と、大きく叫ばれていた。胴丸、籠手の戦支度も東の方角から到来して、それは檀越の工藤吉隆だった。

なるほど、天津から迎えに来ると約束していた。それを違えず、また護衛にするつもりで手勢も引き連れていた。東条が差し向けた兵団よりは少ないかもしれないが、それは僧侶ならざる歴とした武者なのだ。

頭上が明るんだ。押し寄せていた人馬がばらけた。東条の兵たちは反転、こちらに背を向けたのだ。

外側で金属を打ち合わせる音が続いた。薄笑いで僧侶をなぶるようだった松原に、一変して混戦が生じていた。

「だから、私は東条殿と……。今度こそ話を……」

まっすぐに突進してくる気配は、早くから感じられた。また新手だ。が、それは東から来る味方でなく、みえない松林の向こうから近づいてくる。

遂に闇から飛び出したのは、大柄な騎馬武者だった。明るみに出た相貌は、ギョロリと大きな目は釣り上がり、頬肉は弾みがないほどピンと引き攣り、鍾馗よろしく髯の先まで口角の左右に撥ねて、ほとんど危ういくらいに強張っていた。

東条左衛門尉景信――その男で間違いない。壁のような半身を馬鞍に立てながら、猛然と駆けこんでくる。左手だけで手綱を操り、右手には太刀を高々と振り上げて、まっしぐら日蓮に向かってくる。

とっさの動きで、日蓮は左手を翳した。身を守ろうとしたのだろうが、我ながら愚かだった。刃物を迎えて、指なり、腕なり飛ばされるだけかと思いきや、四方に弾け散ったのは、いつも手首に巻かれている数珠の玉だった。

なお衝撃に腕が痺れた。のみか太刀の勢いは止まることなく、そのまま日蓮がかぶる笠に刃をかけた。

いや、もっと奥まで差し込んでくる。切先が眉間に届いて、そこから下に痛感が駆け抜ける。うう、と思わず呻き声が洩れて出る。

終わりか――太刀の二撃は必至だった。実際頭上に風が動いて、東条は振り上げなおしたようだった。それでも逃げまいと、日蓮は目を見開いた。

得物ごと、いや、身体ごと、被さり落ちてくるような東条は、いよいよ鬼の形相になっていた。なんと、貴殿は本当に魔に落ちてしまったのか。問わんと口を動かした刹那だった。

乗観房の顔がみえた。必死の形相で、渦中に飛びこんできた。そのままの勢いで薙刀を振り回し、思いきり叩いたのが、東条景信が駆る乗馬の尻だった。

甲高い嘶きが天駆けた。東条の駒は猛然と走り出した。翳しなおされた殺意ごと、主人を遠くに運びさった。

「この隙に御師様、こちらへ」

その声を聞くのが、やっとだった。額から噴き出した血が目に入り、日蓮はもう何もみえなかった。

二十三、道善房

日蓮は西条花房の蓮華寺に引き返した。

寺内の井戸で血を洗うと、やはり額から眉間にかけて刀傷が刻まれていた。長さ三寸に達し、はじめ白い骨がみえたといわれるくらいに深くもあった。

左腕もぶらりと垂れて、どうやっても上がらないどころか、あらぬ方向にねじれていた。太刀の刃は数珠玉の固さで阻んだものの、なお鉄の棒で打ち据えられたようなものであり、やはり骨が折れていた。

改めて、よくぞ生きて戻れたと思うほどの重傷だった。

それでも日蓮に後悔はなかった。またひとつ法華経の行を果たしたと喜びさえ覚えていた。すでに法難は数えているが、己が身体に直に痛みを加えられたのは、こたびが初めてのことなのだ。

「諸の無智の人の悪口罵詈などし、及び刀杖を加うる者もあらんも、われ等皆当に忍ぶべし」

そう綴られる法華経勧持品の、文言通りの苦しみを得たのだ。

法華経法師品に「しかもこの経は如来の現在にすら、猶怨嫉多し。況んや滅度の後をや」とあるが、すでに久しく末法にあるといわれながら、従前は例がなかった。文言は日蓮をもって、予言として的中したことになる。

法華経安楽行品にいう『一切世間怨多くして信じ難し』の有様を、まさに身をもって体験した。法華経を色読できたのは、日蓮ただひとりだともいえる。

「我身命を愛せず、但無上道を惜しむ」

そう声を高くできる。我こそ日本第一の法華経の行者であると、胸を張れる。床に横臥し、事後の発熱に朦朧となりながら、日蓮は気分を高揚させさえしていた。

しかし——身体の痛みを堪えがたく感じられるくらいまで回復して、ようやく知らされた。

浄円房と蓮華寺の僧たちが引き取ってきた。小松原では弟子の鏡忍房、のみならず檀越の工藤吉隆までが死んでいた。寺に運ばれていたのは、総身を文字通りの膾にされた、みるも無残な血塗れの遺体だった。

二人が見舞われたのも、また法難である。やはり法華経の行者として命を落としたといえる。が、それは鏡忍房と工藤吉隆の本望であったろうか。ひたすらに日蓮を守ろうとしただけではないのか。要は巻き添えになったにすぎないのではないか。日蓮が己が本意を遂げるため、ただ犠牲にされたのではないか。

日蓮は鏡忍房には日暁と、工藤吉隆には妙隆院日玉と法名を授け、せめてもの供養を試みた。が、それで終わりにはならない。

生きて帰ってきたとはいえ、乗観房ら他の弟子たちも大怪我を負わされていた。なお数日というもの、青蓮房には苦しげな呻き声が絶えなかった。それを自らもなお起き上がれない日蓮は、床に伏したままで聞いているしかなかった。

来客が告げられたのは、そのような折りの十一月十四日だった。

訪ねられる心当たりはなかった。まさか東条景信がと考えて戦慄したが、寝間に通されてきた客人には、ある意味で東条景信以上に驚かされた。

老僧は腰が曲がっていることで、なおのこと小さくみえた。僧服の大きな袖のせいか、恐らくは枯れ枝のように痩せているだろう身体も、重さというものを感じさせなかった。

頼りない歩みを助ける弟子が四人もついてきたが、手を引き、肘を支える様子も、紙細工か何かを運んでいるようだった。が、その存在すら儚いような相手を、日蓮は軽く扱うことができないのだ。

「御師様ですか」

確かめながら、横になっていた日蓮は床から身体を起こそうとした。老僧は大袖のはためきで、ようやくそれとわかる仕草で止めた。

「そのままでよい。ああ、休んだままで」

ぼそぼそと聞き取りにくかったが、その声も余人ではない。それは十年前に自分を破門した師、清澄寺の道善房だった。

恨みはない。破門せざるをえなくした、期待を裏切ることになったと、済まなく思うことはあっても、道善房に悪感情はない。

無難を好み、保身に汲々とする憾(うら)みがある。それで自分の志は理解されず、また最後までは庇ってもらえなかった。それは事実でありながら、だから責められるとも思わない。

それでも――この師匠と日蓮は、あれから今日まで一度も会っていなかった。

自分から会おうとは思わなかった。安房を離れていた十年間は無論のこと、母の危篤を聞かされた機会に戻り、故郷での弘法を再開したこの二カ月の間にも、別して道善房を訪ねようとはしなかったのだ。

破門された清澄寺には、当然ながら行きにくい。無理からぬ感情といえなくないが、そんな日蓮も東条の領地なら通り抜けるのだ。因縁浅からぬ東条景信を、自ら招き寄せるような真似もするのだ。

安房に来たなら、本当は一番に訪ねて然るべきだった。それを日蓮が果たさないでいるうちに、道善房のほうから会いに来てくれた。もう一歩ごと難儀する老体を引きずるようにして、わざわざ西条花房を訪ねてくれた。

「傷はどうか」

こちらの枕元に坐すと、道善房は始めた。日蓮は答えた。

「大事ありません」

「とはみえぬが……」

　道善房の目の動きで、こちらの眉間の傷、それから添え木を当てられた腕と検めたことがわかった。うむ、随分な怪我じゃ。人によっては往生せざるをえんほどの大怪我じゃ。

「それでも、そなた、命には別状ないとみえるな。よかった。なによりじゃ。ああ、そなたは幼き頃より頑丈な質じゃった。身体も並よりずっと大きくてな。ああ、恵まれておったよ」

　そこで道善房は少し黙った。あるいは息が切れて、それを整えたのかもしれなかった。ひとつ、ふたつと数えられるくらいの間を置いてから先を続けた。

「ああ、日蓮、あらかた話は聞いておるよ」

　道善房がいうのは、東条景信に襲われた三日前の事件のことか、それとも安房で精力的な弘法に乗り出した、この二カ月来のあらかた全てか。

　いや、十年前からのあらかた全てということで、鎌倉で他宗と揉め続けであることも、あげく草庵を襲われたことも、のみか伊豆に流されてしまったことまで、すっかり承知しているという意味なのか。

　とすれば――と日蓮は考えた。御師は今の自分を、どう思っているのだろう。もしや訪ねてきたというのは、これだけは告げなければと思う話があってのことか。

　ところが、そこで道善房は話を変えたようだった。いや、まあ、それはよい。そなたのことはよい。生きておるなら、それでよい。

「わしのことじゃが、な……」

「はい。御師様は息災でらっしゃいましたか」

「息災といえば、そうじゃな。ああ、わしが達者なのは、それだけじゃ」

「そのようなことは……」

「本当じゃ。わしは智慧もないのでの、法会に呼ばれることもなくなっておる」

「まさか」

「まあ、どうしたい、こうしたいと特段の望みがあるでもない。もう老いたでの、念仏で名を揚げるつもりもないのじゃが、うん、それを止めたわけでもない」

「今も念仏を……。左様でございますか」

日蓮の声が沈んだ。こちらの失意に気づいたか、道善房は急いだ様子で言葉を足したが、それが言い訳めいていた。

「いや、なんと申したらよいか、それも世間の者が皆そうしておるというので、ただ『南無阿弥陀仏』と申しておるばかりなのじゃ」

日蓮は思う。道善房が念仏に帰依を続けたのは世間の者、つまりは清澄寺の他の僧たち、もっといえば浄土の教えに没入する円智房、実城房らに合わせてのことだったかもしれない。それも破門したとはいえ、念仏を破折した日蓮を弟子としていた手前、清澄寺に居続けるためには、必要以上の帰依を示さなければならなかったのかもしれない。

道善房は続けた。

「これも我が心から起こったことではないのじゃが、いささかの縁あっての、阿弥陀如来の仏像も拵えた」

「阿弥陀如来の……。一体でございますか」

「いや」

「それでは、いかほど」

「うん、まあ、五体ほど作った」

「五体も……。そうですか」

「これも、まあ、過去よりの宿習(しゅくしゅう)かなと思うておるが……」

そこで道善房は、もう歯のないような口元を、もごもご何度か動かした。迷いに囚われているようにもみえたが、してみると、それを振りきったということだろう。遂に問うてきた。

「それでも日蓮、そなたの申すごとくであれば、これも罪科によりて地獄堕ちとなるのじゃろうか」

日蓮はすぐには答えなかった。いや、答えられなかった。日蓮とて、相手の気持ちを考えないではないからだ。

それが久方ぶりに再会した師、向こうから訪ねてきてくれた師、それも先が長いとも思われない老いた師であるならば、なおのこと酷な答えは憚られる。穏やかに応じることこそ礼儀であり、また人の道だろうと思わずにいられないのだ。

阿弥陀如来の仏像を拵えようとも、それだけで地獄には堕ちることはありません。ええ、何体拵えようと、それで罪科が深くなるということはありません。それくらいに返すのが穏当だろうと、わからないわけではないのだ。

しかし――それでは嘘をつくことになる。地獄堕ちの定めを放置して、いうなれば師を見殺しにするのと同じだ。

もとより思いやりと称して、安易に自分を曲げてしまうくらいなら、十年前にも曲げて、大人しく清澄寺に留まればよかったのだ。

そうしていれば道善房とて、念仏に無理な帰依を続けなくてよかった。少なくとも阿弥陀如来の仏像を五体も拵えなくて済んだ。大恩ある師を、こんな風に悩み苦しませることにはならなかったのだ。

が、そうしなかったから、日蓮は安房を追われた。鎌倉に出ても他宗に恨まれ、草庵を襲われた。さらに伊豆に流され、つい数日前にも東条景信に襲われた。

あげくが、みての通りの重傷であるが、それでは済まず、命を落としてしまった弟子や檀越がいる。日蓮が貫いた仏の道に、文字通り命を賭して同道しようとしたがゆえの殉死である。

それなのに——ここで自分を曲げるのか。嘘までついて、師に諂(へつら)おうというのか。

日蓮は思いきった。やはり強々に答えることにした。

「阿弥陀仏を五体まで作られたということは、五度まで無間地獄に堕ちるということであります。正直に方便を捨て、真実を説く法華経には、釈迦如来は我らの父、阿弥陀仏は伯父と示されております。伯父を五体まで作りながら、父を一体も作らないのは、不孝の人とされざるをえないでありましょう」

道善房は老いゆえに表情が乏しかった。感情が読み取れない声で、ただ答えた。

「そうか」

「東条左衛門尉殿も、清澄寺の円智房様、実城房様にしてみたところで、念仏に帰依するかぎり、皆が必ず地獄に堕ちます。のみか天寿を全うできないかもしれない。法華経と十羅刹の責めを受けて、早くに亡くなるかもしれない」

「そうか」

「御師様だけでも改められますよう」

「そうか」

いうと、道善房は背中を前後に揺らした。それが立ち上がる合図らしく、過たずにみてとった今の四人の弟子たちは、さっと動いて老僧の身体を支えた。

「日蓮、まずは養生に努めよ」

紙のように重さを感じさせない身体を翻し、道善房は青蓮房を後にした。

二十四、清澄寺

「それ仏法を弘めんと思わん者は、必ず五義を存して正法を弘むべし。五義、すなわち教、機、時、国、序である」

そうやって日蓮は声を響かせた。土台が大きく、よく通る声だったが、それがウワンウワンと尾を引きながら、いやが上にも響き渡る。

よく反響するはずで、寺内の天井が高く造作された本堂だった。そこに安房各地の僧侶を、五十人、六十人と集めながら、日蓮の堂々たる説法なのだ。

「教とは経、律、論における大小、権実、顕密の区別を弁え、かつ法華経が最第一たるを知ること。機とは衆生の機根を見究めること。時とは正法、像法、末法の字を踏まえること。国とは日本なら日本、その置かれたる位置を知ること、序とは弘教の順を乱さぬこと」

「我らが置かれたこの娑婆世界は、どうなる」

問いが投げかけられた。立ち上がるほど、ひょろりとして細長い影は浄顕房である。日蓮は答える。

「仏が滅して二千年がすぎた末法悪世において、この日本国たるや、仏の出でましますす国よりすれば、丑寅（東北）の角に当たる、ほんの小島にすぎないわけでございます。この娑婆世界より外にある十方の国土はといえば、おしなべて浄土にて、人の心も柔らか、賢聖を誹謗し憎むこともありません。この十方の国土に見捨てられた格好になっているのが、我が国土なのであります。十悪、五逆を作り、賢聖を誹謗し、父母に孝せず、沙門をも敬わず等々、科ある衆生が三悪道に堕ち、無量劫を経て、巡り巡って再び生まれ落ちてくる世界がここなのだと、考えるべきでしょう」

「そんなにか」

「はい、残念ながら。先生の悪業の習気なくならず、ややもすれば十悪五逆を作り、賢聖を誹謗し、父母に孝せず、沙門をも敬わずという体になっているのも無理からぬ話かと」

「人なべて悪人なれば、この娑婆世界でこそ念仏が唱えられるべきではないのか」

塊といった感じで、どんと座りながらの問いは、義城房である。

「とんでもない誤りです。衆生の機は愚鈍の凡夫、時は末法の五濁悪世、国は粟散辺土、だからこそ法華経でなければならないのです。さもなくば、序が狂います。後に弘めるものは、先に弘めたものより、低くあってはならないのです」

「教を前提とした話か」

「いかにも、義城房様、その通りであります。日本に最初に入ってきたのが、小乗と権大乗でした。すぐあとには伝教大師が、もう実大乗たる法華経を弘めておられるのです。さらにあとに禅宗や浄土宗、つまりは権大乗を弘めるのでは、明らかに序が狂う」

「なるほど、なあ。それで五義、すなわち教、機、時、国、序の全てが、法華経によって満たされるというわけか」

浄顕房、義城房、ともに言葉に気安い風があるのは、二人ながら日蓮が得度した頃からの兄弟子だったからである。

やはり十年から顔を合わせずにいたが、こうして法論など交わしてみれば、長い無沙汰が嘘のように感じられる。まるで時が戻ったような錯覚にも襲われる。

無理ない話で、座が設けられていたのは東条郷清澄寺の本堂だった。かつて追い出された寺で、かつて問題視された考えを憚ることなく、日蓮は大っぴらな説法に及んでいたのだ。

安房での弘法は続いた。日蓮は怪我が癒えるとすぐ、それこそ折れた左腕の骨がつながるかつながらないかのうちに、もう各地を行脚して説法を試みた。

日蓮は十年前に断念した志を今度こそ捨てなかった。東条景信に襲われたからこそ、捨てなかった。

新たな法難により、いよいよ法華経の行者たりえたからには、もはや捨てる理由もないと、かえって自信満々に行動した。そうして活動を続けるうちに、清澄寺にも呼ばれるようになったのだ。

日蓮を拒む者はいなくなっていた。

東条左衛門尉景信は死んだ。

小松原を襲撃し、自ら刀で日蓮を斬りつけた。さらに第二撃を加えんとしたとき、乗観房に乗馬の尻を叩かれた。驚いた獣は暴走を始め、おかげで日蓮は危機一髪の命拾いとなったが、東条のほうは正気を失した馬を御せないまま、終には落馬を強いられたのだ。

その打ちどころが悪かったらしく、七日の後に命を落とした。

前後して清澄寺でも、円智房と実城房が亡くなった。二人は東条と通じ、念仏を専らにし、それゆえに日蓮排斥に動いた、寺の有力僧たちである。

連続する三人の死は、ただの偶然とは思われない。謗法の罪に対する仏罰だったかもしれない。

ことさら日蓮が喧伝したわけではなかったが、そのように理解する者は少なくなかった。裏返しに、日蓮こそ本物の仏法を説く者たる証とも解された。わけても、清澄寺だったのだ。

そも短い期間とはいえ十年前にも弘法を試み、少なからぬ信奉者を獲得しかけた寺である。往時の興奮を覚えている僧は、まだ多く残っていた。今こそ取り戻さなければならないと、熱狂も容易に再燃した。日蓮が清澄寺に招かれるのは、すでにして時間の問題だった。

安房での弘法の拠点は、今や蓮華寺というより清澄寺になっていた。この天台の名刹を中心に、各地に説法に出かけていく。法華経こそ真の仏法、南無妙法蓮華経こそ娑婆成仏の唱題と伝え歩く日々は、まさしく十年前の日蓮が思い描いたものだった。

「それでも鎌倉に戻るか」

兄弟子の浄顕房が確かめた。

「はい、戻ります。鎌倉にも弟子がおり、檀越、信徒がおりますから」

答えた日蓮は実際のところ、もう旅装になっていた。が、今ひとりの義城房も逃がさない。

「しかし、日蓮、それなら安房に呼び寄せてもよいのではないか。実をいえば、おまえを清澄寺の別当にという声もある。だから、このまま安房に残っても」

「ありがたい御話と思います。それでも鎌倉に戻らせていただきます。おかげさまをもちまして、母を送ることもできましたし」

文永四年（一二六七年）も、もう秋である。母妙蓮が亡くなったのは、すぐる八月十五日のことだった。

安房での弘法に忙しくしながら、かたわらで日蓮は片海の生家に通い続けた。三年というもの母の世話を続け、最期も看取ることができた。少しは孝行できたかと思うにつけても、それは充実の日々だった。

「ええ、安房では恵まれすぎたほどです。だからこそ、このまま留まるわけにはいかないのです。法華経を弘めねばならない。もっと弘めなければならない。安房より困難な場所でこそ、弘めなければならないのです」

「そうか。そうだな」

浄顕房は引きとった。ああ、日蓮、おまえしかおらぬものな。

か。


「鎌倉の大敵に挑める者など」

日蓮は頷いた。それには義城房も納得するしかないようだった。なるほど、小さな安房などにおまえを閉じこめておくわけにはいかぬか。もっと広い世が、おまえを待ち望んでいるわけか。

「ならば仕方ない。おまえたちとも別れだ」

義城房が水を向けたのは、やはり旅支度を済ませた二人の若者だった。一緒にみやりながら、日蓮も答える。

「ええ、鎌倉には、この新しい弟子たちを連れていきたいということもあります」

ひとりが日向、安房の生まれで、まだ十五歳だが、すでに天台僧として得度していた。日蓮の弘法を聞いて、弟子入りを望んできたが、なかなか利発で、将来が嘱望される。

もうひとりが日頂で、十六歳になるこちらは下総から来た。

かねてから弘法の拠点となってきた土地のひとつで、日蓮は安房に滞在している間も何度か訪ねていた。檀越の中心的な人物が富木常忍であるが、日頂はその養子、つまりは常忍に再嫁した妻の連れ子である。

ややおっとりとしたところがあるが、そこが逆に器量の大きさを思わせる。こちらも期待の逸材である。

「師について、しっかりと学ぶがよいぞ」

浄顕房が続けていた。義城房も遅れない。とはいえ、何も案ずることはないぞ。

「この日蓮という男はな、弟子にも厳しいかと思いきや、意外と甘いところがある」

「義城房様も止めてくだされ。弟子たちが修行を怠けたら、どうしてくれます」

そうやって笑いながら、日蓮は途中で思い出した顔になった。

「ああ、そうだ、私も御師様に御挨拶していかねば」

「道善房様か。はたして起きとるか、わからんぞ」

「また義城房様は」

持仏堂を訪ねてみると、道善房は座して御堂の仏像に手を合わせていた。腰が折れて、もはや丸い塊にしかみえない背中に、日蓮は声をかけてみた。

「御師様、日蓮でございます。本日、清澄寺を発ちます。鎌倉に参ります」

「そうか」

「あちらで改めまして、法華経の弘法に励みたいと存じます」

「そうか」

手を合わせたまま、道善房は横目だけで答える風である。背後に向きなおるどころか、ちょっと首を動かすのも難儀といわんばかりの様子で、すぐまた仏像に顔を戻した。

促されるように日蓮も目を向ければ、五体あるといわれた阿弥陀如来はみつからなかった。置かれていたのは、別な一体だけである。

釈迦如来――師は新たな仏像を拵えたようだった。

「南無妙法蓮華経、南無妙法蓮華経」

と、日蓮は唱題した。南無妙法蓮華経、南無妙法蓮華経。ええ、もう安房でやり残したことはありません。今度こそ希望に燃えて、清澄寺を後にすることができます。

「御師様、お別れでございます」

最後に手を合わせると、日蓮は山門を降りていった。

第二部　蒙古襲来

一、牒状

宿屋光則が名越松葉ヶ谷の草庵に駆けこんだのは、文永五年（一二六八年）閏一月のことだった。慌てた様子で日蓮に告げたのは、次のような事実だった。

「蒙古の牒状(ちょうじょう)が参りました」

聞けば牒状を届けたのが高麗使の潘阜(はんぷ)で、文永四年九月に江都を発ち、十二月には対馬(つしま)に着いていたという。

太宰府に来たのが今年の一月十六日で、そこに鎮西奉行の少弐資能(しょうにすけよし)は潘阜一行を留め置いた。急ぎ早馬だけ走らせ、蒙古の牒状、さらに添えられた高麗の国書が鎌倉に達したのが、先だっての閏一月十八日だというのである。

とはいえ、日蓮はその意味するところがわからず、最初に確かめなければならなかった。

「牒状というのは国書のことでございましょう。その蒙古というのは、どこの国なのでございますか。もしや高麗のこと？　いや、そうではありませんな」

「ええ、高麗は仲介しただけで、蒙古は別です。『ムクリ』ともいいますが、いずれにせよ、漢土を支配している国です」

「漢土を？」

聞き返した日蓮は、ますます頭が混乱した。

それは聞いたこともない国名だった。であるからには、はじめ日蓮は日本には馴染みのない遠国、それこそ朝鮮、漢土、天竺をさえ越えた、遥かなる遠国だろうと考えた。

その蒙古が、海を渡ればすぐの漢土にあるという。遣隋使、遣唐使このかた交流を深めて、日本で知らぬ者もない近国だというのだ。

「そうすると、蒙古とは王朝の名前なのですか。しかし、漢土の王朝は、今は宋ではないのですか」

「いや、宋です。というか、宋だったのです」

「宋は滅ぼされたのですか」

「宋は今もあります。ただ版図の南に追いやられています。そもそも追いやったのは金という王朝らしいのですが、その金を蒙古が倒して、ゆえに漢土の大半は今や蒙古に支配される格好になっているのだとか」

「とすると、蒙古は非常な強壮の国なのですか。宋ほどの大国が捲土重来ままならぬほどに」

「そうなります。いや、それどころか蒙古は宋にも攻めこんでいて、南に残る領土さえ今や風前の灯火なのだとか。朝鮮にいたっては属国として、すでに従わされた模様です。高麗使が蒙古の牒状を届けたというのも、仲介というより、かの隣国が今や小間使い扱いということでして」

「それほどの大国があったとは……」

知らなかった――日蓮は呆然として呻いた。なんたる不覚、それほどの大国を知らずにいたとは。そこまで外の世界の変転に無頓着であったとは。

「いえ、日蓮殿、それほどの大国があったのではなく、現れたのです。我々の知らない間に、あっという間に現れたのです」

事実、まだ百年にもならない。

そも蒙古は漢土より遥か西にして、天竺より遥か北、西夏、西遼を左右に臨む大草原にあって、遊牧を生業とする部族のひとつにすぎなかった。

その蒙古に今から百年ほど前、ひとりの傑物が生まれた。テムジンという名の指導者は、周囲の部族という部族を平らげ、大草原の一統を遂げたのだ。

君主の位を取り、チンギス汗となったのが今から六十二年前だが、ここまでなら知る必要もなく、また実際知ることもなかっただろう、遠国の話にすぎなかった。が、ここから蒙古の大征服が始まるのだ。

西夏を攻め、金の都を占領し、西遼を滅ぼすまで、ほんの十二年ほどしかかからなかった。日本の安房で日蓮が生まれた頃の話になるが、それからオゴタイ汗、グユク汗、モンケ汗、クビライ汗と代は替われど、怒濤の覇業は少しも変わることがなかった。

高麗が攻められたのは、まだ日蓮が両親と片海で暮らしていた頃だった。清澄寺に上って間もない時分に、滅亡を余儀なくされたのが、それまで抵抗を続けていた金だった。

いよいよ蒙古は宋と対面する格好である。が、それを攻める前に西から南に回りこんで、吐蕃（とばん）、大理（だいり）と軍門に降していった。宋の背後から制したわけだが、比叡山に遊学していた日蓮は、世界がこれほどの激動に見舞われていようとは、想像もしていなかった。

宋攻めが始まったのは正元元年（一二五九年）というから、それは災害に次ぐ災害、わけても正嘉の大地震を受けて、これは日本の仏法が邪に流れたせいであると、日蓮が各所に上申を試みていたときに重なる。が、世界では蒙古の脅威が全てを席巻しつつあることには、まだ少しも気がついていなかった。

蒙古は東に向かうだけでなく、西にも向かって、その支配を、もはや地図も描けず、地名も知れないような遠国まで及ぼしているという。

改めて途方もない話だが、それはその大きさにそぐわないほど、あっという間の出来事でもあった。歴史という時間の流れにおいては、真実ほんの瞬きするほどでしかない。ついていけずに面食らうのは、むしろ道理というべきだった。

「いえ、驚いてばかりもいられませんな。して、その蒙古の牒状は何といってきたのです」

日蓮は問いを続けた。これに宿屋が答えるには、読み下しの写しを手に入れてきましたと。

「大蒙古国皇帝、書を日本国王に奉る。朕惟に、古より小国の君は境土を相接すればなお信を講じ睦を修するに務む」

と、書き出しこそ穏便だった。いや、終わりまで読んでも、剣呑なわけではない。

「高麗は朕の東藩なり。日本は高麗に密邇し、開国以来、時に中国に通ず。朕の躬に至りて、一乗の使い、和好を通じるなし。なお恐るるは、王の国いまだ之を知ること審ならざるを。故に使いを遣わし、書を持して朕が志を布告す。ねがわくは今より以往、問を通じ好を結び、以て相親睦せん。かつ聖人は四海をもって家となす。相通好せざるは、あに一家の理ならんや。兵を用いるに至りては、それたれか好むところぞ、王それ之を図れ。不宣至元三年八月」

文末の「不宣」にせよ、対等な相手に書を送る場合の結びである。しかし、と日蓮は受けた。

「相通好せること、すなわち通商の申し入れとはなっていますが、兵を用いることは好まないとも付け足して……」

「ええ、通商に応じなければ、蒙古は戦を仕掛けるということでしょう」

「高麗は朕の東藩とも書いていますから、含意を読むなら、また日本にも自らの属国になるよう、暗に求めているとも解釈できる。となると、これは降伏の勧告、侵攻の予告ということになります。ううむ、まさしく……」

「やはり、そうですか」

「私が『立正安国論』に書いた他国侵逼難、未だ起こらざる災難のひとつが、この蒙古ということになりますか」

そう続けた自分の言葉に弾かれたかのように、日蓮は立ち上がった。

「予言は当たった」

遅れて、総身にブルブルと震えが来た。

経文は信じていた。必ず当たると疑いもしなかった。しかし、そう告げられて、容易に真に受けない向きがいるのも、従前は道理とせざるをえなかった。

日本を攻めてきそうな国など、ちょっと見当たらなかったからだ。宋も、高麗も、戦争を始める風は皆無だったのだ。それが蒙古とは……。国ですらなかった遊牧民が、俄に台頭を果たしたあげく、いつの間にか未曾有の大帝国をなして……。

やはり驚きを禁じえないが、だからこそ驚くべきではなかった。

まさに仏罰――そう考えれば、蒙古が忽然として現れたことも理解できる。ありえないことがありえたのは、人の業ではないからなのである。

仏こそは正法を外れた仏教徒たちを懲らしめる槌として、この地上に蒙古を現出せしめたのだ。大陸における西夏、西遼、金、高麗、吐蕃、大理、そして宋に至るまで、その度重なる謗法の振る舞いゆえに、今こそ罰せられたのだ。

なるほど、念仏も、禅も、入宋した僧たちが、日本に持ちこんだものである。それらは本朝に先んじて、宋や高麗で隆盛を究めていた。日本の宗派が誤りならば、同じように大陸の宗派も誤りであり、宋はじめ諸国に先んじて仏罰が下されたのも道理でしかない。

なにより、災難は全て経文に書かれている。いうまでもなく、経文は本朝だけのために書かれたものではない。大陸にあてはまらないわけがない。

やはり仏罰は下される――高麗や宋で起きたことは、必ずや日本でも起こる。日本にだけ下されないわけがない。もはや現実として受け入れざるをえないところまで来ていると、そう覚悟しなければならない。

「して、柳営は何と答えましたか」

と、日蓮は問いを改めた。

今の執権は北条政村、連署が相模守時宗である。最明寺入道に頼まれた遺児、あの太郎時宗のことだ。蒙古に対する処方を誤ることあらば、日蓮はそれを正さなければならない。

宿屋光則は答えた。

「無視することに決めたとのことです」

「無視と」

日蓮は頭を抱えた。それで済むと思うてのことか。蒙古が引き下がると思うてか。あとは忘れてくれると思うてか。

「いや、そこは柳営も楽観するわけではありません。むしろ一戦ありうべしとして、諸国の御家人に早速触れを出しました。蒙古調伏を願いまして、各所に祈禱も命じたようにございます」

「祈禱とは」

「例のごとくの祈禱です。これまでも諸寺諸社で行われてきましたような祈禱です。朝廷など、蒙古のことで二十二社に奉幣するとのこと。柳営も賀茂社に神馬、御剣を奉納、さらに天台、真言の諸寺に命じて……」

「いけない」

と、日蓮は声を大きくした。いけない。いけない。法華経でなければいけないからです。祈禱するなら、我らでなければならないのです。というのも、こたびの他国侵逼難を含めた数々の災難は、なべて謗法ゆえの仏難として下されたものなのです。それに正法ならざる邪法をもって祈禱するなど、罪に罪を上塗りするようなものだ。

二、安国論御勘由来

「今年後の正月、大蒙古国の国書を見るに、日蓮が勘文に相叶うこと、宛(あたか)も符契(ふけい)の如し」

そう書き添え、日蓮はかつて最明寺入道に上げた『立正安国論』を、再び柳営に上げることにした。

題して『安国論御勘由来(ごかんゆらい)』である。

さらに付言したことには、朝廷や幕府の命で種々様々に祈禱が行われるだろうが、それではかえって仏神の怒りを買い、国土の破滅を招くことになると。

法華経の一乗妙法に則さなければ駄目であると。

それというのは、蒙古襲来は謗法の国に堕ちた日本を正す仏罰に他ならないからだと。

諸宗に異論あることは承知するが、それなら自分は延暦二一年に伝教大師が高雄山寺で南都六宗の碩学(せきがく)たちと法論に及んだ例に倣い、諸宗との公場対決に挑むことも辞さないつもりであると。

「このようにお願いいたします」

一式整えたものを、日蓮は板間を滑らせ、手元から押し出した。四月五日、鎌倉長谷(はせ)に構えられた宿屋邸の一室でのことである。

「ほお、こちらでございますか」

確かめながら受け取るのは、法鑑房と名乗る法体の男だった。

自身の屋敷ということで、宿屋光則も同席していた。が、こちらは威儀を正して座したまま、手すら出そうとしなかった。

かつて最明寺入道に『立正安国論』を上げたときは、その窓口になってくれた男である。あれから八年になろうとしているが、今なお日蓮の信奉者にして、協力者であり続けている。それは蒙古からの牒状到来を、急ぎ知らせてくれた通りである。

こたび『安国論御勘由来』を幕府に上げるに際しても、日蓮は宿屋光則に頼むつもりだった。そのことには露ほどの疑問も抱かず、実際に頼んでみたが、宿屋のほうは何やら渋るような様子だった。

「いや、上申に反対というのではありません。是非にも読まれるべきだと考えております。しかし、それがしが間に入るのでは、なかなか読まれがたいように思われ……」

宿屋光則は今も北条得宗家の身内人である。が、その北条得宗家が変わっていた。あるいは幕府を含め、すっかり世代交代したというべきか。

執権北条政村、連署北条時宗の体制が三月五日、執権北条時宗、連署北条政村に替わっていた。執権と連署を入れ替えただけともいえるが、あえて断行したというのは、今や十八歳になった得宗家の惣領を頭に頂き、今こそ本格政権を打ち立てる意図があるからだった。

いうまでもなく、蒙古の牒状が届いた経緯も無関係ではない。つまりは中継ぎ的な政権では乗り越えられないという、危機感の表れである。

悪い話ではないながら、これを機会と若い執権を支える側近たちまで、一緒に刷新されていた。北条一族から金沢実時が評定衆に、御家人からは安達泰盛がやはり評定衆に、得宗被官からは平頼綱が侍所頭人に召し出されて、それぞれ権力の中枢に座することになったのだ。

かかる新たな面々に紛れると、宿屋光則は所在がないようだった。なお得宗家の被官ではありながら、やはりといおうか、かつて執権時頼に仕えた身内人の感が強く、執権時宗を支える側近とは、なかなかみなされなかったのだ。

日蓮に上申を依頼されると、気まずげな顔で辞退したのは、そういった内情による。

「それでも力は尽くさせていただきます。きちんと読まれるような仲介者を探させていただきます」

そう告げて数日、ようやく晴れた顔で名前を出したのが、目の前の法鑑房だったのだ。

法鑑房を自邸に招き、日蓮と引き合わせ、あげく『安国論御勘由来』が差し出されたこのときも、宿屋光則は言葉を足さずにはいなかった。ええ、何卒よしなに願い奉ります。

「お頼みできるのは、法鑑房殿の他にはおられません」

法鑑房は入道する前の名乗りを平盛綱といい、やはり北条得宗家の身内人だった。それこそ侍所所司まで務めた重臣だったが、その年配をいうならば、もう六十になんなんとする風である。

宿屋光則と同じ、むしろ少し上なくらいだ。親しい同僚だったのだろうとは容易に察せられるものの、それも二人ながら北条時頼または最明寺入道の側近だったという意味だ。今の北条時宗に近づきがたいという気分も、さほどの差があるではない。

「法鑑房殿が仲介するなら、平左衛門尉殿は決して無視なされますまい」

と、宿屋は続けた。法鑑房もしっかりと頷いた。

「そうですな。我が倅であれば」

平左衛門尉頼綱――現下の権人たちのなかでも最有力の側近、北条時宗の右腕、というより若い執権に代わって、事実上幕政を切り盛りしている大立者は、法鑑房の実子だった。

その平頼綱が薦めれば、太郎時宗は『安国論御勘由来』を必ず読む。読みたくなくても読むし、容れたくなくても容れる。

「是が非でもお取り上げ下さいますよう、法鑑房殿におかれましては何卒よしなに」

と、日蓮も続いた。ええ、今度こそ容れていただかなくてはなりません。

「前に『立正安国論』を上げたときは黙殺されてしまいました。最明寺入道様には興味を持っていただけましたが、結局は無視されて終わりました」

「日蓮房は無視される以上の悪意まで加えられました」

とも、宿屋が足した。松葉ヶ谷の草庵襲撃、伊豆流罪、さらに小松原の事件までを含めて、幕府権人たちの処断を非難したのかもしれない。しかし、それは構わない。法難と見立てるならば、法華経の行者たらんとする日蓮には、むしろ喜びでしかない。

「ですから、拙僧のことはよいのです。それよりも恐れるのは、本朝が災難に襲われ続け、人々が苦しみから逃れられないこと。いや、それ以前に……」

日蓮は先をいいよどんだ。法鑑房は不安げな顔になって問うた。

「それ以前に、何が起こるというのです」

「おわかりでございましょう。私の『立正安国論』を無視し、あるいは誹謗し、でなくとも、そうされることを黙認してしまった方々が、全体どうなられたことか」

極楽寺重時、最明寺入道、赤橋長時と、皆が相次いで落命した。法鑑房の顔が、みるみる青ざめていった。

「もし今また相模守様が……。いや、我が倅の左衛門尉も……」

「嘆くべき話ではありながら、それもないことではないかと」

言葉をなくした相手のことは、日蓮も気の毒に思う。が、ここで思いを改めてもらわなければならない。形ばかり取り次いで、簡単に片づけられる話でないと、肝に銘じてもらわなければならない。

日蓮は再開した。

「法鑑房殿は『立正安国論』のときは、如何様になされましたか」

「はあ、あのときは、それがし、なんと申しますか、半信半疑、というより、疑いのほうが強かったと、白状するべきですかな。宿屋殿も『立正安国論』など、よく最明寺殿に上げたものだと、笑止する気分もありました。ですから、最明寺殿が取り上げる素ぶりをみせたときは、ほとんど信じられない思いでした。殿に薦められて、それがしも読んでみましたが、中身とて荒唐無稽な……、いや、これは失敬を……」

「構いません。ええ、当時としては仕方なかったかもしれません。それで今は、どのような思いであられますか」

「震え上がる思いでおります」

と、法鑑房は答えた。最初に『立正安国論』を読んだとき、ありえないと思われたのが未達の二難、自界叛逆難と他国侵逼難でした。なかんずく、他国侵逼難はない。

「本朝が他国に侵略されるなど、有史来あったことがありませんし、今この時代にはあるのかと周囲を見回してみても、宋が日本に攻めてくるとも、高麗が乗りこんでくるとも思われず……」

「新たに蒙古が現れるなどと、拙僧とて思いつきもいたしませんでした」

「そうなのですか。それなのに日蓮殿は予言を……」

「私が予言したわけではありません。そのように経文に書いてあるのです」

「『立正安国論』にも、書いておられましたな。ええ、それはわかります。しかし、そのように経文から読み取る僧侶となると、日蓮殿を措いて他にはおられず」

そこで法鑑房は座りなおした。

「いずれにせよ、もはや『立正安国論』に誤りなきは明白。かつての不明を恥じ、その愚かさに背筋が寒い思いがしておるのは、それがしだけではござらぬはず。この期に及んでは、退ける者などおりますまい」

「お言葉ながら、前に『立正安国論』を上げたとき、相模守様は十にもなられておられたか、おられなかったか。八年前、すでに蒙古の来襲を予言していたといって、そのときの記憶がなければ、同じような衝撃をお受けになるとはかぎりません。それだからこそ、平左衛門尉殿の御口添えが欠かせないというのです。信頼厚い平左衛門尉殿の勧めであればこそ、相模守様も真剣にお取り上げくださるのです」

「そうですか。しかし、我が倅は……。八年前とて無論、もう分別ある歳ではありましたが、あのとき『立正安国論』のことを語り聞かせたかどうかとなると、それは……。あるいは当時のことを合わせて、勧めるべきかもしれませんな」

「やはり法鑑房殿にお願いして、正解だったと存じます。かつての侮り、そして今のおののきを含め、なにとぞ『安国論御勘由来』を平左衛門尉殿にお上げいただきたく」

日蓮にまとめられ、法鑑房は強く頷いた。

三、大師講

「是を顕わすに、さらに三となす。はじめに四諦、つぎに四弘、のちに六即なり。四諦の名相は、大経の聖行品に出でたり。いわく『生滅、無生滅、無量、無作』なり」

と、日蓮の声は響きわたる。

「生滅とは、苦、集はこれ世の因果、道、滅はこれ出世の因果にして、苦はすなわち三相遷移し、集はすなわち四心流動し、道はすなわち対治易奪し、滅はすなわち有を滅して無に還るなり。世、出世というといえどもみなこれ変異す。故に生滅の四諦と名づく」

引いていたのは、天台大師智顗が著した『摩訶止観』の一節である。『法華玄義』、『法華文句』と並ぶ天台三大部のひとつだが、それを説いて唱えれば、熱心に聞き入る者がいるというので、日蓮の声には力が入るばかりなのである。

文永六年（一二六九年）正月、行われていたのは大師講だった。

大師講は大師、つまりは天台大師の命日である十一月二十四日に、皆で法華経を学ぼうという法会を、そう呼んだのが始まりである。天台宗の重要な行事として、比叡山延暦寺で行われてきたものだが、それを日蓮は鎌倉に戻ってから、自らの草庵で催すようになっていた。

出家もなく、在家もなく、皆でひたすらに経を読み、論を繙く。日蓮の信徒となった者は、その大半が熱烈に帰依する手合いであり、ために大師講は非常な好評を博した。

年に一度では足りない、とも声が上がった。年に一度が月に一度になって今に至るが、それだけに、もはや弘法活動の中核を占めるといって過言でない。

文永六年正月の大師講は、一日から十五日まで連日の法話が開かれるという、わけても大がかりなものだった。

「無生とは、苦に逼迫なく、一切みな空なり、あに空よく空を遣ることあらんや。色に即してこれ空、受、想、行、識もまたかくのごとし、故に逼迫の相なし」

日蓮の言葉が迸る（ほとばしる）につれ、合わせて皆が頷くので、波が立ったようになる。日昭、日朗、日行、日興、日向、日頂、日持（にちじ）、大進房ら、弟子たちも欠けることなく並んでいる。四条頼基、池上宗仲、宗長の兄弟、波木井（はきい）実長（さねなが）、大学三郎（だいがくさぶろう）、椎地四郎（しいじしろう）といった鎌倉在の檀越たち、その奥方たちまで顔をみせているのも、もはや当たり前でしかない。

「無量とは、分別校計（きょうけ）するに苦に無量の相あり。いわく一法界の苦になおまた若干あり、いわんや十界にはすなわち種種の若干あり、二乗のもしは智もしは眼のよく知見するところにあらず、すなわちこれ菩薩のよく明了するところなり」

また皆が頷いた。また波が立ったが、それが大波なのである。

実際のところ、小さな草庵には収まらない。日蓮が縁から行う説話を、人々は筵（むしろ）を敷いた表で聞き入っていた。それが大袈裟でなく、松葉ヶ谷の庭から溢れるほどになっているのだ。詰めかける信徒の多さは、もはや盛況の一語では片づけられないほどなのだ。

「無作の四諦とは、みなこれ実相にして不可思議なり。ただ第一義諦にのみ若干なきにあらず、もしは三悉檀および一切の法にもまた若干なし。この義、知るべし、また委しく記さず」

一斉に頷く頭は、およそ二百人——鎌倉でも信徒は明らかに増えていた。下総、安房のそれと合わせれば、もはや新たな教団の体だといってもよい。

災難が連続する不安のなか、それを仏法で説き明かし、なおかつ救いの道を示せるのは、日蓮とその弟子たちしかいない。これまでも少なからずを惹きつけてきたが、それに拍車がかかっていた。

「予言が当たった」

そうやって、鎌倉中で騒がれていた。

蒙古の牒状が届けられたこと、戦になって日本が攻められるかもしれないことは、鎌倉ではもはや知らぬ者もないほどになっていた。

京に遣いが走らされる。全国に早馬で触れが出される。逆に物々しい輩が陸続と鎌倉に上ってくる。幕府、御家人、武士たちの慌てぶりが、いたるところで目についたからだったが、それを今さら何だと冷笑できる者もいるのだと、人々は思い出さずにおかなかったのだ。

日蓮という僧は九年も前に蒙古の襲来を予言していた。「他国侵逼難」として、北条得宗家に警告していた。

松葉ヶ谷の草庵が念仏宗に襲われたことも、幕府の処断で日蓮が伊豆に流されたことも、当時から鎌倉では世人の耳目を大いに惹いた事件だった。どんな理由からだと、一緒に『立正安国論』も話題になった。予言のことは多くに記憶されていたのだ。

もちろん半信半疑、いや、ほとんどが信じなかった。念仏宗はじめ、他宗の僧侶たちとて、出鱈目だと口を揃えて、一笑に付していた。なるほど普通の常識で考えれば、ありえない話としか思われなかったが、その大それた予言が的中したというのだ。

日蓮のいうことは正しかった。あの『立正安国論』は間違いではなかった。日蓮が奉じる仏法こそ本物だということだ。法華経をこそ奉じて、他宗に帰依してはいけないのだ。さもなくば、この国は救われない。衆生の苦しみは永遠に終わらない。

そうやって信心が勢いづいた。爆発的に増えた信徒が、その日は大師講の機会に、松葉ヶ谷で一堂に会していた。

「これも本日で終わりになりますので、最後にひとつお知らせしておきたいと思います」

日蓮は草庵の縁から、改めて一同に告げた。かつて私は『立正安国論』において、最明寺入道殿にお伝えしました。人々が念仏宗や禅宗に帰依するゆえに日本を守護する善神は怒りをなし、国土を離れ、その留守に乗じた魔が禍を起こしている。これを対治しないでいるなら、この国は他国に破られる。

「あれから九年、遂に大蒙古国の牒状は届けられました。経文の『他国侵逼難』に当たるからには、この国が攻められるは必定。が、これを知るは日本国中に日蓮ひとりのみ。かねて差し出したる勘文を知り、かの西戎の人に調伏を為すべし。そう勧めるために昨年の四月、私は『安国論御勘由来』の上奏を試みたのですが、柳営からの返報は賜れませんでした。しかし、それで終わるわけにはいきません。八月には得宗家に仕える方々に、君のため、国のため、神のため、仏のためであるから、是非にも勘文を内奏されよと、改めてお願いいたしました。委細は見参を遂げて、私の口から直に申し上げるとも伝えた。それでも、受けつけてはくださらなかったのです」

事実、上申は思いのほか難航していた。

法鑑房ならと仲介を見込んだが、それも『安国論御勘由来』を渡したのを最後に音沙汰なしになった。痺れを切らした八月からは、やはり他にはいないと、宿屋光則を介して働きかけなおしたのだが、うまく行かないのは同じだった。

ただ、そこで判明した。九年前とは違い、もう日蓮は無名の田舎法師ではなかった。幕府では問題の多い僧と捉えていたし、それが鎌倉の諸寺となると、自宗の敵であり、ひいては仏敵であるとして、はっきり敵意を向けるまでになっていた。若い相模守時宗に特段の悪感情はなかったとしても、これでは日蓮の言葉になど耳の傾けようがない。

法鑑房を通したところで、無駄なはずだった。実の父をないがしろに、平頼綱は『安国論御勘由来』を無視して捨てた。それどころか、宿屋光則が試みた再度の上奏には、あからさまな妨害をもって応じたほどだった。

日蓮の言葉が届かないでいる間に、幕府に取り入る諸宗の僧たちは執権を取り囲み、日蓮というような狂僧がいるが相手にしてはならない、あれは危険な男だから耳を貸してはお終いだ、実をいえば御爺様の極楽寺入道様、御父上の最明寺入道様とて、日蓮に呪い殺されたようなものなのだと、あることないこと吹きこんでいたのだ。

　これでは上奏が成るはずがない。少なくとも人を介してというような穏便な方法では、いつまでたっても埒が明かない。

「そこで私は再び勘文を上げることにしました。こたびは直に書状を差し上げる形で、昨年の十月十一日に、全部で十一通を出しました」

と、日蓮は続けた。ことによると無礼と取られかねなかったが、もはや気にしてなどいられない。勘文は何としても届けなければならない。

「一通は相模守殿に出しました」

　執権北条時宗のことであれば、草庵の庭からは「おお」と低い歓声が上がった。

「ええ、そうです。『立正安国論』を添えながら、この日蓮を用いて蒙古を調伏するなら本朝は安泰であること、蒙古の調伏は日蓮でなければ決してかなわないことを伝えました。また建長寺、寿福寺、極楽寺、多宝寺、浄光明寺、大仏殿には帰依しないようにとも、お諫めしました。それは釈然としないと仰るなら、是非にも諸宗を御前に召し居合わせて、仏法の邪正を決せしめられんことを、ともお願いしております」

　さらに日蓮は名前を挙げた。宿屋左衛門殿、北条弥源太殿にも、一通ずつ宛てました。皆も御存じあるように、法華経に帰依なされている方々です。この御二人には、全部で十一通の手紙を送ったことを報告し、つきましては、なるだけ早く柳営の評定に取り上げてくださるようにと頼みました。宿屋殿は得宗家の身内人ですし、弥源太殿にいたっては同姓の北条一族でございますから、きっと力になってくださるはずです。

「柳営においては、さらに平左衛門尉殿にも一書を送りました。やはり『立正安国論』を添えながら、是非にも評定に取り上げて下さるよう求めました」

そう明かしたが、今度は声が上がらなかった。ただ恐れを振り払うように、南無妙法蓮華経、南無妙法蓮華経と唱える低い声が、いくつか庭に流れただけだった。

平頼綱は得宗被官の筆頭、最大の権力者であることは皆が知っている。日蓮排撃の動きも、つまるところは平頼綱がそう決めたからなのだ。その男に手紙など送りつけて、大丈夫なのかと思うからこそ、皆は言葉も出せずして、じっと固唾を飲んだのだ。

「だからこそ、です」

と、日蓮は増して声を大きくした。平左衛門尉殿に出さないわけにはいきません。十一通の手紙が、全て虚しく陰で握りつぶされないためにも、平左衛門尉殿に直に手紙を送りつけなければなりませんでした。

「堂々の挑戦をなしたのだと、天下に公にするのと同じことだからです。それを無視するならば、この日蓮を恐れて、こそこそ逃げたことになるのです。やましいことがないのなら、少なくともないと自ら称するなら、この私を黙殺することなどできないはずだ。執権殿にひそひそ話だけして、それで片づけられなくなるはずだ」

それが挑戦を意味している点は、残りの七通にせよ同じだった。

「さらに私は、建長寺道隆、極楽寺良観(りょうかん)、大仏殿別当、寿福寺、浄光明寺、多宝寺、長楽寺にも一通ずつ出しました。それぞれに禅宗は天魔の所為、念仏は無間地獄の業、真言は亡国の悪法、律宗は国賊の妄説と宣告し、なべて貴僧らは僭聖増上慢（せんしょうぞうじょうまん）に当たる大悪人であるゆえは、蒙古調伏の祈禱は即刻止めよと求めました。日蓮こそ日本第一の法華経の行者にして、蒙古国退治の大将たることを認めよと迫りました。なお御不服の段があるなら、是非にも執権殿の御前にて法論を戦わせ、仏法の邪正を決しようではないかとも持ちかけております」

そのことは鎌倉中に広まる。この大師講で明かしたからには、持ち帰った人々が方々で話題にして、数日の内には隅々までの噂になる。日蓮の信徒の数は、それくらいを可能とする規模にはなっていた。

「どうなるかはわかりません。果たして勘文は容れられるのか。否むしろ反発こそ必定でございましょう。しかし私は、それこそ幸いと考えます。反発されないならば、反発されるまで、繰り返そうとも思います」

日蓮は続ける。というのも、危機が差し迫ったこの期に及んで、なお知らぬ顔で済ませるなど、国主に、あるいはそれを支える側近に許される話ではないからです。反発なら反発でよいというのは、それが最初の一歩になるからです。通じて安楽な隠れ家から、何としても引きずり出してやらねばならない。『立正安国論』に従わせねばならない。法華経の信仰に導いていかねばならない。

「その道程においては我らとて、迫害や弾圧を覚悟しなければならないでしょう。日蓮の弟子檀那となれば、問答無用に流罪死罪に処されることもありましょう。それでも皆におかれましては、少しも驚かれませんよう。各々あらかじめ用心しておかれますよう」

妻子眷属を少しも憶うことなかれ。権威を恐るることなかれ。今度生死の縛を絶ち切り、仏果を遂げしめ給え。ひときわ声を高くしながら、日蓮は今一度胸に決意を確かめていた。

小松原のときと同じになるかもしれない。自らが傷つくだけでは済まず、弟子の鏡忍房、檀越の工藤吉隆と亡くした、あの悲劇を繰り返すことになるかもしれない。

己が戦いに巻きこんだとの自責の苦しみを、今度も背負わなければならない。そうまで覚悟のうえで、なお挑まなければならないのは他でもない。

小松原のあと、安房は変わった。一度は去らねばならなかった謗法の土地に、南無妙法蓮華経と唱える声が響くようになった。

たとえ犠牲を払うことになったとしても、勝ち切らねばならない戦いはあるということだ。日本を変えるという大勝負に、はじめから無傷の終着など望めないのだ。

それに乗り出す――すまない、恨んでほしいと心のなかで詫びながら、日蓮は戦いの宣言を取り消そうとはしなかった。

四、祈雨

文永六年（一二六九年）、さらに七年も、蒙古は攻めてこなかった。

脅威が消えてなくなったわけではない。宿屋光則の情報によれば、文永六年一月にも使節は日本に遣わされてきた。黒的（こくてき）、殷弘（いんこう）ら蒙古使八人が、高麗使七十余名を従えながら、三月には対馬に来着を果たしたのだ。

返牒を求めてのことだったが、幕府は再び黙殺した。朝廷も同じく黙殺したが、こちらは八月から諸寺諸社に対して、再び異国調伏の祈禱を命じた。

矢先の九月十七日、高麗使金有成（きんゆうせい）が対馬に来て、再び蒙古の国書を届けた。このときは富木常忍のほうからだったが、聞かされたことには同じく返牒は行われなかった。

いや、文永七年になってから、朝廷は蒙古に返書を認（したた）めたようだったが、それを送ることは、やはり幕府が許さなかった。

が、ただ無視していれば、そのうちなくなるという話ではない。

この間に所与の事情も瞭然となってきた。蒙古は数年前から、未だ漢土の南に勢を張る宋攻めにかかっていた。さすがの大国に手を焼いていると、高麗でも自国の降伏を認めない一種の亡命政権が、五月に「三別抄（さんべつしょう）の乱」を起こした。

これらを日本は背後から助けようとするかもしれない。少なくとも助けられる位置にある。蒙古にすれば、それを放置できなかった。ちっぽけな島国など仮に欲しないとしても、このままにはしておけない。

服属しないなら攻めるという構図は、ますますもって固まっていた。無策の日本が徒（いたずら）な無視を続けるほど、蒙古の来襲は時間の問題になっていくばかりだった。

災い避けがたし——本朝の内は穏やかというわけでもなかった。災難続きの悲惨な様相は、まるで変わっていなかった。

文永八年（一二七一年）は五月から日照りに見舞われた。ことに関東、とりわけ鎌倉であり、六月に入る昨今は稲が枯れ出した。もはや旱魃に近い。またの飢饉まで危惧される。

「そこで柳営は雨乞いの祈禱を命じたそうです」

巷から聞いてきたのは、丸顔に生来の愛想がある日興だった。いつもながらの松葉ヶ谷の草庵で受けると、日蓮は「誰に」と確かめた。

「極楽寺の良観忍性（にんしょう）にです」

良観房忍性は文永四年、日蓮が安房に出て留守にしていた鎌倉で、極楽寺の開山となった僧である。

「祈雨はなるでしょうか。果たして雨は降りますか。生き仏と呼ばれるほどの高僧だからと、柳営は本気で見込んでいるようですが」

そう日興に続けられて、日朗が話に入ってきた。面長が大人びて、でなくとも兄弟子ということで、諭すような口ぶりである。

「祈雨などなるわけがなかろう。生き仏といい、病人貧者を救うからというが、いくばくかの金を払い、飯を食わせたのは、要するに港の労役（ろうえき）に使っただけの話ではないか」

「当たり前の対価で、何ありがたいこともないと。確かに極楽寺は、和賀江島の港に利権がありますからね。入港する船からの関米を徴収できますからね。病人貧者を好んで雇うというのも、そこでの労賃を安く上げたいだけだとはいわれています」

和賀江島とは、鎌倉の材木座海岸沖にある小島である。

「六浦津で称名寺がやっていることと同じだ。どちらの背後にいるのも、金沢殿ということだ」

こちらは幕府評定衆金沢実時のことだ。ああ、権人らと癒着して、生き仏というだけに生臭いものなのだ。そうまとめたうえに、さらに日朗は続けた。

「それよりなにより、良観忍性は真言律宗ではないか」

それが良観の宗派である。東国では、あまり聞かない。良観は大和国の生まれだった。南都西大寺の僧侶だったものが、建長四年（一二五二年）に関東に移ってきた。ここで金沢実時の知遇を得ると、その引きで弘長元年（一二六一年）には鎌倉の新清涼寺に入った。そこに最明寺入道に招かれ、西大寺の住持叡尊が東下してきたのが、翌二年のことだった。

かつての弟子として師匠に謁したのみならず、良観は老齢の叡尊に代わり、数々の法会を執り行った。契機に名声を博し、また北条業時、さらに重時らの好意を得た。多宝寺、さらに極楽寺に入り、文永四年にその開山となったというのも、この寺を浄土宗から真言律宗に変えてしまったからなのである。

「念仏に比べて、いくらか良いというものではないぞ」

「真言の祈禱は効かないということですね。それは私も効かないと思うのですが、しかし、巷で洩れ聞くところでは、良観にも病気平癒祈願の実績はあるそうです」

「最明寺入道の回復を祈ったものだろう。確かに一時はよくなったが、結局は亡くなられたではないか」

「祈雨の祈禱にかぎっていえば、文永六年に江の島のほうで成功させたとか」

「三週間やって、ようやくの話だ。それだけ待てば、護摩など焚かなくても雨は降る。いや、そんなにも待たせたから、その間に稲は枯れてしまったともいう」

「そうですか。いえ、柳営が派手に喧伝し、世上の噂にもなっていたものですから」

「それでも祈雨の祈禱など意味がない。我らが相手にするような話ではない」

「いや、お待ちなさい」

　弟子たちのやりとりを聞いているばかりだった日蓮が、そう制した。なるほど、日朗の申すように、確かに祈雨の祈禱など小事にすぎません。しかし、これを利用できれば、日蓮が法験を万人に知らせる好機になるかもしれませんよ。

「法の高低を測る尺度として、文証、理証、現証の三つがあります。経文を読めばわかる高低、理を論じれば判然とする高低、そして信仰がいかなる現を、つまりは結果をもたらしたかで歴然とする高低の三つです。最もわかりやすいのが、いうまでもなく最後の現証で、なかでも祈雨などは最たるものです。ために、これまでの歴史をみても、祈雨で勝負を決した例は少なくありません。例えば護命と伝教大師、あるいは守敏と弘法……」

　日興が受けた。つまりは御師様、こういうことですね。

「こたびも祈雨に成功すれば、良観忍性は己が仏法の証を立てることができる。しかし、逆に失敗したら、真言律宗の誤りを認めざるをえなくなると」

「失敗したとは認めまい。良観忍性のことだ。また三週間、四週間と粘るか、あるいは有耶無耶にして、適当な現証を後付けするだけのこと」

「それをさせないのです、日朗。させないために、あらかじめ約束を交わしておくのです。例えば、そうですね」

日蓮は「熊王」と名を呼んだ。やってきたのが、それこそ日朗や日興が弟子入りした頃より、ずっと幼いくらいの童だった。黒々とした髪がゴワゴワと厚いので「熊王」と名づけたが、さておき命じて急ぎ用意させたのが、紙と硯と筆だった。

「さて、これくらいで、どうですか。『七日の内にふらし給わば、日蓮が念仏無間と申す法門すてて、良観上人の弟子と成りて、二百五十戒持つべし。雨ふらぬほどならば、かの御房の持戒げなるが大誑惑なるは顕然なるべし』と」

「これでは……。万が一にも雨など降れば、御師様は……」

「要らぬ心配です、日朗。そなたもいったではありませんか。真言律宗の祈禱では雨など降りません。法華経に基づかぬ祈禱など決してなりません」

「だとしても、こちらに得はありません。ですから、たとえ雨が降らなくても、良観は自らの非を認めたりしないのです」

「しかし、我らを無視することもできなくなる」

と、日蓮は答えた。それが変わらずの問題だった。

文永五年十月十一日に出した十一通の手紙は、何の反応も呼ばなかった。

宿屋光則と北条弥源太は動いてくれたが、柳営の権人たちにおいては、ただ受け流されただけだった。それどころか執権北条時宗に、日蓮の書状など目を通す必要もないと、改めて注進する始末だったとも聞いた。

諸宗の諸寺にいたっては、完全な黙殺が貫かれた。

極楽寺の良観忍性にせよ、日蓮は「律国賊」と呼び、法華経勧持品に現れる増上慢の「第三の強敵」に相当すると扱き下ろしているのだが、怒声ひとつ洩らさずにきている。

どうやら手紙が送りつけられると、すぐさま諸寺が集まって、互いに示し合わせ、皆で無視することに決めたようだった。

なかなか引きずり出すことができない——公場で法論を戦わせることができれば、法華経の最勝をわからせてやれるのに、その機会が容易なことでは与えられない。

諸寺諸宗の冷やかな態度が続くかぎり、柳営も何ら慌てる必要がない。執権北条時宗も『立正安国論』の正しさを容れることがない。

「現証を立てられなければ、良観忍性も出てこざるをえなくなります。そうなったら、私は決して逃がしません。理証で追いつめ、最後は文証をもって信心を改めさせます」

「しかし、御師様、それは手紙にして出されるわけですか」

「いかにも、日興、そうしようと考えている」

「受け取りますでしょうか、良観忍性は」

確かに、その危惧はある。文永五年の十一通の書状は現に無視されている。

「いきなり送りつけても、また無視されるかもしれません」

「御房の弟子になるとまでいっているのに、ですか」

「お言葉ながら、それも手紙が読まれなければ始まりません」

「読まれるようにしましょう」

そう続いたのは、日朗だった。日興は確かめた。何かお考えでもおありですか。

「読まれるためには、やはり人を介するのが常道かと」

「ほお、それは」

日蓮も食いついた。もしや日朗は当てがあるのですか。

「はい。念仏寺でしたから、極楽寺の者とは、もう前々から大分やりあっております」

「私が鎌倉に来る前からということですね」

「ああ、そうだな、日興は弘長三年からだから、うん、そうなるか。それで、です。やりあったものですから、喧嘩友達というのでありませんが、極楽寺には何人か顔馴染みもいるのです。あの者たちに『日蓮が念仏無間と申す法門すてて、良観上人の弟子と成りて、二百五十戒持つべし』と読ませた日には、喜び勇んで住持に手紙をみせにいく気がします」

数日後、どうだったと日蓮が確かめると、日朗は会心の笑みだった。

「周防房、入沢入道という二人に手紙を託しました。今回は日蓮が法門を用いるというのではない。ただ良観房の祈雨の可否のみをもって勝負としようというのが、我が師の申しようだ。私としては容易に賛成しがたいが、お主らには悪い話ではないのでないか。そうやって差し出しますと、あの者ら、良観忍性のところに飛んでいきました」

「それで、良観忍性は」

「良観房にせよ、大張りきりになったようです。無視は決めたものの、やはり御師様の前の書状については、一通りでない憤り方だったようです。それを自らの弟子として従えられるというのですから、大張りきりにもなるはずです。雨乞いの祈禱も百二十人の弟子を集めて、予定よりも大々的にやることにしたのだとか」

「ほお、それは、それは。もう我らが鎌倉中に触れまわる必要もないくらいですね」

五、挑発

「六月十八日のことでした」

日蓮は声も大きく皆に告げた。ええ、良観房、なんとしても七日のうちに雨を降らせるのだと、弟子を百二十余人も集めたのでした。

鎌倉も小町大路と大町大路が交わる四辻のこと、もはや珍しくもない辻説法だったが、それにしても黒山の人だかりである。

蒙古の来襲を予言した僧として、日蓮の名は以前に増して知られていた。その言動も常に注目される。信徒にならないまでも、何か話すなら聞きたい、何かするならみたいという向きは、もう鎌倉では決して少なくないのである。

その群衆に向けて、日蓮は続けるのだ。

「極楽寺では皆が剃りたる頭より煙を出し、声を天に響かせ、あるいは念仏、あるいは請雨経(しょううきょう)、あるいは法華経、あるいは八斎戒(はっさいかい)と説きながら、種々に祈請したそうですが、その結果はどうだったでしょうか」

問いながら、日蓮は目を上に向けた。つられて天を仰ぐが早いか、人垣に声が上がる。

「まだ、お天道様がいるぜ。でっかい顔して、ジリジリ照りつけてやがる」

「一滴の湿りもねえ。おかげさんで、地面のほうはカラカラだ」

いいながら、その男はパンパンと草履の裏を打ちつけた。踏み固められた道に舞うのは、やはり乾いた土煙だった。はん、もやもやと炎みたいに立ちやがる。

「実際のところ、何から何まで乾いちまって、ちょっとした火種で、すぐにも炎(ほむら)が立ちそうだぜ」

「火事なんて勘弁してくれよ。今は火消しの水もねえや」

「要するに、まるで逆だったたってわけだ。これじゃあ、雨を降らせる良観房じゃなくて、あちこち燃やす両火房だ」

笑いが起きた。こりゃ、いいや。両火房だ。噂の生き仏さまは、水の化身じゃなくて火の化身だったたってわけだ。

良観を扱き下ろして、ひとしきり笑いが沸いたところで、日蓮は手を挙げた。先を続けたことには、四日、五日と続けても、雨が降る気配は一向になかったと。良観房は急に弱気に駆られたようだと。

「このままではいかんと、多宝寺にいた頃の弟子など、さらに数百人も呼び集めて、渾身の祈禱を続けました。にもかかわらず、とうとう七日のうちには雨は降らなかったのです。私は良観房に手紙を出しました。和泉式部(いずみしきぶ)は色好みの身にして、八斎戒の一日で作った歌で雨を降らせた。能因(のういん)法師など破戒の身にして、やはり歌を詠んだだけで雨を降らせた。御房はといえば、二百五十戒を守る僧侶を百人、千人と集めたのに、どうして一滴の雨も落ちてはこないのかと」

笑いは、いっそう大きくなる。のみならず、声が上がる。

「雨乞いに失敗したんだから、日蓮様の弟子にならなきゃ」

その約束のことも知られていた。日蓮と弟子たちが鎌倉での辻説法で広めた部分もあるにはあるが、こたびは雨が降れば日蓮が良観の弟子になるという話でもあり、極楽寺のほうでも強いては止めなかった。世人に知られるままにしたのみならず、自ら喧伝する風さえあったのだ。招雨に自信があったということだろうが、それが今や日蓮を弟子にするどころか、自分が法華経に帰依して、日蓮の弟子になる羽目である。

「いや、それだけは勘弁ていうんで、良観は泣きのもう一回、いや、もう七日と祈禱を続けたんだろ」

「往生際が悪いな。ひとの葬式は嬉々として出すくせに、それが坊主ってもんなのか」

良観は極楽寺入道重時の葬式を挙げたことでも有名である。

「人様に好かれるのは得意でも、仏様に好かれるのは苦手なのさ」

「やっぱり駄目坊主だ。やっぱり日蓮様に弟子入りするしかねえ」

「そいつは決まりだ。なにしろ七日足しても、なお雨は降らなかったんだからな」

「かわりに七日目には大風が吹いた」

「おお、あんなの覚えがねえや。だって、熱風が吹きつけてきたんだぜ。火傷するかと思ったほどなんだぜ」

「はは、両火房の面目躍如だ」

「仏様に憎まれてんだよ、あいつは。てえか、あいつこそ仏様を怒らしてんだよ」

「そこを改めやがれってんだ、良観は。やっぱり日蓮様の弟子になってもらうしかねえ」

「おおさ。自分だけ逃げに逃げを重ねるなんて、返す返すも良観の奴は許せねえ」

「いいえ、私は構いません」

と、日蓮は答えた。私の弟子になるのが嫌なら、ならなくて構いません。私に弟子になれというなら、それでもいい。ただ、そのときは法華経を奉じてもらわなければなりません。良観房におかれては、己が真言律宗の誤りを認めていただきたいのです。

「というのも、雨すら降らすことのできない仏法で、人の成仏がかないましょうか」

「無理だ。できっこねえ」

「雨を呼んで、火を招くような宗派だ。極楽を約束しといて、地獄に落とすに違いねえ」

「へへ、生き仏にみせかけて、その実の良観は閻魔大王ってところだな」

また笑いが起きた。菩薩とも、如来とも崇められた高僧が、もはやゲラゲラ、ゲラゲラと下卑た笑いの的である。が、その声が一刀でも走ったかのように切り落とされる。日蓮がさらに問いかけを続けたからである。

「雨すら降らすことのできない仏法で、蒙古調伏の祈禱などしてよいのでしょうか」

人垣をなす顔という顔が一瞬で強張った。成仏云々なら遠い話で現実味がなかったが、それが蒙古となると違う。いつ日本に攻めて来るか、いつ自分たちが襲われるかと、人々は気が気でない日々を強いられていたのだ。

日蓮は続けた。ええ、良観房では蒙古を止めることなどできません。

「それどころか、逆に招き寄せることになります。誤った仏法を弘めれば、善神聖人は怒り、この国から離れていくばかりだからです。その隙に入りこむのが鬼や魔です。これが数々の災難を呼びこむ。日や月、星の乱れ、火事、旱魃、大風、大雨、地震、疫病と起こさせたあげくが、こたびの他国侵逼難、すなわち蒙古の来襲となったのです」

「どうしたらいいんですか、日蓮様」

「正しい仏法を信奉することしかありません。すなわち法華経に帰依することです。そのうえで他の仏法を廃するのです。帰依も、布施も、寄進も止めることです。さすれば、この国に善神聖人が戻ってきます。きちんと本朝を守護してくれます」

「そのこと、柳営は知ってるんですかい」

「かねて『立正安国論』と題して勘文を認め、何度となく上奏を試みてきましたが、それが容易に容れられません」

「せっかく教えてやろうってのに、どうして柳営は容れないんだよ」

「そりゃあ、他宗が邪魔するからだろ。偉いさんたちに布施を止められたら、もう一巻の終りだからな。それこそ良観ども、自分らは邪宗じゃない、日蓮こそ魔教だなんて、柳営の権人たちの耳元で、熱心に囁き続けているんだろ」

「間違った仏法をやってるのに？　雨乞いすらできないのに？」

「だから、インチキ両火房は、その非を認めてないんだよ」

そこで日蓮は大きな袖を振りながら音を立てた。ええ、そこです。仮に非を認めることができないのなら、せめて是を論じてほしい。そのときは私が相手になる。

「互いの仏法を戦わせ、ひとつ法論に及ぼうではないかと、かねて私は諸宗に持ちかけておるのです。沢山の人々がみているなかで、それこそ相模守様の御前において、各々の仏法の正しきを競い合わせてみれば、白も黒も全てはっきりするではないか。そう申しこんでいるのに、どういうわけだか、まるで応じてくれないのです」

「決まってらあ。負けるのが怖いんだ」

「どうせボロが出るだけだからな。日蓮様にこてんぱんにされて、恥をかかされるだけだ」

「雨乞いの祈禱で、もう恥をかいちまってるからな。文字通り恥の上塗りってことになる」

「いや、ここは、ひとつ名誉回復と行きたいとは、考えないものなのかね」

人垣に上がる笑いは厚みを増すばかりである。それを壁として、隠れるように身を屈め、急ぎ足で遠ざかろうとする黒衣のことも、日蓮は見逃さなかった。刹那こちらに向けられた眼の、尋常でない険しさを含めてだ。

日蓮は辻説法の台を下り、大町大路を引き揚げた。

途中の海から入る道で、日昭が一緒になった。次の角では山から下りてきた日朗が合流し、さらに日向、日頂と追いついてくる。次から次と現れる弟子たちは、日蓮と同じように鎌倉各所で辻説法を試みて、その帰り道ということである。

「覗きに来ていましたよ。あれは極楽寺の僧ではないかと」

日蓮が声に出すと、肩を並べる日昭も答えた。ああ、拙僧のところにも、みにきた。

「たぶん多宝寺の者だろう。日朗のところは?」

「私のところには、長楽寺の念仏僧どもが。歯軋りして悔しがっているのは、良観忍性だけ、真言律宗だけというわけではないようです」

若い日向、そして日持も報告の後に続く。

「拙僧は、やめよ、やめよ、出鱈目を吹聴するなと、乱暴に小突かれました。その数人は浄光明寺の者だと名乗りました」

「私は説法を禅僧たちに遮られてしまいました。蘭渓道隆までが、裏で一緒になっているということでしょうか」

「その通り、まさに道隆の建長寺でした」

いいながら、大分遅れて小町大路から入ってきた日興が、小走りで追いついた。

「ええ、建長寺に多くが集まっています。ぞろぞろと黒衣が列をなし、あるいは輿が何台も運ばれてきています。諸寺諸宗の談合が行われるとみて、ほぼ間違いないかと」

「もちろん、この日蓮憎しの談合ということですね」

と、日蓮は受けた。これは、いよいよ出てくるでしょうか。こたびばかりは燻り出しに耐えかねて、もう穴倉で無視を決めこんでいるわけにはいかないと。

六、行敏難状

こうまで虚仮にされては堪らない。

槍玉に挙げられたのは極楽寺の良観忍性だったが、これが最後になるとは思われない。このまま放置し続ければ、鎌倉諸大寺の高僧名僧は、なべて立場を危うくされるかもしれない。もう日蓮の無視は続けられない。敢然として、排撃に乗り出さなければならない。

建長寺に集まった諸大寺の面々は、そう結論したらしい。かくて七月八日、名越松葉ヶ谷に届けられたのが、『行敏難状（ぎょうびんなんじょう）』だった。

「未だ見参に入らずと雖も、事の次を以て申し承るは常の習に候か。抑（そも）風聞の如くんば、所立の義、もっとも以て不審なり。法華の前に説ける一切の諸経は、皆是れ妄語にして出離の法にあらずと是一、大小の戒律は世間を誑惑して悪道に堕とさしむるの法と是二、念仏は無間地獄の業為りと是三、禅宗は天魔の説、若し依りて行ずる者は悪見を増長すと是四、事若し実ならば仏法の怨敵なり。仍（よ）りて対面を遂げて悪見を破らんと欲す。将又其の義無くんば、争（いか）でか悪名を被らざらん。痛ましきかな。是非に付けて委しく示し給わるべきなり。恐々謹言。

七月八日僧行敏　判

日蓮阿闍梨御坊」

行敏は専修念仏の僧である。元は長楽寺にいて、智慶の弟子だったが、師が亡くなってからは、浄光明寺に籍を移している。その名前で日蓮に難状を送りつけたというのは、学があり、文が達者と見込まれてのことだったようだ。

形は『行敏難状』ながら、中身は建長寺の蘭渓道隆、悟真寺の然阿良忠（ねんなりょうちゅう）、新善光寺の道阿道教、そして極楽寺の良観忍性というような面々の意を汲んだものとみてよい。

いずれであれ、日蓮は受けて立つつもりだ。というか、これぞ一日千秋の思いで焦がれた好機なのだ。

問われているのも、よくぞ聞いてくれたと思う条々ばかりだった。

法華経以前の一切経は妄語であり、出離の法ではないという道理など、こちらから別して取り上げ、訴えたいくらいである。大小の戒律は世間を誑惑し、人を悪道に堕とす法なのだと、これまた日蓮が事あるごとに繰り返してきた道理だ。

念仏は無間地獄の業だと証明しろというならば、経でも、論でも、思いのままに提示してみせられる。禅宗は天魔の説で、行ずる者が悪見を増長した実例を示せというなら、それこそ座禅流行りの鎌倉なのであり、百でも二百でも並べられる。

なかんずく――対面を遂げて法論を戦わせる。まさしく望むところである。それこそ日蓮が常日頃から訴え続けてきた決着、そのものなのである。

ただ――閉じられた場所でやるなら、意味がない。見届ける者もなく、証を立てる術もないなら、甲斐がない。

七月十三日、日蓮は行敏に返状を認めた。

「条々御不審の事、私の問答は事行い難く候か。然れば上奏を経られ、仰せ下さるるの趣に随て、是非を糾明せらるべく候か。この如く仰せを蒙り候条、もっとも庶幾する所に候。恐々謹言
七月十三日日蓮花押」

法論に及ぶのは結構だが、私のそれでなく、公のそれで願いたい。それも幕府の権人たち、できることなら執権相模守時宗の御前で行いたい。かつて伝教大師最澄が、桓武帝の認可による公場の法論で、南都諸宗の僧たちを論破したときのように。

そう日蓮は求めたが、返事はなかった。行敏の、というよりは道隆、良忠、道教、良観ら、諸大寺の高僧たちの総意なのだろうが、いずれにせよ公場における対決は、なんとしても避けるつもりのようだった。

それならば――また鎌倉の世人に訴えるまでのことだった。

祈雨に失敗したのに、良観は約束に反して、己が宗旨を改めない。諸大寺と図り、難状を送りつけてきたので、執権の御前における公場対決を持ちかけると、また元の音無しになる。要するに逃げ続けだ。己が仏法の邪道を暴かれるのが怖いからだ。法華経の最勝たるを認めざるをえなくなるからだ。どのみち日蓮には勝てないとわかっているのだ。

そうやって喧伝されるだろうことは、良観とて、諸大寺とて、予想しているはずだった。この期に及んで、以前のような無視に戻ることなど不可能なのだ。

事実、そこは了解しているらしく、そのまま何も返らないわけではなかった。

やや待つと、行敏名義で再訴状が松葉ヶ谷に届けられた。が、それと同時に面々は、幕府にも訴え出たようだった。

わかったのは、日蓮が問注所から陳状の差し出しを求められたからである。それに答えるための便宜で送られたのが、行敏名義の再訴状だったのだ。

公場といえば公場、御前といえば御前ながら、やはり世人の目は避ける。しかも顔と顔を向い合せての法論でなく、専ら文書を通じた法論、それも幕府の役人を間に置いた法論になってしまう。いうまでもなく不本意だったが、それでも日蓮は応じた。

諸大寺が届け出た「日蓮の罪科の条々」は、一代聖教(いちだいしょうぎょう)のなかで一つを是とし、他を非とすること、法華経一部だけにこだわり、他の大乗経を誹謗すること、法華以前の諸経を妄語とすること、念仏を無間地獄の業とすること、禅宗は天魔の説であるとすること、大乗小乗の戒律は世間を誑惑する法だとすること、等々の告発までは、最初の行敏難状から大きく変わるものではなかった。

日蓮も答えてのけるに、やぶさかでない。陳状では法華経を引き、道綽、善導、法然らの誤謬を指摘、あるいは教外別伝の是非を論じながら、堂々の論も張ったが、そうしてみて、改めて不自然さは否めなかった。

仏法の問題が問注所で裁かれるというのは、どうにも馴染まなかった。無理にも問注沙汰にして、どうでも幕府を引きこむために、諸大寺は新たな三点を設けていた。そのひとつが、

「年来の本尊弥陀観音等の像を火に入れ水に流す等」

である。日蓮は他宗を憎むあまりに、その仏像にまで手をかけている。器物損壊を働いたなら、なるほど問注沙汰にされても仕方ないが、作為ゆえに挿しこまれた訴えであるとしても、これは全くの事実無根、あまりな濡れ衣である。

日蓮は陳状を認めるに、確かな証人を差し出せ、できないのなら良観上人らが自ら本尊を取り出し、火に入れ、水に流した科を負わせようとしたものに違いないと抗弁した。

残りの二つが、

「凶徒を室中に集む」

「又云く兵仗等云々」

というもので、あるいは内容的にはひとつにまとめられるかもしれない。要するに、日蓮は自らの草庵に武装の徒党をなしていると非難したのだ。

見方によれば危険きわまりない、もはや鎌倉の治安を脅かす振る舞いである。問注所で雑務沙汰（民事裁判）にされるどころか、侍所で検断沙汰（刑事裁判）にされてもおかしくない。

日蓮に警護の者がつくようになったことは事実だった。松葉ヶ谷の草庵でも、鎌倉出府の武士や在住の信徒たちが、輪番でその任に当たるようになったのだ。

が、それは現実に危険があるからである。

「法華経守護のための弓箭兵杖は仏法の定むる法なり。例せば国王守護のために刀杖を集むるがごとし」

日蓮は臆することなく問注所に答えてやった。

建長寺、寿福寺、極楽寺のような諸大寺こそ、襲われる恐れもないのに人を集めている、それこそ凶徒悪人と称されるべきではないかとまで切り返した。

「あれから、まだ訴状は来ないのか」

と、日昭は聞いてきた。まだ朝の勤めを終えたばかりの草庵である。日蓮は答える。

「ええ、弁殿、まだ来ません」

問注所の沙汰は、三問三答で争われる。原告となる者が訴状を出し、それに被告とされた者が陳状を返し、再び原告が訴状を、また被告が陳状を提出してと、同じ手続きを三度繰り返すのである。

「二度目の訴状が届いてよい頃なのですが」

九月になっていた。最初の陳状は八月の頭には出しているので、もう一月も動きがないことになる。

「問注沙汰にするのはあきらめた、ということではないですか」

そう読みを寄せた細面は日朗である。日蓮を恐れたわけではない。逃げ隠れしたのでなく、むしろ堂々と正邪を争うために、それを厳正なる公儀の沙汰に委ねただけだ。良観たちはそういいたかったのでしょうが、やはり衆目を免れようとした嫌いは否めない。

「現に鎌倉の世人は、口さがなく扱き下ろしています。我々が辻説法で全て報告するわけですからね。問注沙汰にすることにこだわっても、良観はじめ諸大寺の高僧たちは、面子の立ちようがないんです」

日興の丸顔が後に続く。ええ、問注沙汰からの撤退を決めたというのは、ありえますね。

「ただ連中が、このまま引き下がるとは思われません」

「無論だ。あのまま無視を続けていればよかったなどと、今さら後悔することもできない。ひとたび挑発に乗ったからには、とことんまでやらなければならないのだ」

「とすると、次はどんな手を使ってくるでしょうか」

「日朗、日興、しかし、だ。これ以上の手などあるか」

と、再び日昭が身を乗り出した。さらなる手があっての話ではない。むしろ手詰まりになっての話とは考えられないか。

「つまりは良観たちが自ら撤退したのでなく、問注所が相手にしなかったのだと。ここは諸経諸宗の是非や優劣、正邪を争う場所ではない。裁きにするには無理がある。そうやって、奉行人に差し戻されたのかもしれんぞ」

「そうですか」

　そう引き取り、日蓮はといえば後に溜め息を続けた。日昭は驚きに、やや目を剝いた。

「なんだ、どうしたのだ、日蓮」

「つまりは弁殿、そうだとすると、我々は柳営や得宗家には、まだまだ相手にされていないことになります。歯がゆく思っているのは諸大寺まで、我々の言葉が届いているのも諸僧までです。さらなる柳営の権人たちには、変わらず相手にされていない。怒るのでもいい。苛立つ程度でもいい。何かあれば、言葉を届けるきっかけになるのですが……」

「しかし、日蓮、それでは伊豆に流されたときのように、また柳営の御勘気を被ることにならないとも限らんぞ」

「それが法難であるなら、私は何を恐れるつもりもありません」

「…………」

「いえ、私とて徒な真似をするつもりはありません。ただ、公場での法論を逃したことは悔しく思うかたわらで、こたびは問注沙汰になったのだから、通して多少なりとも我々の考えが相模守様の耳に届くことにはならないものかと、そう期待するところもないではなかったものですから」

　裁きの続きをいうならば、幕府からの書は確かに届けられた。

　遅れながらも、九月十日に名越松葉ヶ谷の草庵に届けられたが、それは問注所からの訴状ならざる侍所からの呼び出しになっていた。

七、裏工作

幕府侍所が日蓮に問うていたのは、次のような三点だった。

「故最明寺入道殿、極楽寺入道殿を無間地獄に堕ちたりと申すこと」

「建長寺、寿福寺、極楽寺、長楽寺、大仏殿等を焼き払えと申すこと」

「道隆上人、良観上人等の頸(くび)を刎(は)ねよと申すこと」

これまで『行敏難状』が問い、あるいは問注所に上げられた条々からは、まるで別になっていた。もはや仏法の正邪を争うものではなかった。それなのに鎌倉の諸大寺が動いたことには、欠片(かけら)の疑いも持ちえないのだ。

わけても建長寺の蘭渓道隆、極楽寺の良観忍性が、いよいよ前面に出たことが窺えた。自らを被害者として、日蓮の断罪を幕府に働きかけていたからだ。

それにしても濡れ衣の着せ方は、いよいよ益体もなかった。寺を焼けといわれた、首を斬れといわれたなどと、もはや子供の喧嘩と変わらない。こんなものを幕府ともあろうところが、何故まともに取り上げたのか。

「裏で後家尼御前たちに口説いたようです」

調べてきたのは、鎌倉の方々に伝がある日朗だった。

「ええ、最明寺入道殿、それに極楽寺入道殿の後家尼御前たちです」

かつての執権北条時頼の室と、同じく連署北条重時の室ということである。甥と同じに鎌倉が長く、それだけ事情に通じている日昭が受けた。

「最明寺入道殿が建立したのが建長寺、極楽寺入道殿が建立したのが極楽寺だ。なるほど、道隆、良観が動いたはずだ。それぞれ尼御前とも、かねて懇意であったろうからな」

「ええ、伯父上、そこで亡夫の話も持ち出されたわけですからね。無間地獄に堕ちたと悪口する僧がいる、などと囁かれた日には、後家尼たちが激昂するのは、もはや火を見るより明らかと申すもの。左様な法師など今すぐ頸を斬ってしまえ、弟子たちも斬首せよ、遠国に遣わせ、牢に入れよと、女たちの金切り声が今にも聞こえてくるようです」

「最明寺入道殿の後家尼御前にとっては、極楽寺殿が実父になるわけですよね。その後家尼は実母ということになりますから、母娘で寄り合うほどに怒りを抑えられなくなったというところでしょうか」

そう受けた日興に、日朗は続けた。

「これが始末に悪いというのは、御二方は相模守様の実の母と祖母に当たるからだ」

「天下の執権も無視できない。ましてや周囲が忖度しないでいられるわけがない。道隆と良観も、まったく、うまいところに目をつけたものだ」

日昭がまとめると、いや増して一座は重さに囚われていく。

突き返される心配がないならば、どんな出鱈目な罪状でも挙げられる。それを裁きの場において、きちんと弁論する必要もない。もはや訴状、陳状と何度も送る手間すらない。

「侍所と来るのだから、いよいよ参るな」

やはり重たい声で、日昭が続けた。

幕府侍所は、元来が全国の御家人を統率する機関である。が、それと同時に鎌倉の治安を守る役割も担う。窃盗、傷害、殺人、さらには謀叛というような科については、検断沙汰として侍所で裁かれるのだ。

日朗はやはり黙っていられないようだった。

「普通はありえません。問注所では相争う訴人と論人が、きちんと別れているわけですからね。いや、争いというのも大抵は土地争いです。宗旨の争いが行われることさえ異例なんです。それが一方的な科人として、侍所で裁かれるなんて……」

「日蓮なる僧の振る舞いは世を乱すと解されたわけか。道隆や良観は、日蓮は天下第一の大事、日本国を失わんと呪詛する法師なり、とでも柳営に吹きこんだのかもしれん」

「日昭様、そんな馬鹿な……。御師様は何かしたわけではないのですよ。仮に何か口に出すことがあったとしても……」

「それが、だ、日興。御師様はかつても『悪口の科』で伊豆に流されている」

「ああ、あのとき……」

日興は駿河蒲原四十九院の供僧である。日蓮が流されたとき、伊豆伊東なら自分が近いと駆けつけて、そのまま弟子になっている。

「しかし、あのときは問答無用に沙汰を下されたのではありませんでしたか。こたびは、まがりなりにも裁きになっております。奉行人に申し開く機会は与えられるのではありませんか」

「だとしても、形ばかりだ」

日朗は侍所から送られてきた文書を指した。

「御評定になにとなくとも日蓮が罪科まぬがれがたし。但し上件の事一定申すかと、召し出してたずねらるべし」

もはや裁きを行わなくても、日蓮は罪科を免れがたい。そうやって、すでに断罪は明言されている。ただ一応は確かめたいので、そのために召し出して尋問すると、もはや手続きを残すのみなのである。

「だったら、呼び出しになど応じるべきではないでしょう」

「そうはいかぬよ、日興。逃げれば、御師様は捕吏に追われる身の上となる」

「いや、待て、日朗。そうか、そうだな。ここは日興のいう通り、逃げるというのも一案かもしれぬぞ。要は後家尼御前たちの激昂が収まればよいのだ。落ち着いてくれさえすれば、柳営もやれやれという感じで、検断など取り下げるかもしれんじゃないか」

「なるほど、その間に我々も我々で、柳営に、得宗家に、あるいは名越家に働きかけることができますな」

「富木殿に手紙を書いて、下総守護の千葉家を動かしてもらうという手もあります」

やりとりするうち、一場にようやく明るさが射した。要するに、ほとぼりが冷めるのを待つのだ。松葉ヶ谷の草庵を念仏者に襲われたときも、日蓮は裏山に逃げ、うまいこと難を避けることができたのだ。

が、そうしたことを日蓮本人は後悔している。このときも、逃げるという話が前へ前へと進むのを阻むかのような調子で、やや強引に口を挟んだ。

「ときに侍所というのは、どなたが司られるのですか」

「別当は執権が兼ねるはずだ」

と、日昭が答えた。

「ほお、相模守様が」

そう受けたとき、日蓮の顔が明るんだようにみえた。

なるほど、それで侍所に。なるほど、最明寺入道の尼御前、極楽寺入道の尼御前から来た話とするなら、その子として、ないしは孫として、ご自身で動かないわけにはいかなかったと。そうやって続けるほどに、いよいよ光明を見出したといわんばかりに目が輝く。

日朗は慌て気味だった。

「し、しかし、御師様、執権自ら裁きを行うわけではないと思われます。沙汰するのは普通は奉行人、これというような特別な案件でも所司でしょう」

「その侍所所司は、どなたが」

「平左衛門尉です」

と、日興が答えた。それは得宗家被官筆頭の、平頼綱のことである。若い執権を補佐するという名目で、事実上幕府を動かしているといわれる権人中の権人なのである。

「なんたることか」

そう日昭が呻いて、また面々は暗く沈んだ。

平頼綱という大の権人は、かねて『立正安国論』を拒んできた男である。実父の法鑑房を介してても、にべもなく断った。宿屋光則が評定に上げようと画策すれば、執権時宗の目に曝してなるものかと、それを妨害することまでした。

徹底的に無視を続けて、それだけといえば、それだけだった。ことさら日蓮に危害を加えたり、弾圧する、断罪するというのではなかったが、それが此度の一件をきっかけに、いよいよもって敵になったかもしれないのだ。

「しめた」

そう続けたのは、日蓮だった。しめた、これは機会かもしれません。日昭は聞き違えかと疑うような調子で確かめた。

「機会と」

「ええ、弁殿、まさに千載一遇の好機です。条々につき、侍所で尋ねられることは確かなのです。ならば、答えようということもある。通じて柳営の方々に『立正安国論』を、私の口から直に伝えることができるのです。ええ、かつて最明寺入道殿に語り聞かせたのと同じです。相模守様でないとしても、平左衛門尉殿には届くかもしれない。柳営に届けるためにやってきたのだから、まさに念願かなったりだ」

良観の祈雨を取り上げ挑発したのも、引きずり出して公場対決に持ちこもうとしたのも、最終的な目的は確かに幕府に声を届けることだった。国主の英断をもって、この国の仏法を正さなければならないからだ。蒙古襲来を間近に、少なくとも誤った加持祈禱だけは、止めさせなければならないのだ。

「ええ、これで国を救う目が出てきたといえましょう」

日蓮の声は、もはや潑剌たる響きを帯びていた。他の面々はといえば、ただ唖然として互いに顔を見合わせるばかりだった。

八、対決

「上の仰せ、かくのごとくで間違いないか」

それが役目上の心得なのか、奉行人は脅すような声だった。

若宮大路の侍所に通されると、奥の板間に座して、ずらりと烏帽子が並んでいた。左右びっしりに連なっていたかと思えば、正面の最奥にも三人が並んでいた。奉行人として問いを発していたのは、そのうち向かって右側に座す烏帽子である。

いうまでもなく問われたのは、書面にして送られてきた条々の科についてである。

日蓮は答えた。

「上件のこと、一言も違わず申しました」

低く、どよめきが起きた。のっけから剣呑な空気になったが、それが一瞬ながら弛んだのは、日蓮が弁明を続けたように聞こえたからだろう。

「ただし、最明寺殿、極楽寺殿の件につきましては……」

「地獄に堕ちた、などと申した件だな」

「いかにも。それは御両名とも御存生のときから申してきた法門でございます。禅、それに念仏などは無間地獄の道であると申すは、最明寺殿、極楽寺殿に限る話ではございませんから」

烏帽子たちは小声で左右と囁き合った。それなら良いと引き取ったのか、なお悪いといきり立ったのか。

奉行人は問いを変えた。

「建長寺、ならびに極楽寺などは焼き払え、と申した件については」

「相違ございません」

「道隆上人、良観上人らの首を刎ねよ、と申した件については」

「それまた相違ございません。そうまでの言葉で挑発しないことには、表に出てきてはくれなかったからでございます」

「表に出てくるとは？」

「私は公場で法論を挑みたいと考えておりました。さすれば、己が仏法の誤りをわからせることができます。通じて、件の僧らに惑わされてきた衆生についても、正法に連れ戻すことができたでしょう。しかしながら、それに応じてはくださらない。祈雨に敗れたときは、さすがの良観房も立腹を抑えかねたとみえますが、それも汚名返上と堂々の法論に及ぶのでなく、このように陰から柳営を動かす始末なのです」

そこで日蓮は一拍置いた。ふうと溜め息ながらに伏せた目を、改めて正面に据えてから、さらに続けた。ええ、柳営も柳営でございます。

「上件の事どもは、つまるところ、この国のことを思って申したことでございます。もし同じように世を安穏に保たんと思われるなら、柳営が行うべきは、かの法師ばらを召し出して、鎌倉の公場に来させることではありますまいか」

「なんの話をしておる。尋ねたいのは、そのほうが建長寺、並びに極楽寺を焼き払えといい、また……」

「そのことなら、すでにお答えいたしました」

日蓮の喝さながらの一声が場を制した。ですから、続けさせていただきます。ええ、私がいいたいのは、こういうことです。

「柳営ともあろうところが、公正公平な立場で法論を設けるでなく、それどころか一方の道隆、良観に与(くみ)しながら、あの法師ばらにかわって理不尽にも私に科を問うなどというほどになりますれば、いよいよもって、この国には御後悔あるべきでございましょうと」

奉行人は圧倒されたままだった。なお何か返そうとはしたようだが、パクパクと口が無駄に動いたのみだった。なんとか声になったのは、その面前に手が差し出されたときだった。

「左衛門尉さま」

「よい。これよりは、それがしが代わろう」

それは正面の三人のうち、中央に座していた男だった。この場で最上の地位にあるということだが、一見して相模守時宗ではなかった。

くどいくらい目鼻が際立つ端整顔が、実年齢より若くみせてはいるだろうが、それでも執権ほどではない。どうみても三十より若いとは思われない。何より狼狽の奉行人は名を出している。

この男こそ侍所所司、平左衛門尉頼綱なのだと、日蓮は理解した。

「日蓮と申したな、この日本国に後悔あるべきというのは、なにゆえのことであろうか」

平頼綱は始めた。日蓮は平らな声に戻して答えた。

「この日蓮が御勘気を被るならば、それは仏の御使いを用いぬことになるからでございます」

「仏の御使い？　己を指して、仏の御使いと申すか」

「いかにも。仏の御使いである日蓮を責めるなら、梵天、帝釈、日月（にちがつ）、四天による御咎めがあるのは必定でございます」

「それで、この国に後悔が。いつ、どのような後悔じゃ」

「遠流（おんる）か、死罪か、いずれにせよ拙僧が断罪された後、百日、一年、三年、七年のうちに、まず自界叛逆難が起こりましょう」

「自界叛逆難だと。聞いたこともないわ」

「経文に書かれております。存じておられないとは、つまりは左衛門尉様ともあろう方が、仏典に通じておられないとは、なんとも嘆かわしい。それとも禅宗、念仏、ないしは真言律宗の邪な仏法に毒されてのことでしょうか。そも禍に見舞われるのは、左様な輩の謗法ゆえに、善神聖人が国を離れるからなのでございます」

今こそと日蓮は説いた。『立正安国論』を上げても容れられず、読まれることもないならば、それを自らの口で説いて聞かせるまでなのだ。

が、やはり平頼綱は容易でない。そのままにはさせてくれない。

「左様なことはどうでもよい。何の経文に、どう書いてあるというのだ」

「まず『薬師経』に七難が書かれております。『所謂人衆疾疫の難、他国侵逼の難、自界叛逆の難、星宿変怪の難、日月薄蝕の難、非時風雨の難、過時不雨の難あらん』とあります。そのうち五難はすでに起きておりますが……」

「まだ自界叛逆難が残っておるというか。して、その中身は」

「内乱内紛の類が起こります。拙僧が思いますに、北条御一門の同士討ちが始まるに相違ありません」

「…………」

左右に並ぶ烏帽子たちは囁いた。馬鹿な話だ。ああ、ありえん。もはや得宗家に逆らう家門があるとは思えん。口々に続けたが、平頼綱だけは胸に匕首でも刺しこまれたような顔で、グッと押し黙るばかりだった。

日蓮は続けた。

「その後は他国侵逼難として、この国に四方より、とりわけ西方より、外敵が攻めてくることになりましょう。その時こそ真に後悔あるべしと拝察しております」

今度は皆が押し黙った。馬鹿な、ありえない、では退けられない話だからだ。

蒙古から国書が来ていた。幕府は無視して捨てたが、つい先頃にも高麗を通じて、再度の牒状が届いていていた。

忘れるような素ぶりはない。日本が進んで屈服するのでないならば、蒙古は必ず攻めてくる。

「その蒙古を調伏せんとするとき……」

「もうよい」

「なんと」

「おって沙汰を伝えるゆえ、もう下がれ」

いいながら、平頼綱は立ち上がった。が、このまま逃がすわけにはいかない。

「いえ、日蓮は下がりません。罰したくば罰すればよろしい。しかし、これだけは聞いていただきます」

「聞かぬ、聞かぬ。だから、もう下がれと申しておる」

「いいえ、聞いていただきます。左衛門尉様の御為にも聞いていただきます」

「わしのためだと」

「いかにも。例を挙げれば、殷の紂王でございます。比干という者が諫めましたが、それを聞かず、その胸を抉り殺してしまいました。あげくが周の文王、武王に滅ぼされたではありませんか。また呉王も伍子胥の諫めを聞かず、自害に追いやりましたが、それも最後は越王勾践の手にかかるしかなくなったのです」

「わしが殺されると申すか」

「それを不憫に思えばこそ、こうまで強く申し上げているのです」

「ええい、黙れ」

平頼綱は身体を回した。同時に、打擲せんとばかりに拳を振り上げた。奉行人が飛びついて止めたが、組みつかれてなおもがき続ける。放せ、放せ、この破戒坊主を懲らしめてやる。放せといったら、放せ。

「おお、これは少しも憚られず、物に狂われる。あたかも太政入道が狂いしをみるようだ」

と、日蓮は嘗えた。太政入道とは、いうまでもなく平清盛のことである。死病に取り憑かれては、わめき、罵り、暴れたと伝えられる。

「権勢を究めし左衛門尉様も、何か恐ろしきものがおありか。頼朝が首ならぬ誰ぞの首を、御所望であられるか」

「恐ろしきものなどないわ」

「ならば、お聞きなされませ」

日蓮は再びの大音声で一喝した。貴殿は自身が国主ならずとも国主を支える御立場、執権様がお若くあられる目下は、国主に等しくもあらせられる。その左衛門尉様なればこそ、知らねばならぬと申すのです。

「かつて災難が続いたとき、これを上回る大事が一閻浮提の内に出現するに違いないと、拙僧は『立正安国論』なる勘文を認め、故最明寺入道殿に奉りました。かの状にも、この大瑞は他国よりこの国を滅ぼすべき先兆なり、それも禅宗や念仏宗らが法華経を損なわしめている故なりと書きました。かの法師ばらが頸を斬り、鎌倉の由比ヶ浜(ゆいはま)に捨てなければ、国まさに亡ぶべしとも……」

「だから、左様な物言いが責められておるのではないか」

「ですから、私を責めたくば責めるがよろしい。ただ諫言は聞いていただきます。なるほど、首を斬れというのは、容れがたいかもしれません。最明寺入道殿も、そのような躊躇をお示しになりました。が、だからといって、国主として何もしないままでよいわけではございません」

「黙れ、わしは聞かんぞ、黙れ」

「最明寺入道殿はお聞き下された。念仏、禅、その他諸宗に対しては、せめて布施供養はしないでいただきたいと、そうお願い奉ると、一度は了承なされたのでございます。持ち帰られて、惜しくも極楽寺入道殿に反対されてしまったようですが……」

「黙れ、黙れ」

終いじゃ。検断は終いじゃ。平頼綱は再び踵を返した。今度こそ遠ざかるばかりの背中に、なおも声は投げられ続けた。こうまで日蓮を用いぬとは、ひとえに法華経の強敵となりて久しきゆえか。大禍募りしあげく、大鬼神が御身に入りてか。それとも蒙古の牒状に正念を抜かれてか。かくて狂うなりと仰せか。

九、沙汰

「一昨日見参に罷り入り候の条、悦び入り候」

と、日蓮は書いた。

手紙には「文永八年九月十二日」と日付があり、また「謹上　平左衛門尉殿」と宛て名があるからには、「一昨日の見参」とは九月十日、幕府侍所における対面のことになる。

その日、平頼綱は奥に下がり、日蓮は沙汰を下されることなく帰された。九月十一日も名越松葉ヶ谷に控えていたが、何もいってこなかった。

日蓮の仕置きについては、もはや侍所の沙汰に留まるものでなく、評定衆による話し合いに委ねられたとも噂があった。

本当ならば、さらに多くの権人たちに言葉を伝えることができる。またしてもの好機だと、日蓮はすかさず書くことにしたのだ。

日本国の仏教が正法に背き邪途を行じたため、聖人は国を捨て、善神は怒り、そのため七難が起こり、四海が閑かでなくなってきた。そこで自分は立正安国論をつくり、故最明寺入道殿の高覧に入れた。そこに勘え申したところが、近年になって符合している。それを知らせたいと思うも、邪法邪教の輩が讒奏讒言するので、未だ望みは達せられていない。こたびは不快な見参になったかもしれないが、ひとえに難治の次第を愁うからである。そう経緯を綴ったうえで、日蓮は告げたのだ。

「仍てご存知の為に立正安国論一巻之を進覧す、勘え載する所の文は九牛の一毛なり未だ微志を尽さざるのみ、抑貴辺は当時天下の棟梁なり何ぞ国中の良材を損ぜんや、早く賢慮を回らして須く異敵を退くべし、世を安じ国を安ずるを忠と為し孝と為す、是れ偏に身の為に之を述べず君の為仏の為神の為一切衆生の為に言上せしむる所なり、恐恐謹言」

日蓮は書いた通りに『立正安国論』を添えると、一式を日朗に託して、平頼綱の屋敷に届けさせた。最明寺入道のときと同じに、改めて勘文を送り、再度の諫暁を試みたのだ。

「さて、どう出るか」

最明寺入道のときをいえば、周囲の反対、わけても極楽寺入道の反対により、結局は容れられなかった。念仏者には松葉ヶ谷の草庵を襲われ、その暴力からは逃れられたものの、最後は伊豆流罪に処せられた。

こたびは違うとするならば、『立正安国論』における予言が的中したことがある。はじめから荒唐無稽な妄言と退けられるわけではない。あと容れられるか否かは、平頼綱が真に「天下の棟梁」たる器であるか否かにかかっている。

それに値する人物なら、一昨日の会見で反感を覚え、後に不快を残していたにせよ、取るべき選択を間違えるとは思われない。

しかし、値しなければ——日蓮は重い溜め息を吐かざるをえなかった。

返事が届けられたのは、夕刻のことだった。

いや、返書があったわけではない。平頼綱自らが松葉ヶ谷の草庵にやってきた。名乗りを上げられる前に、それとなく感ぜられた物々しさから承知することができた。つまりは大勢の兵馬を引き連れながらだ。前のときと同じに帰着したわけだ。

日蓮は持仏の間で経を読んでいた。そこに日朗が駆けこんできた。ええ、御師様、やってきました。武者たちです。数えられないほど大勢です。それも皆が胴丸を着こんで、腰には刀を挿しています。

「先達は平左衛門尉と名乗っております。あの平左衛門尉かと思われます。御師様を召し取りに来たと……」

「わかっております」

答えながらに振り返ると、甥の後から日昭も来た。ああ、ちょうど、よかった。

「弁殿、またのようです」

と、日蓮は迎えた。また、こうなりました。この二日で柳営は決めたのでしょうな。ええ、また私の諫暁は容れられず、また勘気を被ることになったようです。

事実、名越松葉ヶ谷に多勢が押しかけるのは、これが初めてのことではない。最初は草庵を襲われ、二度目は捕吏に押しかけられた。三度目ともなれば、それなりの準備もある。

「あとのこと、よしなにお願い申し上げます」

「承った」

そう答えて、日昭は力強く頷いた。

仏道において弟子といいながら、年上の日昭は常に頼れる。これまでも日蓮がいないときは、その代理として留守を守ってきた。

弟子や信徒が避難できるよう、鎌倉の数か所に隠れ家も用意している。そこで難を凌ぎながら、法華経の信仰を貫く手筈を、あらかじめ整えてくれているのだ。

「でしたら、弁殿、お急ぎくだされ。さあ、日朗も」

伯父と一緒に草庵を抜け出せというのである。

「しかし、御師様は」

「私は逃げません。逃げては法華経に背くことになる」

「それでは私も逃げません。御師様と……」

日朗が食い下がったときだった。バンと音が破裂して、同時に板戸がなかに弾けた。外から蹴りこんだ武者たちが、もう次の刹那には土足で雪崩（なだ）れこんでくる。

草庵に人と怒号と熱息が満ち、何が何やらわからない混乱が生じていた。武者たちが働いていたのは、文字通りの狼藉だった。

戸を蹴り、壁を剝がし、床板を叩き壊し、のみか仏像を倒し、仏具を放り出し、あれよという間に全てが滅茶苦茶にされていく。

日蓮はとっさの動きで、巻物に手を伸ばした。かたわらに置いていた法華経で、我が手に握れば、その第五の巻だった。

読経台に開いていた経は、ひらひらと踊っていた。棚に並べていた分も、ザザッと床に投げ出され、あるいは手当たり次第にビリビリ破られていく。

巻を開いた経を、ふざけて反物(たんもの)の試着のように身に巻きつけた者もいた。外に放り出しては、そこにいた武者どもに命じて、泥に踏みつけさせたりもする。

「やめよ、何をする、やめよ」

声を上げたのは、日朗だった。まだ逃げずにいたのみか、若いだけに果敢にも、ひとりの武者に組みついた。

が、上背では負けないまでも、ほっそり棒のような痩せ男である。腕の一振りで弾かれ、よろけたそばから別なひとり、また別なひとりと、狼藉の武者たちに囲まれてしまう。

「連れていけ」

日朗は背中を押されて、武者たちに外に連行されようとしていた。

「御師様」

日朗は声を上げた。なにをする、さような乱暴が許されると思うてか。留まろうと抵抗したが、逆に腕を後ろに捩じ上げられてしまう。

「御師様、御師様」

山城入道、伊沢入道、得業寺入道、坂部入道も同じように駆けつけたが、同じように抵抗して、同じように引き立てられた。

「おまえたち……」

追いかけて縁まで出ると、草庵の庭も兵馬で埋まっていた。

物々しさは感じていたが、考えていたより遥かに夥しい数だった。

鎌倉の檀越たちが仕立ててくれた護衛の徒もいたのだが、なるほど、これでは阻みようがなかったはずだ。ただの時間稼ぎにもならなかったというのも、一番に蹴散らされ、縄を打たれてしまったからだ。

しかし——僧ひとり捕えるのに、いくらなんでも度がすぎている。これほどまでの武者はいらない。

実際のところ、庭には手持ち無沙汰に立ち尽くし、ただ遊んでいる兵も多い。明らかに大袈裟で、ほとんど芝居がかっているほどなのだ。

「あれに日蓮がおるぞ」

声が上がった。出所をみやれば、馬上の大鎧は平左衛門尉その人だった。行け、ものども。あやつを早く捕えるのだ。

「日蓮は天下の極悪人ぞ。世を乱す悪党ぞ。危険な輩じゃ。おのおの方、ゆめゆめ油断するでないぞ。了行、ないしは大夫の律師と同じことぞ」

了行は鎌倉九条堂の住僧だったが、仏門にありながらも前将軍藤原頼経と通じて、北条執権に謀反を試みていた。その企てが発覚、建長三年（一二五一年）十二月二十六日に検非違使佐々木氏信、引付衆武藤景頼が召し取りに向かったが、そのときも多勢で鎌倉中を瞠目させたものである。

大夫律師良賢も僧だが、出自が幕府に討たれた三浦一族、もっといえば三浦泰村の弟である。やはり謀反に問われて、弘長元年（一二六一年）六月二十二日、平盛時と諏訪盛重が鎌倉を呆れさせるほどの軍勢を引き連れて、その身柄を拘束している。

世に聞こえた僧の名を出すことで、平頼綱はいいたいのだ。

「日蓮は大謀反人なのじゃ」

柳営に仇なす不埒な叛徒なのじゃ。かかる大罪人であり、また日蓮の門下も危険集団なのだと知らしめんがため、これだけの数の兵団を引き連れてきた。日蓮が集めている世の信望を、どうでも失墜させなければならなかった。そう解釈するのが、正しいようだった。

「我こそは平左衛門尉が一の郎従、少輔房と申す」

いつの間にか眼前に迫っていた。その睨みつける目の高さが同じだった。日蓮も大柄なほうだが、同じくらいの堂々たる体軀ということだ。

薙刀片手に白い裹頭の、いかにも荒法師といった男で、その名乗りに偽りなく、平頼綱の一の郎従、つまりは強力無比な手足ということらしい。

実際、物凄い力だった。拳で肩を小突かれて、日蓮ともあろう大男がよろけた。その間にも別な手が伸びてきて、少輔房がつかんだのは、日蓮が懐に入れていた巻物だった。

「返しなさい」

といったが、荒法師が大人しく従うわけがない。

「それだけは返すのだ」

「返してほしいか」

いうや、巻物を握る手が差し出された。返すのでなく、日蓮の眉間のあたりに叩きつけたのだった。

痛みが駆けた。そこは三寸の刀傷が残る場所だった。小松原の法難で刻まれたものだ。かつても避けがたかったし、今も避けがたいのは、きちんと法華経にあるからだ。

「諸の無智の人の悪口罵詈などし、及び刀杖を加うる者もあらんも、われ等皆当に忍ぶべし」

書かれているのは法華経も第五の巻、勧持品である。少輔房の手に握られている巻物も、法華経の第五の巻なのである。

「打つ杖も第五の巻、打たるべしという経文も第五の巻」

不思議なる未来記の経文かな——日蓮は身震いした。駆け抜けたのは喜びだった。またも法華経を身をもって体験した。法華経とひとつになることができた。

少輔房は巻物を振り上げなおした。再びの殴打から逃げるのでなく、逆に日蓮は自ら額を前に出した。

重ねられた痛みは、やはり喜びに満ちていた。もう一撃と加えられれば、もはや薄目で恍惚となるほどだ。あまりのことに我知らず、笑みさえ浮かべたほどなのだ。

「き、きさま、何がおかしい」

そう問う少輔房の声が震えていた。日蓮はカッと目を見開いた。打つがよい。その法華経で、もっと私を打つがよい。いいながら眉間の傷を突き出すと、荒法師はいよいよ怯えた顔になって身を逸らした。そのまま歩を進めても、道を空けて、もう行く手を阻もうとはしなかった。縁を降りると、庭は変わらず兵馬で満たされていた。大鎧の平頼綱も同じところで軍配を振り続けている。

「あれに日蓮がおるぞ。者ども、大謀反人の……」

「あら面白や、平左衛門尉が物に狂うをみよ」

日蓮は大音声で、侍所で投げた言葉を繰り返した。そうされて、平頼綱は息を呑んだ。その場にいた全員も同じだった。

ガヤガヤしていた庭が、しんとして静まり返り、もはや馬の嘶きひとつない。そこに日蓮は続けた。おかしい。やはり、おかしい。すでにして正気の沙汰とは思われない。

「殿ばら、今このとき日本国の柱を倒しおるのだぞ」

日蓮は日本国の棟梁なり。ゆえに日本国の柱なり。それを倒せば、すぐさま自界叛逆難として同士討ちが起こるであろう。他国侵逼難として、この国の人々は他国に打ち殺されるであろう。さもなくば多くが生け捕りにされてしまうであろう。平頼綱を見据えながら、そこまで続けると、日蓮はかたわらに立ち尽くす武者の肩をつかんだ。

「貴殿、極楽寺良観が祈雨に失敗したことを御存じないのか」

問われた蒼白顔は、まともに答えられなかった。

日蓮は他の武者に回った。六月十八日より七月四日の間である。この日蓮、もし雨降れば、上人の弟子にならんと約束した。それで良観は張りきって祈禱に入ったが、雨を降らせることはできなかった。汗を流し、涙を呑み下し、なお祈り続けたが、とうとう雨は降らなかったのだ。

「私は手紙を出した。和泉式部が色好みの身にして、ほんの八斎戒の一日で作りし歌で雨を降らせ、能因法師など破戒の身にして、やはり歌を詠んだだけで雨を降らせたのに、御房は二百五十戒を守る僧侶を百人、千人と集めたのに、これはどうしたことなのだと。もう少し、もう少しと延長して、ひと七日、ふた七日も祈禱したのに、やはり雨は降らなかったどころか、大風まで吹いたではないかと」

そう続けると、武者たちの列から、今度は笑いが起きた。ぷっと吹き出す音が続いて、弛んだ顔を隠すのに難儀する様子だった。

「一丈の堀を越えられぬ者が、十丈、二十丈の堀を越えられようか。各々の往生は叶うまじきぞと責めると、良観は泣いたと聞く。ああ、悔し泣きに泣いたそうだ。その悔しさあまって、方々に讒言した。それを聞いて、良観に味方したのが誰あろうか」

日蓮は歩き出した。再び頰を強張らせ、武者たちは道を開けた。

「平左衛門尉、殿ばらではなかったか」

平頼綱は今や指呼（しこ）の間（かん）にある。そこから日蓮は、なお馬上にある相手に、まっすぐの顔を向けた。

「雨も降らせることができない仏法をお信じになられるのか。それに国の安寧を祈らせ、あまつさえ蒙古調伏の祈禱まで頼みたいと仰せなのか」

「捕えよ。何をしておる。おのおのがた、大謀反人の日蓮を捕えよ」

平頼綱は叫んだが、ひとりの武者も動かなかった。何をしておる。何のつもりぞ。もはや悲鳴のように続けた狼狽顔を、なおも日蓮は逃さなかった。

「なるほど、できぬはずだ。自界叛逆難をいい、他国侵逼難をいう僧は、この日蓮ただひとり。それを回避し、娑婆世界の衆生を救える僧も日蓮ただひとり。その日蓮に縄をかけるなど、すでにして国を滅ぼす行いに等しいのだ」

できぬはずだ。捕えなければならぬのは、逆なのではないかと、とうに心では気づいているのだ。そう前置きしたあげく、平頼綱に改めて突きつけた。

「建長寺、寿福寺、極楽寺、大仏殿、長楽寺など、念仏者、禅僧らの寺塔一切を直ちに焼き払いなされ。あの者たちの頸を由比ヶ浜で斬りなされ。さもなくば日本国は必ずや滅びるでありましょう」

「捕えよ、日蓮を捕えよ」

平頼綱は、またも叫んだ。もはや裏返り、女のような金切り声になっていたが、それでも止めようとはしなかった。

「何をしておる。何をみておる。早く捕えよ。大謀反人の日蓮を捕えよ」

見苦しいとわかっていても、平頼綱は叫ばずにいられない。我が身が引き立てられんとする際にあっても、日蓮は諫暁をあきらめないからである。

「法華経を奉じなければなりません。他宗に心を寄せてはなりません。寺塔を焼き、僧の頸を斬ることができないのなら、せめて布施や寄進を厳に慎まれることだ」

「捕えよ、日蓮を捕えよ」

平頼綱は馬を降りた。最寄りの武者を捕まえては肩を小突き、手を引き、または背中を押し出して、なんとか日蓮の身柄を捕えさせようとするのだが、やはり誰も動かない。畏れに呪縛されたように、指一本とて動かせない。

「よろしい。私から参りましょう」

熊王、と背後に声をかけると、草庵のなかから少年が飛び出してきた。そばに来るのをまってから、日蓮は歩き出した。

そうされて、ようやく武者たちも足が動いた。おずおず近づき、その周りに群れながら、優に百を越えんという兵団は悪人を連行するのでなく、もはや聖人に供して従うようだった。

十、連行

大町大路に出ると、日蓮は今さら思い出したかのように馬に乗せられた。

平頼綱の命令だろうが、当然ながら悪人でなく聖人として遇したいというのではない。

眉間に刀傷が刻まれた面相を、目立つ馬鞍の高みに上げながら、鎌倉市中を引き回す。要するに日蓮を晒し者にしたいのだ。その前後に謀反人を討つほど多くの兵馬を連ねれば、いかにも大罪人らしくみえるだろうと魂胆していたのだ。

まだ日が残り、ちょうど往来が増える夕刻のことであれば、平頼綱が見当外れだったわけではない。伊豆に流されたときと同じであれば、罪人連行の定石だったともいえる。が、日蓮が前と同じではなかった。

蒙古襲来を予言したことで、鎌倉の世人の信望を高くしていた。少なくとも無下に扱われてよい僧とは思われていなかった。

「南無妙法蓮華経、南無妙法蓮華経」

集まった人垣から唱題の声は洩れ聞こえても、罵声の類は一切なかった。鎌倉の界隈とて、やはり聖人の旅出を見送る体なのだ。あるいは、その静けさ自体で幕府の非道を責めたのか。日蓮は一昨日と同じく、若宮大路の侍所に入れられた。再びの裁きとなったのが、もう大分暗くなった酉の刻（午後六時頃）だった。

とはいえ、もはや形だけである。奉行人は確かめたのみだった。

「御身は念仏者、禅宗、律僧らの寺を焼き払い、念仏者どもは頸を刎ねられるべしと申し、さらには故最明寺、極楽寺の両入道を阿鼻地獄に堕ち給いたりと申した大禍ある身である。これほど大それた言を上下万人に弄したからには、それが仮令(たとえ)空言であろうとも、世には浮かびがたしと心得られよ」

「この日蓮、いかな罰を加えられようと、己が言葉を取り消すつもりは毛頭ござらぬ」

佐渡(さど)流罪――それが侍所の申し渡しだった。

この二日の間に決められたと思われるが、評定衆で討議したと聞こえたからには、それは幕府として下した決定である。

佐渡は同じ流刑でも、前の伊豆とは比べられない遠流だ。まさに謀叛人に加えられる厳重な処罰だった。

「よって日蓮房の身柄は、ひとまずは武蔵守殿の御預かりにて」

武蔵守とは今は大仏宣時のことである。北条の傍流は幕府評定衆であるのみならず、佐渡国守護を兼ねていた。流刑先を管轄する関係で、日蓮の預かり先となったのだ。

沙汰が下るや、日蓮は小町大路の大仏邸に移された。

再び声をかけられたのは、夜も更けてからのことである。

「日蓮房、出発でござる」

そう告げられて、日蓮は首を傾げた。出発といって、どこに。

もう佐渡に向かうというのか。処断を急ぐという理屈なら、どうして侍所から直に向かわなかったのか。大仏家の預かりにして、その間に護送の準備を整えたのだとしても、こんな夜中に出発しなければならない理由があるのか。

伴わせていたのは、稚児の熊王だけだった。連れだちながら、指図のままに門を出ると、表で松明を燃やしていたのは、確かに護送の一団だった。

またも多勢である。いくら鎌倉市中であろうと、この夜中に護送を見物する者もあるまいに、夕と変わらないくらいに多い。というより、松葉ヶ谷に来た武者たちが、そのまま駆り出されたのかもしれない。

日蓮は先達の騎馬にも気づいた。

「また平左衛門尉も……」

来ていた。が、得宗被官の筆頭、侍所所司ともあろう男が、こんな真夜中の護送を自ら指揮するというのか。

それ以前に身柄は大仏宣時に預けられたのではなかったのか。佐渡流罪を申し渡したからには、もう佐渡国守護の管轄なのではないのか。それを平頼綱は再び我が手に取り戻したということか。だとすれば、ぜんたい何のために。

再び馬に乗せられながら、日蓮は自明の答えを口内で反芻した。ああ、そういうことか。ああ、他のためではありえないか。

護送の一団は小町大路を南に下った。東から来る大町大路とぶつかると、それを右に折れて、今度は鎌倉市中を西に進むことになった。ほどなく交差することになったのが、若宮大路だった。

鎌倉を南北に貫く大路は、道幅十一丈（約33メートル）の中央に段葛（だんかずら）を通じさせる、鶴岡八幡宮（つるがおかはちまんぐう）の表参道である。祀られる八幡大菩薩は、幕府の守護神として崇敬されている。

いや、幕府だけではない。それは国のためになる者には、たびたび救いの手を差し伸べてきた神だ。少なくとも、そう伝えられてきているのだ。してみると、こたびの運びは明らかな落度でないか。このように立派に祀られておりながら……。

「しばし、よろしいか」

と、日蓮は声をかけた。馬の口を取る武者が振り返り、「何事か」と確かめた。

「いえ、騒ぎには及びません。本当に別のことではございません。ただ最後に八幡大菩薩に申したきことがあるのです」

武者が人を遣わせた。恐らくは平頼綱に了解を求めたのだろう。しばらくして人が戻り、介して武者が日蓮に告げた。

「手短かに」

許されたのは、武士の情けというところか。さしもの日蓮も、この期に及んでは八幡大菩薩に手を合わせ、佐渡配流の罰が一日でも短くなるようにと願でもかける気なのかと、あるいは平頼綱は蔑むような笑みを浮かべたのかもしれない。

日蓮は馬を降りた。大股で進むと、若宮大路の中ほどで立ち止まり、そこから身体を彼方の社殿のほうに向けた。

若宮大路も左右びっしりに建物を立ち並べるが、門を向けることは禁じられているので、えんえん塀ばかりが連なる。回廊とさえ思わせるだけに、そこに響いて声は大きく木霊する。

「いかに八幡大菩薩は真の神か」

日蓮が始めると、護送の武士たちは端から端まで、一斉に振り向いた。

向けられたのは、なべてギョッとしたような顔だった。八幡大菩薩に尋ねて、真の神かだと。拝むのではないのか。縋るのではないのか。俄かには信じがたいが、もしや八幡大菩薩を責めているのか。あるいは神に詰問する気なのか。

日蓮は続けた。

「和気清麻呂が頸を刎ねられんとせしときは、長一丈の月となって顕れさせ給い、伝教大師の法華経を講ぜさせ給いしときは、紫の御袈裟を授けさせ給いき。

今、日蓮は日本第一の法華経の行者なり。そのうえ、身に一分の過ちもなし。全ては日本国の一切衆生が法華経を謗じて、無間大城に堕ちるところを助けんがために申す法門なり」

夜に響き渡る声は、うわんうわんと後に語尾を引くほどである。それでも聞き違いではない。やはり神を責めている。ことによると、脅している。

「また大蒙古国、この国を攻めくれば、天照大神、正八幡とても安穏におわすべきか。その上、釈迦仏、法華経を説き給いしかば、多宝仏、十方の諸仏、菩薩あつまりて日と日と月と月と星と星と鏡と鏡とをならべたるがごとくなりし時、無量の諸天並びに天竺、漢土、日本国等の善神聖人あつまりたりし時、各々法華経の行者におろかなるまじき由の誓状まいらせよとせめられしかば、一々に御誓状を立てられしぞかし」

さるには日蓮が申すまでもなし。いそぎいそぎこそ誓状の宿願をとげさせ給うべきに、いかにこの処にはおちあわせ給わぬぞ。そう続けた日蓮は、あろうことか神にまで諫暁していた。

呆気に取られるしかなかった武者たちも、そろそろ黙っていられなくなる。まだしも人に対してなら、許されよう。並の人ならざる聖人であるならば、それは当然なのかもしれない。が、今の相手は神だ。それも幕府の守護神なのだ。ひいては武門の神なのだ。

許しておけない――そうして吐き出されんとした怒声だったが、寸前で喉奥に呑まれてしまった。動き出そうとした足も、その刹那に凍りついた。日蓮がさらに続けたからだ。

「日蓮、今夜頸斬られて霊山浄土まいりてあらん」

はっきりと言葉にされれば、もう狼狽するしかない。頸を斬るなどと、誰も口にしてはいなかったからだ。日蓮に通告されたのは、ひとえに佐渡への流罪だけなのだ。

が、それならばと日蓮は思う。それならば、こんな夜中に連れ出しはすまい。辻褄の合わない護送には、他に説明のしようもあるまい。なにより、そんな風にうろたえるのでは、こっそり殺してしまおうとしていた腹を、自ら白状したも同然ではないか。

「そのときは、まず天照大神、正八幡こそ、起請を用いぬ神にて候いけれど、教主釈尊に申し上げることになろうぞ。それは叶わぬと思うならば、急ぎ急ぎ御計らいあるべし」

やはり日蓮は神を叱りつけていた。のみか、釈迦にいいつけるとも脅した。とんでもない罰当たりだ。神の怒りを自ら買うようなものだ。が、そうも窘められないのは、また日蓮も尋常の僧とは思われなかったからである。

ハッと思い出したような顔で、口取りの武士が告げた。日蓮房、手短かにと申したはず。

「馬に乗られよ。さっ、早く馬に」

抗う理由は日蓮にもなかった。

十一、竜の口

護送の列は鎌倉を、再び西に進んでいった。ろくろく目も通らない夜だったが、大町大路から長谷小路に向かうと、俄に潮の香が強くなるのがわかった。

波音も聞こえてきた。由比ヶ浜の海は、てかてかと黒光りしていた。横目にしながら進んでいくのは、極楽寺切通に通じる道だった。確か稲村ヶ崎路と呼ばれていて、鎌倉権五郎を祀る御霊神社があったはずだ。ああ、そうだ。このあたりだ。

「熊王」

と、日蓮は呼びつけた。眠い時間のはずだが、稚児は馬と歩みを合わせて、きちんとついてきていた。ああ、いたな、熊王。このあたりは覚えがあるだろう。夜分、恐れ入ると断りながら、ひとつ知らせてきてほしい。

「中務三郎左衛門尉殿に」

熊王は走り出した。日蓮の馬の口取りも、近く随行する武者たちも、それをみないわけではなかったが、だからといって止めようとはしなかった。

鶴岡八幡宮での動揺が、まだ収まっていないのだろう。もう何も触りたくないと思うのだろう。止められることはあるまいと察したからこそ、日蓮は躊躇なしに熊王を遣わせたのである。もとより手間取るような話でもない。その屋敷の近さをいえば、もう門が覗いているほどだった。「中務」というのは父御の官職であり、その子である三郎は「左衛門尉」の職に就いている。唐名が「金吾」であるからには、熊王を遣わせたのは、かねて鎌倉の檀越だった、四条金吾頼基のところだった。

さほども護送が進まないうち、四条頼基はやってきた。他に三人が一緒だったが、面差が似ていることから、皆が頼基の兄弟たちなのだと思われた。四兄弟が集まって、何か話し合っていたのか。あるいは日昭か誰かに、夕の出来事を聞かされたのかもしれない。

「御師様、あれから佐渡流罪を宣せられたとは聞いたのですが……」

そばまで寄ると、四条頼基は今にも馬に縋りつきそうだった。それは武者たちに制止されたが、だからといって追いはらわれるわけではない。ああ、そんな無体な真似はすまい。

日蓮は馬上から笑みで答えた。

「それが今夜、頸を斬られることになりました」

「まさか、そんな……」

ありえない、と四条頼基は呻いた。侍所で下された沙汰と異なる処分だなんて、ありえない。それも、こんな夜中に、こっそり進められるなんて出鱈目があるはずがない。

「あるとすれば……」

四条頼基は眼光を護送の列の先頭に飛ばした。夜陰に目の頼りは松明だけであり、うまく確かめられたかは知れないが、少なくとも察せられるところはあったのだろう。

四兄弟は額を寄せて囁き合った。平左衛門尉か。得宗被官の筆頭、柳営の権人とはいえ、左様な恣意が許されるのか。相模守様はご存知のことだろうか。いや、いずれであろうと、許されぬものは決して許されまいぞ。

「ああ、この三郎が力ずくでも止めてみせよう」

いうが早いか、四条頼基は刀に手をかけた。近くでみていた武者たちが目を剝いた。さすがに見逃せないはずだ。制止の声が上がるが早いかとなった刹那で、日蓮がすかさず諫めた。

「金吾殿、よいのです、金吾殿」

「しかし、御師様」

「殿にお知らせいたしたのは、ただお別れを申し上げるためです。御屋敷の近くを通ったものですから、つい」

「お別れなどと……。名越様にお願いして、佐渡遠流を何とか取り消してもらえないかと、兄弟で話し合っていたところですのに……。それが当夜のうちに頸などと……」

言葉に詰まると、四条頼基の顔がクシャと歪んだ。直後には涙が溢れた。

「金吾殿、なにゆえそのような顔をなさるのです。何も泣くことなどございませんぞ」

「お言葉ながら、御師様、これを嘆かずにおられましょうや」

「数年というもの、日蓮が願い続けてきたことだというのに、ですか」

「願い続けた？」

日蓮は大きな笑みをみせた。この娑婆世界に、雉（きじ）となって生まれたときは鷹に捕まえられ、鼠となったときは猫に食われ、あるいは妻子のために、または仇のために身を失ったことは大地微塵より多くあります。しかしながら、法華経の御ためには一度たりとも失ったことがないのです。であれば、この日蓮、貧道の身に生まれ、父母の孝養も心にたらず、ましてや国の恩に報ずべき力もない体たらく。

「そこで、こたび、この頸を法華経に奉りて、その功徳を父母の回向（えこう）としたいと思っておるのです。余りがあれば、功徳は弟子檀那たちにも与えられるでしょう。このことを願い続けたというのは、そういうことです」

「………」

「殿も、お喜びください」

四条頼基は横一文字に口を結んだ。意を決したかのようにひとつ頷き、すると、すぐ前にいた武者に頼んだ。

「それがしに馬の口を取らせてはもらえまいか」

四条頼基は口縄を手渡された。

この男に兄弟を合わせ、全部で四人とみたところで、これだけ多くの護送の武者たちに囲まれて、何ができるものでもない。そう考えて許されたようだったが、あるいは何も抗う気になれない、そら恐ろしいものを感じないではいられない、後ろめたさを免れえない、この処断には気が進まないと、土台がそういうことなのかもしれなかった。

それでも護送は予定の道を進んでいく。

極楽寺切通を越え、極楽寺の門前をすぎると、その先が鎌倉十橋のひとつに数えられる針磨橋だった。渡れば、鎌倉もそろそろ終わりだ。

現に建物は尽き、かわりに松原が続くようになっていた。波の音は、いよいよ大きく聞こえてくる。もう七里ヶ浜の海岸なのだ。

そう思っているうちに、景色が大きく開けた。正面にこんもりと立ち上がるのは、恐らくは江の島の影だろう。

「やはり、竜の口か」

馬を引く四条頼基が、無念を吐き出すように呻いた。

鎌倉の西の外れは、この都の形を竜に見立てたとき、口の部分に当たるというので、「竜の口」と呼ばれていた。

あるいは口というのは、人を喰らうという意味か。それとも冥土の入口なのか。

いずれにせよ鎌倉では知らぬ者もない、かねて刑場として用いられてきた場所である。

「本当に、この竜の口で……」

頼基は続けかけたが、それも虚しく制せられた。かたわらの武者が告げた。

「日蓮房、下馬なされよ」

日蓮は鞍から降りた。促されるまま、砂浜へと進んでいった。

篝火（かがりび）が焚かれていた。その色を宿して、白いというより赤くみえる幕が張られ、なかに床几（しょうぎ）の面々が並んでいた。

検死の座ということだろう。先着して、中ほどの床几には、大鎧の平頼綱が座していた。

そこから正面、海側にほどない砂浜には筵が敷かれていた。明かり取りに松明が地面に挿され、かたわらには襷（たすき）をかけて袖捲りの太刀取り、それに桶に柄杓を運ぶもうひとりが控えていた。いうまでもなく、頸の座ということだ。

「なんたること……」

四条頼基も砂浜を追いかけてきた。

「本当に……、本当に御師様が頸斬られるならば、それがしも共に腹を切ります」

昂りのままに宣すると、それが聞こえたらしく、検死の座に薄笑いの気配が生じた。止めぬ、勝手にせよということだろう。承知しながら、日蓮は答える声を憚らなかった。

「見事な心掛けにございます。もし殿が罪深くして地獄に堕ちたなら、そのときはこの日蓮も地獄に参りましょう。たとえ釈迦に仏になるようといわれても、日蓮は応じませぬ。やはり殿と共に地獄に入ります。ははは、二人して地獄に行けば、釈迦と法華経も地獄に参られることでしょう。地獄こそ浄土と化してしまいましょう」

南無妙法蓮華経、南無妙法蓮華経。唱えている間に、奉行人と思しき烏帽子が近づいてきた。手ぶりに導かれるまでもなく、向かう先は決まっていた。日蓮は砂に足を取られ取られしながら、それでも躊躇うことなく進んでいった。

夜の海は、やはり黒光りしていた。波音は、もはや手触りを覚えるほどに、よく聞こえる。ひんやりした風が吹き流れて、その時刻をいえば、もう丑の刻（午前二時頃）にもなったろうか。

日蓮は頸の座についた。膝を落として端座すると、背後にスッと気配がよった。

襷がけの太刀取りだろう。微かに鉄が擦れる音もして、刀が鞘から抜かれたことを教えた。滴りの音は柄杓の水で、刃が清められたということだろう。ややあって風が鋭く流れたからには、いよいよ刃が高々と振り上げられたのだ。

「もう今でございます」

四条頼基は涙声だった。数歩のところで膝を突き、左手で襟をはだけて腹を露わに、右手で脇差を握りながら、自らも死を迎えようとしているにもかかわらず、だ。

「不覚でございますぞ、金吾殿。これほどの悦び、お笑いください。ああ、どうして約束を違えられるのですか」

「御師様……」

「幸いなるかな、法華経の御ために身を捨てんことよ。臭き頭を放たれれば、砂（いさご）を金に変え、石で珠を商うがごとし」

いうと、日蓮は目を閉じた。あとは合掌のまま、題目を唱えるのみである。

「南無妙法蓮華経、南無妙法蓮華経」

日蓮は思う。法難も四度目にして、とうとう命を奪われる。迎えようとしているのは、法華経のための殉死である。

なんら悲しむべきではない。なるほど、これは喜びに他ならない。天台大師も、伝教大師も、遂げたことがないからだ。学においては遠く及ばない日蓮が、行においては二大師を凌ぐのだ。いや、経文の師子尊者（ししそんじゃ）や不軽（ふきょう）菩薩にも、もはや引けを取るものではない。

「南無妙法蓮華経、南無妙法蓮華経」

ここに日蓮は死にたり。が、なお生ける者たちは、なんとも騒がしいものだった。

「なんだ、あれは」

「あっ、江の島の方角に……」

「来るぞ、来るぞ、こっちに来るぞ」

「なんなのだ、いったい。もしや神仏の仕業なのか」

「助けてくれ、罰が当たった、助けてくれ」

何事か起きたようだった。砂浜は揺れ動き、これは大勢が走り出したということか。大慌てで、逃げようとでもしているのか。しかし、それは関係ないと思われるほど、日蓮の心は静かなままだった。ああ、日蓮は死にたり。すでに死にたり。

日蓮は閉じていた目を開けた。世界には眩いばかりの光が満ち溢れていた。

十二、寂光土

その僅かに黄味がかる白い光に、迷いなく己をすっかり預けながら、日蓮は思う。これが寂光というものか。ここは寂光土、すなわち死後の世界なのか。

痛みはない。苦しいというわけでもない。むしろ心地よい。だから、やはり死んだのだ。肉体を離れていればこそ、ありとあらゆる辛苦から免れることができたのだ。

もはや至福の境地――そうとさえ思われたのは、気づけば釈迦の顔を仰いでいたからである。

いや、最初は暗いところにいて、声だけだった。目を閉じていたからか。そうではなくて、地中か。いたのは、地面の下の世界ということだったのか。

「この諸の人等は、能くわが滅後において、護持し、読誦して、広くこの経を説けばなり」

かかる声に導かれて土を出ると、そこが光に溢れた世界だった。

七宝の塔に座しておられたのが釈迦如来、そして多宝如来の二仏である。煌々たる後光を帯びて、なるほど輝かしいはずだったが、よくみれば我が身からして金色だった。

まさに三十二の仏の瑞相を帯びて光る――それは、ひとりではなかった。見回せば、同じように金色の輝く者たちが、夥しい数で地の底から続いていた。

まさに湧いてくるように――地涌の菩薩だ、と日蓮は気がついた。

法華経従地涌出品に描かれる世界だ。霊鷲山の天空において、釈迦如来、多宝如来が説法したときのことだ。その場にいるのか、この私は……。いや、いたのか、生まれ変わりの先世において……。これは、そのときの記憶ということなのか。

無数の地涌の菩薩たちは、列をなして七宝の塔に進んだ。

釈迦如来、多宝如来、二仏それぞれの御足を戴きながら礼拝、さらに菩提樹下の獅子座に座している参集の諸仏にも礼拝していく。菩薩の数が多いので、それだけで五十小劫の時間が流れたが、仏の神力で半日ほどにしか感じられなかった。

ときに無数の地涌の菩薩には、四人の導師がいるはずだった。上行菩薩、無辺行菩薩、浄行菩薩、安立行菩薩である。四大菩薩は釈迦に伺うことになっている。

「世尊は安楽にして、少病少悩にましますや。衆生を教化したもうに、疲倦なきことを得たまえるや。また諸の衆生は化を受けること易しやいなや。世尊をして、疲労を生さしめざるや」

我が口が動いていた。

そうだったのか――と日蓮は開眼した。私は上行菩薩だった。私は釈迦滅後における法華経の広宣流布を委ねられた地涌の菩薩、その導師のひとりである上行菩薩だったのだ。

今さらながら、己が生涯が納得された。終に命を落とすまで法華経に殉じたのも、思えば当然の宿縁である。

これぞ真実の正法と、確信するべくして確信していたからだ。今生においても、はじめから迷う理由はなかったのだ。

いや――迷わないわけではなかった。今生では迷わなくとも、また別な先世では逡巡した。

その先世もひとつ、ふたつではなかった。

　在家だった生も多い。ある先世では天竺で狩人をしていた。獣とはいえ殺生を生業として、ああ、今生漁師の子に生まれ落ちたというのも、かかる因縁からかもしれない。

　傷つけたのは、獣だけではない。また別な先世では盗みを働いていた。極貧のなか、妻子を養わなければならなかった。だから仕方ないのだと、悪行に手を染めた。物を盗んだのみならず、人を傷つけたことも一再ならなかった。

　人を殺めた生さえある。それも美しい女を手に入れんがためだ。肉欲に憑かれたあげくに、なんたることか、女の夫を手にかけているではないか。

　出家だった生もある。寺にいるから間違いないが、ともに暮らす僧はともかく、訪ねてくる在家の服装が違うから、震旦でのことらしい。多く日本に仏法を伝えた国であり、天台大師にでも師事していたかと思いきや、日蓮は愕然とした。

　先世においては、目の色を変えて護摩を焚いていた。声のかぎりを張り上げて真言を唱えながら、これは密教の祈禱だ。

　大日如来こそ最勝の仏としながら、釈迦仏を軽んじた言を弄して、それを他の僧侶にも、何も知らぬ在家にも、力のある王侯にも説いて回る。布施を取り、寄進を受けて、邪法を繁栄させている。それで成仏に近づいたと、本気で考えている。

　私こそが――謗法の罪を犯していた。なんということだ。まさに法華経に書かれた悪比丘そのものだ。正法を退けて、悪法の流布に力を尽くしていたのだ。

　だから、罰せられたのだ――日蓮は自らに加えられた法難の理由を知った。

それは先世の悪を償わなければならなかったからだ。命まで奪われたのは、そうまでしなければ過去世に重ねた罪業を滅却させることはできなかったからなのだ。

ならば苦しみではない。なるほど幸いでしかない。本当であれば、無間地獄に堕ちて然るべきだった。それが今生に生まれ変わり、償いの機会を与えられたのだ。

それも普通は全ての罪業が、一度の生で消えるものではない。何度も生まれ変わりながら、少しずつ消していかなければならない。さもなくば、一度の生において、受難が大きくなりすぎるからだ。

それに耐え、のみか喜びとして受け入れられるとするならば、ひとえに信心あるがゆえである。それも正しい信心だ。私の場合は法華経を信じたからなのだ。書かれたように法難に見舞われてこそ、真の行者たりうると思うことができたからだ。

度重なる受難、あげくの罪の滅却は、法華経に殉じたがゆえの褒美とも解釈される。ああ、やはり、法華経なのだ。それを正法と信じ、かつ弘めた生のあげくに、己が魂の清浄を遂げることができたのだ。

だから私は、もう仏だ。寂光に包まれて、これが成仏というものなのだ。

まさに永遠の――日蓮は波音を聞いた。膝下に感じる柔らかさは、先程までと寸分変わらぬ砂だった。

竜の口か。とすると、この土地こそは寂光土ということなのか。そう考えざるをえないのは、やはり世界は光に満ちていたからだった。

日蓮は上向いた。

天空が光っていた。闇夜であったはずなのに、今や昼のように全てがみえる。

ハッとして日蓮は目を下げた。

人の顔がみえる。やはり昼のように、はっきりみえる。正面の検死の座に武者たちが立ち並んでいる。囲まれながら床几に座しているのは平頼綱であると、その端整顔をはっきり他と見分けられる。

大鎧だが、頭は烏帽子で、その頰は白くなっていた。光に打たれているからだ。やはり寂光は注いでいるのだ。この竜の口こそ永遠の浄土で間違いないのだ。

いや——平頼綱の頰が暗んだ。白い光は動いているようだった。

えっと思って、日蓮は目で追いかけた。少し離れて、ようやく闇夜に形をなし、それが丸いものであったことが知れた。

光の玉——それは東の方角に飛んでいった。とすると、西から来たのか。江の島から飛んできたというのは、この光の玉だったのか。

ないことではない。彗星だ。それも、とりわけ大きく、世に「火球」と呼ばれるものだ。

驚くべきものでもない。それまた経文に書かれていた。『薬師経』にいう星宿変怪難、『仁王経』にいう衆星変改難(しゅせいへんかい)であり、近年にも彗星は到来している。夜を昼のように明るくした彗星さえ、鎌倉では何度か目撃されているのだ。

それが再び到来した。難と呼ぶならば難、仏罰というなら仏罰として起きた。しかし、それなら、この世の出来事である。

「…………」

仏になったという思いは確かにあった。己が罪を知り、己が償いを知り、法華経の恵みを知ることができた。それもこれも、最初に疑わなかったからである。

「日蓮死にたりと」

日蓮は目を近くに戻した。右手では四条頼基は呆けた顔で、切腹の手を止めたままになっていた。

左手では――武者のひとりは、すとんと腰から落ちたような格好で地べたにへたり、水が零れるままに桶を投げ出している。太刀取りのほうは目を眩(くら)ませたかのように手を翳した格好で、その場に倒れ伏していた。

その刀はといえば、抜き身で砂に放り出されていた。ということは、振るわれていないのか。私の頸はまだ斬られていないのか。

日蓮は今さら我が身に手を当てた。喉を、項(うなじ)を確かめたが、手は濡れない。一滴の血も流れていない。

もとより頭は肩に乗ったままで、目もみえれば、手も動く。が、もう私は死んだはずだ。今生を逃れて、仏になったはずだ。そうでないとするならば……。

「如何に殿ばら」

と、日蓮は声を発した。ビクと身を震わせると、太刀取りは顔を上げた。

暗がりにも、その目は臆して奥まっていた。のみならず日蓮と目が合うや、尻で動くようにして、じり、じりと後ずさりまで始めてしまった。

日蓮は声を重ねた。如何に殿ばら、如何に殿ばら。このような大禍ある召人(めしゅうど)から遠ざかるか。

近う打ち寄りなされ。さあ、打ち寄りなされ。

「じき夜が明ける。頸を斬らねばならぬなら、急いで斬らねばならぬ。夜が明けては、見苦しいばかりだ」

太刀取りは答えなかった。かわりに、ゆっくりと身体を回して、すっかり海を背にしてしまうと、刹那に「うわあ」と一声あげて、あとは一目散に逃げていく。

「うわあ、助けて、うわあ、うわあ」

「仏罰は、ごめんだ」

「俺だって嫌だ」

「うわあ。うわあ」

太刀取りだけではなかった。武者たちは口々に叫びながら、皆して駆け出していた。砂に足を取られながらも、我先と競うように浜から抜け出し、あるいは馬を駆る者は大慌てで手綱を操り、それぞれに嘶きを上げさせる。

恐らくは光の玉に恐れをなしたことで、すでに多くが逃げたあとだったが、奮って留まった者たちまでが、もう耐えられなくなったのだ。

「できない、できない。日蓮だけは殺せない」

「日蓮を手にかければ、罰が当たる」

「嫌だ、まだ死にたくない」

「嫌だ、地獄に堕ちたくない」

皆が逃げていく。誰も日蓮には近づかない。ましてや頸を斬る者などいない。

「誰か、おらぬか」

日蓮は呼びかけた。おらぬのか。この日蓮の頸を斬る者はおらぬのか。

もはや残っているのは検死の座だけだった。その床几を囲む武者たちとて、もう半ば背後に踵を返しかけている。が、なお座し続ける者もいたのだ。

「平左衛門尉殿、あなたが命じられよ」

日蓮の頸を斬れと命じられよ。誰かに斬れと命じられよ。そう大声で促したが、よく暗がりに目を凝らせば、平頼綱までが顔を引き攣らせていた。

それも互いに目が合ったとわかった瞬間に、バッと動いて身を翻してしまう。

いや、床几に足をかけて転び、砂まみれになりながら立ち上がり、また一度だけこちらに目をくれたものの、それからは脱兎のごとくに駆けていくばかりになる。

周囲の武者たちも続いたので、もう誰もいなくなる。砂浜には小さな熊王が、ひとりポツンと残るのみである。

「頸を斬れ。この日蓮の頸を斬れ」

なんとなれば、日蓮は竜の口に死にたり。名字凡夫の迹（しゃく）を開き、久遠の本地を顕したり。武者たちの止まぬ悲鳴を貫きながら、日蓮の声だけが夜に復した海辺に響き続けていた。

十三、依知

日蓮が竜の口から送られたのは依知だった。

頸の座の浜から逃げ出した武者たちだったが、しばらくすると戻ってきて、とりあえず出発すると告げてきた。元の馬に乗せられて、踏み固められた道にも戻されたが、その時点ではどこに向かうという話もなかった。

指図するべき平頼綱は、もう姿を隠していた。恐らくは鎌倉に戻ったのだろう。

遅れながらも達しが届けられたのは、燦々と朝日が昇り、すっかり明るくなってからだった。日蓮は、ひとりの武者に教えられた。

「依知に向かうべし、とのことです。日蓮房の身柄は本間六郎左衛門尉殿に預けよと」

依知は竜の口から八里ほど、相模国愛甲郡の地所である。

館を構える本間家は、土地の豪族海老名氏の流れを汲む一門であり、なかでも六郎左衛門尉重連は、大仏宣時の臣として佐渡国守護代を務めるということだった。

流罪先の管轄に戻すというなら、鎌倉のほうが近いので、小町大路の守護屋敷に戻せばよいようなものだった。曲げて依知に行くとなっても、誰ひとり道を知らない有様なのだから、なおのことである。

　あちらこちら迷いながら、ようやく到着した頃には、もう九月十三日も午の刻（正午頃）をすぎていた。が、それでも本間屋敷のほうは、まだ鎌倉からの達しを受け取ったばかりといい、要するに現場は大混乱の、大した慌てようになっていたのだ。

　とはいえ、日蓮の身柄は無事に引き受けられた。屋敷の庭では、苦労して護送を果たした武者たちに、労いの酒もふるまわれた。それで勢いがついたのか。

　縁から庭に臨んでいた日蓮は、眼下に跪く数人に気づかされた。皆が頭を低くして、のみか手を合わせていた。

「日蓮さま、どうか我らを門下に加えていただけますよう」

「申し訳ないことでござった。従前は頼みの阿弥陀仏を謗らせ給うと聞き、正直申せば憎しみを覚えてまいりました。しかし、昨夜にみせられたことといったら……。まさか我が眼で仏の御業を拝めるとは……」

「間違えておりました。それがし、信心を違えておったと、思い知らされました。ええ、長年の念仏ですが、今日をかぎりに捨てることにいたしまする」

　いいながら、火打ち袋から出して、数珠を投げ捨てる者あり。あるいは向後念仏は申さじと、誓状を立てる者あり。

「よくぞ申された」

　法華経に帰依なされよ。南無妙法蓮華経と唱えられよ。そう武者たちに勧めて、屈託もない日蓮だったが、そうした自身の身柄はといえば、未だどうなるもこうなるもない有様だった。

　戌の刻（午後八時頃）になって、ようやく鎌倉から使いが来た。物音に庭の武者たちがみにいって、確かに鎌倉からだと教えてくれた。

「頸斬れと、重ねて命じてきたのでしょうか」

いいながら、武者のひとりは泣き出しそうな顔にもなったが、そうするうちに本間重連に仕える右馬太郎という男が、日蓮がいる庭向きの縁まで走ってきた。届けられた立文を、その右手に握りながらだった。

「武蔵守様はもう卯の刻（午前六時頃）には、熱海の湯に向かわれた由。よって熱海に使いをやり、指図を仰ぐことになるので、急ぎ処断することはない、とのことでございます」

卯の刻といえば、夜が明けるか明けないかのうちである。佐渡国守護大仏宣時は何故そんな早くに湯治に出立しなければならなかったのか。

恐らくは日蓮斬首の企てなど知らぬ存ぜぬで通したい、つまりは囚人監視の任を放棄した責任を問われたくない、あれやこれやの面倒から逃げたいと、それくらいの了見からだったろう。

現場が混乱するはずだ。が、だからこそ大仏宣時は、追いかけられずには済まないのだ。

夜も大分更けてからのこと、実際に熱海に向かう使者が、その途上で依知に寄り、ついでといって幕府からの追状を届けてくれた。

「この人は科なき人なり。今しばらくありて赦させ給うべし。過ちしては後悔あるべし」

そう告げて、本間重連に日蓮の保護を厳命したのは、執権相模守時宗のようだった。

九月十四日になって、ようやく依知に正式な沙汰が下りた。平頼綱による書状で、日蓮は三年の佐渡流罪に処すると改めて告げられた。同時に死罪を行うことがないようにとも付言されたが、それやこれやは幕府内での綱引きあっての結果のようだった。

竜の口での日蓮斬首は、平頼綱が大仏宣時と共謀して進めたものといえそうである。それを失敗してなお、断罪の意志は捨てられていなかった。

少なくとも平頼綱は、そうだ。改めて持たれた幕府における評定でも、前の流罪決定を覆す即時の斬首を主張したようだったが、これに安達泰盛が反対したのだ。

安達城九郎泰盛は幕府政治の主導権を争う、平頼綱の政敵である。得宗家被官ごときに勝手は許さんと、かねて御家人勢力を糾合する立場から対抗してきた経緯がある。そこに目をつけたのが、大学三郎だった。

比企大学三郎能本は文応の頃からの古い檀越のひとりである。もう七十歳になる老人だが、若い頃は幕府の儒官を務め、また当時から能書の人としても鳴らした。その書を通じて、かねて懇意にしていたのが安達泰盛だったのだ。

大学三郎は日蓮赦免を働きかけた。安達泰盛も断るでなく、それは流罪を下されたのだから、無罪放免とはいくまいが、斬首などという頼綱奴の勝手な振る舞いだけは断じて許さないと、力強く請け合ってくれた。

「御台所が懐妊のおり、僧を殺すというのは、いかがなものか」

そうやって安達泰盛に諭されれば、若い執権は容易に異を唱えられない。安達泰盛が強いというのは、相模守時宗に娘を嫁がせた、舅の立場も持つからだった。

平頼綱は臍を噛んだに違いないが、一存で日蓮斬首を企てた弱みがあり、それを果たせなかった不面目もあって、常日頃のような無理押しはできなかった。なお無罪放免は阻んだ、佐渡流罪は死守したと、それで納得するしかなかったようだ。

かかる事情が知れたのは、依知に留められながら鎌倉との連絡はつけられたからだった。四条頼基と三人の兄弟は九月十三日の夕、とりあえず処断がないとわかるや鎌倉に戻った。直行したのが日昭の隠れ屋で、日蓮は夜中大仏屋敷から連れ出されたこと、竜の口で斬首されかかったが、からくも助かったこと、今は依知の本間屋敷にいること、等々を伝えてくれた。受けた日昭が折り返し、他の弟子たち、檀越たちに連絡した。熊王だけでは足りない、給仕のためだと、日興、日向、日持を依知に寄こす手筈も整えてくれた。

この三人の弟子たちから、大学三郎の奮闘や幕府内の綱引きを教えられたわけだが、聞き知ることができた鎌倉の様子は、それだけには留まらなかった。

「なんたること……」

聞こえてくるのは、胸が苦しくなるばかりの話だった。

「ええ、日朗様たちが戻られません」

そう教えて、日興の声は震えた。松葉ヶ谷で日蓮の身柄が押さえられたとき、狼藉を働いた武者たちに抗い、あげく引き立てられた日朗、山城入道、伊沢入道、得業寺入道、坂部入道の五人の弟子たちは、まだ拘束されたままだというのだ。

もちろん各方面から放免を働きかけているが、それが容易にかなえられない。

やはりというか、平頼綱が阻んでいた。日蓮の斬首を断念したからには、まして不問に付すわけにはいかないと、五人の弟子たちについては入牢の措置を唱えて、決して譲ろうとしなかったのだ。

日向が後を続けた。

「宿屋殿が努めてくださり、長谷の自邸にある土牢に入れるという条件で、皆さんを引き取ってくださいましたが……」

北条得宗家の身内人ながら、日蓮に帰依してきた宿屋光則であれば、ひとまずは安心できる。命を奪われる恐れは無論のこと、殴打の類を加えられる心配もなくなった。

が、すっかり胸を撫で下ろせるわけではない。今は九月であり、向後どんどん寒くなる。土牢に入れられる、つまりは野外に留め置かれる処遇の苛酷は、言を俟たない。

「宿屋殿が温情をかけようにも、柳営の奉行人たちが不断に覗きにくる始末で」

壁を立てることも、藁を敷くことも、重ねの衣を差し入れることさえ許されません。そう日持にまとめられれば、もはや日蓮は何も楽観できなくなる。

依知まで護送してきた武者たちのように、素直に心を改められる者だけではない。なお日蓮を憎み続ける者もいて、かかる輩は古い怨念を捨てられないあまり、日蓮を殺められないとなれば、かわりに虐げるべき相手を探すのだ。

かかる見通しは、悔しくも外れなかった。数日後には、また別に来た弟子の日頂が依知に知らせた。

「鎌倉で火事が起きました。火付けとされたかと思えば、日蓮門下の仕業と決めつけられて……。師を遠流に処された恨みからだといわれて……」

「柳営は二百六十余人を名指しのうえ、鎌倉からの追放を命じました」

一緒に来た日行がつけたした。

「火をつけたのは、本当は極楽寺の者たちなのに……」

今度は祈雨で恥をかかされた良観忍性の報復というわけだ。みえすいた嘘であれ、平頼綱に因果を含めておきさえすれば、世に罷り通ってしまうのだ。

「鎌倉では、もはや悪党の扱いです。所領を召された方もおられます。職を失くされた方も、親兄弟の縁を切られた方もいて……」

「ただ南無妙法蓮華経を唱えただけで、引き立てられます。容赦なく鞭打たれ、でなくとも、問答無用に過料を科される有様です。ようやく家に戻れたと思えば、これまた屋根となく、壁となく、滅茶苦茶に壊されているのです」

もはや弾圧の様相である。日蓮の信徒団は、すでにして壊滅の危機に瀕している。

「耐えかねて、鎌倉では法華経を捨てる者まで相次いでおります」

「あの名越の尼様までが、信心を捨てられて」

それは日蓮が学僧だった頃からの、いや、それこそ安房の漁師の倅にすぎなかった頃からの庇護者である。こちらの日蓮とて誠心誠意仕えてきたが、それにもかかわらず……。

「無理もないことでしょうか」

と、日蓮は静かに受けた。騒いでも仕方がない。無理もない、というより、全ては避けがたく、はじめから決まっていたことなのかもしれないのだから。でなければ、この日蓮が娑婆世界に留まる理由など、もうなくなっているのだから。

十四、使命

日蓮は竜の口で死にたり――その思いは今も変わっていなかった。確かに死んだ。そういうと間違いになるなら、成仏した。悟りを得て、寂光土に赴いた。

それが今なお肉体を持ち、こうして娑婆世界に居続けているのは何故のことか。なお生きねばならないならば、あの法難とは何だったのか。

そのことを日蓮は考えた。竜の口の処刑を逃れ、依知に運ばれ、本間屋敷に留まる間も、ずっと考え続けていた。

思い当たる理由がないではなかった。日蓮は寂光のなかでみていた。先世においては地涌の菩薩のひとりとして、釈迦の虚空会（こくうえ）に参加していた。

釈迦が末法における法華経の弘法を委ねたのが、地涌の菩薩たちである。そのひとりとして日蓮は、まさしく末法たる今の時代に力を尽くしてきた。尽くすべくして尽くしてきたと、そこには微塵の齟齬（そご）もない。

が、身に負う宿縁は、ただ地涌の菩薩のひとりとしてのそれには留まらなかった。上首唱導の四菩薩、安立行菩薩、浄行菩薩、無辺行菩薩に並び立つ、上行菩薩のそれなのだ。

菩薩たちを率いねばならない。菩薩たちを育てねばならない。そうして法華経弘法の担い手を増やしていかなければならない。

寂光土で成仏しながら、娑婆に戻されたのは、そのためだったのではないか。上行菩薩として生きよと、それが釈迦の命じるところだったからではないか。

そう思い始めた矢先、もう聞こえてきた。弟子たちも、檀越たちも、この数年に増えた信徒たちまでが、苦しめられている。日蓮が命救われたがために、いっそう苦しめられている。

いや、そうではない——その苦しみは避けがたいものと考えなければならない。法難こそ法華経の行者の定めだからである。上行菩薩たる日蓮に従うからには、すでにして少なからずが地涌の菩薩たる道を歩み始めていたのである。

そのことを教えなければならない。仏道に挫けることのないよう、励まさなければならない。身体を失くして、寂光土に行ってしまえば、それが金輪際できない。

「己が信心を捨てたのみならず、なお耐え忍ぶ者たちに退転を説く輩までおります」

と、日頂が続けていた。日行が後を受けた。

「悔しくも、それに頷き、他宗に流れる者とて実際少なくなく」

「本当に、なんて情けない。御師様の悪口を聞かされて、それに怒りもしないなんて」

「日頂、そんなことは……」

居合わせた日興は、弟弟子を窘めた。が、それを日蓮は取り消させた。いや、是非にも聞きたい。どのような悪口がいわれたのか。どのような言葉で信徒は信心を揺るがせたのか。どのような迷いに囚われているのか。それら全てを、この私は知っておかねばなりません。

「聞かせてください」

「そうですか」

日頂が目で伺うと、日興の丸い顔も頷きでそれを許した。

「では」

日頂が始めたことには、安国のため、娑婆での救いのために法華経を奉じてきたのに、どうしてこれほど悲惨な目に遭わなければならないのか、末法穢土としてあきらめているはずの念仏者のほうが、よほど報われているではないかと、そういう疑問を抱く者が俄かに多くなっているのだと。

「どういうわけだと問われたとき、件の裏切り者たちは、御師様は『機を知らずして、麤(あら)き義を立て難に値う』からだと説くのです」

「私は機を知らず、つまりは誰彼構わず、その者が理解できるかどうかも関係なく、ただ強引に法華経を押しつけているということですか」

そのようですと受けて、日頂は唇を噛んだ。続いた日行は、かねて経学に通じた弟子である。

「御師様は法華経も勧持品ばかりを引かれる、と責める者もおります。『諸の無智の人の悪口罵詈などし、及び刀杖を加うる者もあらんも、われ等皆当に忍ぶべし』とあるからには倣えといわれるが、そういう目に遭うのも、『常に大衆の中に在って我等を毀(そし)らんと欲す』であるとか、『国王、大臣、婆羅門、居士、及び余の比丘衆に向かって』も、『悪口し顰蹙め数数擯出を見して、塔寺より遠離せしむるを』であるとかいうのも、勧持品に書かれるままに振る舞うせいなのではないかと」

「頑なすぎて、ついていけないということですか。経文ならざる現においては、もっと融通を利かせるのが本当だと」

日行は頷いた。さらに日頂が言葉を加えた。

「法論を挑み、他宗の誤謬を責めては、その邪法たるを認めさせる。つまりは折伏というような、法華経を押しつける弘法のやり方だから、恨まれ、憎まれ、害を加えられるばかりなのだというのです」

「同じ法華経も安楽行品に則するならば、迫害を招くような軋轢は生まない。そのように説かれると、信心を捨てるわけではないと言い訳ができるのか、わけても簡単に退転してしまうようです」

「安楽行品ですか。ああ、あるいは、それは拝受に留めるべきだとの意見ですか」

日蓮に確かめられると、日行は大きく頷いた。この弟子は比叡山に遊学していただけに、それは自身も共感を覚えないではない意見なのかもしれない。

「確かに天台宗一般は拝受の行、すなわち一念三千の観法に留めておりますね。常坐三昧、常行三昧、半行半坐三昧、非行非坐三昧の四種三昧による瞑想の修行に終始しているかぎり、なるほど他宗とぶつかることはないでしょう」

「それでこそ『天の諸の童子はもって給仕をなさん。刀杖も加えられず、毒も害すること能わず』と安楽行品に書かれた通りになるのだと」

「そう説かれて惹きつけられて、我々の信心から離れる者が多いというわけですか」

日蓮は腕を組みながら、むううと低く唸るしかなかった。確かに、その通りだ。他宗は無論のこと、天台の門にあっても、大方が安楽行品で足れりとするに違いない。しかし、そこなのだ。この日蓮に従う者は安楽行品で終わらず、勧持品まで身読しなければならないのは、それこそが深位の菩薩の義だからなのだ。

「無学者どもは増長して、日蓮房だけが奥義を知るわけではない、などともいいます。『我もこの義を存すれどもいわず』と。つまりは難を招き、苦しみを呼びよせると知るから、あえて説かないだけなのだとうそぶくのです」

日行が吐き出せば、日頂は苦いものでも飲んだような顔になる。

「己が御師様と同じ高みにあると高言するばかりか、御師様を低め、軽んじるような言を弄する者さえあります。決まり文句に『唯教門ばかりなり』などと打ち上げて、十全たる仏法の体をなしていないなどと扱き下ろすのです」

「教門、すなわち理論だけで、勧門、つまりは実践がない。安楽行品を恃む者らの理屈とも重なりますね。要するに行がないと。伝統的な五種法師、すなわち受持、読、誦、解説、書写のいずれもないと。しかし……。ううむ……。そうですか。それがわかりませんでしたか」

ただ南無妙法蓮華経と唱えればよいと、それが日蓮の教えだった。

ただ南無妙法蓮華経と唱えること、つまりは唱題自体が行なのだと繰り返してきたつもりもある。それが通じていなかったとは……。所詮は退転するべくして退転した輩といえば、それまでの話なのだが、一度は教えを受けたはずなのに、何も理解していなかったとは……。

そも、もっともらしい行がなければ仏法はならないと、壁を高くした末が、ただ南無阿弥陀仏と唱えればよいとする念仏の興隆を許したのだ。謗法の罪を大きくさせ、この国に数々の難を呼び寄せ、こうまで惨憺たる世にすることになったのだ。それを建て直そうとしているのに、なお旧来の行がなければ、十全たる仏法ではないとするとは……。

「それこそ末法の機というものなのですが……。易行という意味なのですが……」

目を伏せた日蓮は、一度きつく奥歯を嚙みしめ、それから再び顔を上げた。

きちんと伝えなければならない。伝えたつもりが、まだまだ伝わっていない。これでは迫害が加えられなくとも、早晩信徒の教団は崩壊するに違いない。

それは、そうだ。自分が依知に留められ、懇ろに説法できなくなっただけで、もう鎌倉の信徒たちは動揺を始めるのだ。

が、仕方ないでは済まされない。それは法華経弘法の道が絶えることと同義だからだ。迷わぬよう、挫けぬよう、この末法の世に地涌の菩薩たるよう、やはり教えていかなければならない。依知にいようと、佐渡に遠ざかろうと、それこそ寂光土に旅立とうと、あとの者が何も困らぬように、全て整えなければならない。

上行菩薩として——やはり日蓮は、まだまだ死ねないようだった。

十五、三昧堂

山鳴りさながらの音が轟き、と思うや、また風が叩きつけてきた。ほぼ同時にブワと白い粉のようなものが舞う。

外は吹雪だ。いうからには家のなかだが、そうなると、やはり吹雪になってしまう。現に床には雪が積もり、いたるところが白くなっている。屋根は破れ、壁は朽ちて方々に穴が空き、でなくとも建てつけが悪いので、吹きこみ放題になっているのだ。

一時も坐していれば、肩や膝にも白いものが高くなる。ときおり立ち上がっては、着たままの蓑を叩き、また膝下の敷皮を持ち上げて、雪を払い落とさなければならない。

なんと粗末な造作か。が、そうやって嘆く以前に、この「三昧堂」と呼ばれる住まいは、ほんの一間四方の小さな建物なのである。

風が唸りを上げるたび、ギシギシ、ギシギシと柱は軋み、壁板はバタバタ、バタバタと暴れ続けて、しばらく止まない。建物全体がガタガタ、ガタガタと身震いするときもあり、刹那は地震が来たかと思うほどだ。静けさが取り戻されて、もろとも吹き飛ばされてしまわなかったことに、ホッと胸を撫で下ろすのが日常なのだ。

日蓮は佐渡に送られていた。

ここに来るまでが、すでにして大変だった。

相模国依知を出発したのが文永八年（一二七一年）十月十日、久米河、児玉、下栗須、高崎と経てから、碓氷峠を越えて追分宿に、さらに信濃路を松代、吉田と、越後路を国府、柏崎と抜けて、二十一日には寺泊に到着した。そこで臨んだ北海（日本海）が、もう荒れていたのだ。

越後にして、もう冬だった。空はみたこともないような鉛色で、頭上に重く垂れこめるかの趣は、ほとんど不吉でさえあった。

時化が収まるのを待って六日、ようやく二十七日に船を出すことになったが、それまた長さ十間にも足りない小舟だった。なお鎮まらず、高いままの波に遊ばれ、その日は寺泊の北、角田の浜に打ち上げられるばかりになった。

翌二十八日の早暁、再度の船出となったが、高波に遊ばれる体は前日と同じだった。凍りつくほど冷たい水を頭からかぶりながら、すんでに難破しかけた昼近くになって、ようやく松ヶ崎の津で、再びの土を踏むことができたのである。

佐渡——養老六年（七二二年）来の流刑地。

流されれば、まず帰ることかなわないとされる絶海の孤島。

さもありなんと思わせる厳しい寒さが、一番の迎えだった。それこそ吹きすさぶ海上の風が、もはや暖かく思い出されるほどの寒さだ。

鉛色の空からは、その日すでに雪が降っていた。日蓮が踏み出さなければならなかったのは、関東なら真冬でも覚えがないほどの雪原だった。

いや、まだ湊の話だ。雪は陸奥に進むほど、ひどくなる。膝、ときには腰の高さまで積もったものを掻き分け掻き分け、国仲平野を北に上ると、白いものに半ば埋まるようだったのが、国府のある波多郷だった。

守護所を兼ねる本間六郎左衛門尉重連の館も、そこにあった。人心地つけられたのも僅かに三日、あてがう住まいの用意ができたといって、十一月一日に案内されたのが、塚原の三昧堂だった。

雪に覆われる今は見分けもつかないが、そこは野と山の中間に広がる原、何もない草原のまんなかということだった。

その「原」に「塚」の字、つまりは「墓」の字がつけられている。洛陽の蓮台野よろしく、死人を捨てていく場所、いってしまえば墓地である。

そこにポツンと建てられた三昧堂とは、本来は土葬ないしは風葬する前の遺体を、葬式まで安置するための御堂にすぎない。

そうとわかれば、一間四方という奇妙な造りも、風雪吹きこむがままの屋根壁も、筵すら敷かれない汚れた床も、全て俄に合点が行く。それは人が住むための建物ではないという意味でもある。

不意にカランと乾いた音が響いていた。日蓮が目をやると、今にも泣き出しそうな顔があった。

「御師様、申し訳ございません。筆を落としてしまいました」

寒気に声は白くなるも、吹きこむ風ですぐ流れる。詫びたのは、弟子の日頂だった。すぐさま咎めたのは、兄弟子に当たる日興だった。

「気をつけないと駄目だぞ、日頂。御師様の邪魔になるようでは、我らがいる意味がない」

依知を出るときは、日興、日頂、日向、日持、それに稚児の熊王から、佐渡行きを伝えられた富木常忍が急ぎ下総から差し向けた入道までが随従した。

守護代本間重連はじめ、護送の武者たちも一緒なので、本当に大勢で寺泊までは来た。が、そこで日蓮は弟子たちの大半を帰したのだ。

北海の荒波をみるにつけても、船は貧弱にすぎた。大勢を渡せるようには思われない。その先の佐渡での暮らしも推して知るべしだ。

そう考えた日蓮は、自分ひとりで行くと告げた。どうしてもと粘られて、弟子たちのうち日興と日頂の二人だけ、引き続きの随従を許したのである。

無論、二人とも望んで来たのだが、この寒地獄となってみれば、どうか。

「申し訳ございません。申し訳ございません」

日頂は謝り続けた。落とした筆を取ろうとして、また床に落としたからだ。

「何をやっているんだ」

とってやるとばかりに日興も手を伸ばしたが、やはり上手くは拾えなかった。カラランと音を立てて落としては、また床に転がしただけだった。

すれば、一間四方の狭さに、大人の男が三人なのである。この狭さに坐して、互いの膝がぶつからんばかりなのである。

こんなところで苛々しては始まらない。何を咎めても仕方がない。日蓮は自分のほうに転がってきた筆を拾った。それを日頂に渡しながら、微笑を浮かべた。

「手がかじかんで仕方がないのでしょう。ええ、私とて同じです」

実際のところ、もう指先の感覚がない。きちんと筆をつかめているのかいないのか、正直いえば日蓮も覚束なかった。いや、まだしも身体は命あるかぎり凍らないが、それが筆となると、毛先が固まり、もう針さながらになっているのだ。

「ここでは全てが凍りますね。せっかく磨った墨まで凍ってしまうのですから、まったくひどいところです」

「しかし、御師様は筆を落とすこともなく」

「それは日頂、よくよく注意しているからです。ええ、せっかく恵まれているのですから、それを無にするわけにはいきません」

「恵まれている？　どういうことでございましょう」

「わかりませんか、日興。こうして筆を持ち、紙に綴ることができているではありませんか」

と、日蓮は答えた。佐渡だからとて同じ配流、伊豆伊東のときと変わるものではあるまいと思いながら、来てみれば、このような有様だったわけですからね。もしや紙も筆も、墨だって許されないかと恐れましたが、それは自由にしてよいというのです。

いいながら見回せば、横の壁には粗末な三昧堂に似合わないほど白い紙がかけられていた。吹きこむ風に常に波打つような体だが、その横に一尺、縦に二尺足らずの料紙には、中央に「南無妙法蓮華経」の漢字が、その左右に「愛染明王」と「不動明王」の梵字が記されている。

日蓮が揮毫した文字曼荼羅である。

仏の世界を図顕した文字曼荼羅こそ、向後本尊と定めるつもりで、依知にいるとき初めて書いた。が、このときは筆がなかった。それは柳の枝の先を噛み砕き、ふさふさの筆状にしてから墨書きしたものなのだ。

この「房楊枝」を、あるいは佐渡でも使うことになるのか。そうやって嘆息禁じえなかった一時からすれば、筆、紙、墨と揃う今は望外の恵まれ方なのである。

迫害の手が伸びていない下総から、富木常忍が佐渡に送りつけてくれたものだ。同じく手配してもらい、かたわらには法華経の経典、さらに天台大師の摩訶止観も重ねられている。あらゆるものが寒さに凍りつくというが、仏心だけはおかげで熱いままなのだ。

「さもなくば、あなた方とて写経もできないところでした」

と、日蓮は結んだ。最後のほうは寒さで歯の根が合わなくなったが、それでも暗さは微塵もなかった。やはり晴れた顔になると、日興が聞いてきた。

「御師様は何を書かれておられるのですか」

日蓮は手本の経を開いていなかった。明らかに写経ではない。さすが日興は『守護国家論』や『立正安国論』を書くために、駿河で一切経を調べたときからの弟子だけあって、この佐渡でも気になっていたのかもしれない。

「私は手紙を書いております」

と、日蓮は答えた。いえ、手紙の体にしてあるというべきでしょうか。これは下総の富木殿宛ですが、他の方々にも送るつもりです。通じて、多くの弟子、信徒に読んでもらいたいのです。

「是非にも伝えておきたい教えです。安全なところに、きちんと保管していただけば、何年後でも読めるでしょう。写しを残しておけば、後の世の人だって読むことができます」

「そう申されるのは……」

「ええ、日興、これは私の形見のようなものですよ」

「そのようなことは……」

「いえ、日頂、そうなのです。日蓮という者は、九月十二日の子丑の時に、竜の口で頸を刎ねられ死んだのです。この佐渡にいるのは、すでに魂魄のみといって……」

そうまで続けたとき、また凍えて歯の根が合わなくなった。ガチガチ鳴らせば、日蓮も苦笑にならざるをえない。寒いと感じるのは、肉体を持つからですね。

「まだ私の魂魄には、いくばくかついているようです。けれど、それだからこそ、まだ書けるのです。書くために、まだ生きているのです」

「御師様が、それほどまでに伝えたいこと、伝えねばならぬこととは何ですか」

「法華経の深義です。今は法難について書いております。何故に法難に遭わねばならぬのか、についてです」

いうと、日興と日頂は互いの顔を見合わせた。それは弾圧の苦しみに押されて、ついつい信徒たちが洩らしてしまう問いだ。遂に答えを得られずして、法華経から離れていく者さえいる問いだ。

「機会かもしれませんね。あなた方には話しておきましょうか」

いうと二人の若い弟子は、剃り上げた髪が半端に伸びた頭を二つながらに下げた。御師様、是非お願いいたしますと。

十六、法難

「私は法難には四つの理由があると考えます」

と、日蓮は始めた。ひとつには先業重罪(せんごうじゅうざい)、つまりは個人悪ゆえの法難です。自らが先世に犯した悪行為の報いとして、今世で苦しみを受けるのです。

「私が難に遭わなければならなかったのも、そのためです」

「まさか、御師様が……」

「いえ、本当です。私は先世において、真言師として謗法の罪を働いていたのです。ええ、ひとたびは成仏した身ですから、そのときに全てをみました」

「………」

「喜ぶべきことです。ありがたい話です。度々の失に当たり重罪を消してこそ、仏にもなれるからです」

「不軽品に云う『其罪畢已』ということですか」

「よく勉強しておりますね、日興。ええ、不軽菩薩は迫害を受けることで、自らが犯してきた重い罪を消して仏になりました。この日蓮も過去の不軽の如くです。当世の人々は、かの軽毀の四衆の如しともいえます。罪を消す法難、のみならず謗法の重罪さえ贖う大難を被ったのですから、努力した甲斐があったともいえましょうね」

「努力ですか。大難とは努めて被るものなのですか」

日蓮は頷いた。そうです、日頂。大難は自ら引き寄せるものです。それが許されるのは、今生の護法の功徳力ゆえなのです。私は謗法を呵責する折伏の功徳によって、大難を得ることができたのです。

「これを『転重軽受』といいます。先世の重罪ゆえに、本当であれば無間地獄に堕ちるべきところ、法難をもって贖えるなら、もう幸いとされるべきです。それも重罪ですから、本当なら幾度もの生で少しずつ贖わなければなりません。その未来世に起こるべき報いを今世に引きつけ、一度に全ての罪業を滅することができるようにしたのが大難です」

一度で終わるなら軽く済んだといえるでしょう。それは法華経に帰依したことの一種の褒美ということです。先業の重罪を今生かぎりに消してしまえば、後生の三悪を逃れることもできましょう。日蓮がまとめると、受けたのは日興だった。

「法難は嘆くべきではないということですね。逢難をもって過去世の罪を消し、仏に近づくことができるという意味では、かえって喜ぶべきであると」

日蓮は強く頷いた。あとに日頂も続いた。

「御師様にせよ、我ら弟子たちにせよ、鎌倉で苦しんでいる信徒たちも含めて、皆が己が先世の罪業を消しているのですね。成仏を確かなものとしているのですね」

「そうです。ただ罪なくして、法難に見舞われる場合もあります。二番目には善神捨国の理由を挙げなければならないでしょう」

「御師様が『立正安国論』で論じられた法理ですか」

「いかにも、日興、その通りです。謗法の罪が世に蔓延すれば、その国を善神、聖人、守護神は捨て去ります。諸天も守ってくれなくなります。正法を行ずる者は本当なら守られるはずなのに、鬼や魔に狙われるため、かえって大難に遭うことになるのです」

「この娑婆に正法が満ち、仏国土になれば、もう法難はないということですか」

「残念ながら、日頂、そうともいえないのです。三番目に娑婆忍土の理由を挙げなければなりません。この娑婆世界は有限にして、また不完全です。命には限りがあり、肉体には苦しみがある。仏ならざる人であるかぎり、差はあれ難は避けられないのです」

「それでも、なるだけ避けるべきなのでしょうか。つまり、娑婆世界は有限で、不完全であるのだから、なるだけ他人と争うことなく……」

「法華経も拝受するに留めれば、法難に遭うことも少なくなるということですか。わざわざ他宗を非難、あるいは無理にも折伏するから、法難に遭う確率も高くなるのだと」

「いえ、そういうことでは……」

日頂は気まずげな顔になった。日蓮はそれを励ます笑みを浮かべた。そういうことでよいのです。前に教えてもらいましたから、鎌倉の弟子や信徒が、そのような不満を抱いていることは知っています。ええ、至極もっともな問いだと思います。私が何より答えなければならない問いだともいえましょう。ですから、ええ、答えます。

「法難を避けてはなりません。拝受に留めてはなりません。少なくとも、あなた方、この日蓮の弟子たるあなた方は、折伏に乗り出さねばなりません。法難を自ら望まなければなりません」

「私たちは、ですか。私たちだから、ですか」

日頂は、また泣き出しそうな顔になった。なるほど理不尽に聞こえるだろう。それなら日蓮の弟子になる甲斐もない、ますます門下に留まる者がいなくなると思うのだろう。が、それだから、はっきりいわなければならない。ええ、そうです、あなた方だからです。

「法難の四番目の理由として、菩薩行を挙げなければならないのです」

と、日蓮は断じた。私たちは有限の娑婆世界、不完全なる人の世も、なかんずく苦難に満ちた末法悪世に遣わされた者たちだからです。この穢土において、法華経を弘めていかなければならないのです。してみると、法華経法師品に「この経は如来の現在にすら、猶怨嫉多し。況んや滅度の後をや」とあります。勧持品には「諸の無智の人の悪口罵詈などし、及び刀杖を加うる者もあらんも、われ等皆当に忍ぶべし」、さらに「国王、大臣、婆羅門、居士、及び余の比丘衆に向かって誹謗し、わが悪を説きて『是れ邪見の人なり、外道の論議を説くなり』と謂わんも、われ等は仏を敬いたてまつるが故に、悉くこの諸悪を忍ばん」とあります。常不軽菩薩品にも「この語を説く時、衆人、或いは杖木瓦石を以ってこれを打擲く」とあるのです。末法において法華経の行者たらんとすれば、法難は避けがたいということです。承知のうえで弘法に取り組み、正法を実現していこうとするからには、それは菩薩行にならざるをえないのです。

「ええ、菩薩行の自覚を持ちなさい。あなた方は菩薩なのです。釈迦が末法における弘法を委ねた地涌の菩薩たちなのです。私はそれを率いる上行菩薩です。それゆえに私は、あなた方を率い、あなた方を育て、あなた方に伝えようと思うのです」

ゴオオと音が轟いた。また吹雪が叩きつけたかと思うも、今度は小さな三昧堂も震えなかった。かわりに不意の明るさが射しこんだ。

「おられますか、日蓮様」

いいながら戸を開けたのは、阿仏房という男だった。

バタバタと身体を叩いて雪を落とし、やはり白く塗られたような笠を脱いで、なお白いものを目立たせる。髭も眉毛も白々とした老人で、阿仏房は実際もう八十を越えていた。

それにしてはスッと素早く三昧堂のなかに入り、サッと後ろ手に戸を閉める身のこなしは矍鑠として、まだまだ元気な翁ということもできる。

阿仏房は塚原近くの名主で、入道して後の名乗りから知れるように、元が阿弥陀仏を奉じる念仏者だった。

「阿弥陀仏の敵が流されてくる」

そう佐渡では、日蓮が来る前から噂になっていたようだった。三昧堂に入ったと聞いて、はじめは阿仏房も不届き者に一喝くらわせるくらいのつもりで訪ねてきた。が、そうして言葉を交わしてみるや、その日のうちに日蓮に傾倒してしまったのだ。

以来、たびたび訪ねてくる。

「よっこらしょ」

いいながら、阿仏房は背負子を下ろした。積まれていたのが麻の袋で、恐らく中身は米、味噌、それに豆や蕪といったような食べ物である。

「いつも申し訳ありません」

南無妙法蓮華経、南無妙法蓮華経と、日蓮は手を合わせながら謝した。たびたび訪ねてきて、阿仏房はいつも供養してくれるのだ。

「いやいや、念仏など唱えてしまった罪滅ぼしでござる。でなくとも、本間様のしわいことを知れば、なにがしか運んでこないわけにはいきませぬよ」

足りていないのは事実だった。

それは幕府が流罪に処した流人なのだから、一日に米一升、塩一勺というような最低限の食は給される。が、それは日蓮ひとり分なのであり、弟子が二人もいれば自ずと厳しくなる。あとは引き受け手の融通ということになるが、その佐渡国守護代本間六郎重連が鷹揚な顔をみせてはくれなかったのだ。

「もっとも生かさず殺さずにしろというのは、もっと上からの御達しらしいですが」

と、阿仏房は続けた。もっと上というと、佐渡国守護大仏宣時か。いや、やはり侍所所司平頼綱が別して命じて、些(いささ)かも処遇を弛めさせないということらしい。

「ときに少しよろしいですか」

いいながら、阿仏房は蓑を脱ごうとした。が、雪の粉が舞う堂内を一瞥すると、その手を止めた。いつもながら、ひどいですな、ここは。これじゃあ、外と変わらない。

「で、構わなければ、お座りください」

苦笑の日蓮に許されると、蓑姿のままで阿仏房は始めた。ええ、実は穏やかならぬ噂を聞きましたもので。

「佐渡の念仏者たちです。それに律宗の持斎(じさい)や真言師たちも加わったと聞きますが、とにかく一緒になって、何か企んでいるようでござる」

十七、塚原問答

幸いにして、その一月十六日は雪が小降りだった。

三昧堂の戸を開けると、チラチラと舞い落ちる白粉の向こう、がらんとして何もない塚原の野原が、見渡すかぎりの人、人、人で埋まっていた。

姿をみせた刹那、その一面がどよめきで揺れ動いた。日蓮は構うことなく、堂の階段をゆっくりと降りていった。

正面に待ち受けるのが、僧衣の群れだった。念仏者、律僧、真言師たちは、ざっとみたところでも優に百を超えていた。佐渡中から参じているのみならず、越後、越中、出羽からも来ているという話だった。

この僧たちに焚きつけられたのだろう。あるいは生来の物見高さのゆえなのか。日蓮から右手に群がっているのが、土地の百姓たちである。僧たちに増して多勢で集まりながら、ガヤガヤ騒がしい様子は堂内にいるうちから感じられた。

かたわら左手には幕が張られ、烏帽子姿が床几に腰かけていた。その中央に座している、いつも眠たげにみえる顔の中年男が、佐渡国守護代、依知のときから知ったる本間六郎重連だった。

左右に並んでいるのは、その兄弟や一族、さらには郎党ということだろうが、いずれにせよ、皆で立ち会うことで、これが公儀が設けた公場であることを意味している。

阿仏房が知らせてくれたように、佐渡在住の念仏僧や持斎者、真言師ら百人ほどが密かに動いていた。我らが国に阿弥陀仏の大怨敵、一切衆生の悪知識で聞こえた日蓮房が流されてきた。そうやって各々が騒ぐに留まらず、皆で寄り合い、不穏な謀議をなしたのだ。

何をするのでなくとも、この国に流されれば最後まで生きる人はない。生きても、元いた土地に帰れるということはない。ここで打ち殺しても咎めはない。塚原にひとりいるということだから、如何な剛の者であり、如何に力が強くとも、皆で囲んで射殺せる。そうではなくて、相模守様の御台所の御懐妊で救われただけなのだから、定めの通りに頸を斬るべし。それなら六郎左衛門に申して、殺させればよい。そう結論しては、本当に守護所に乗りこんだのだ。

本間重連は相手にしなかった。貴殿とて念仏者ではないかと迫られても一切応じなかった。殺してはならぬと上からの副状がある、日蓮房は侮ってよい流人ではない、何かあれば自分の失態になるのだから絶対に手出しはならぬと、かえって厳に制止したという。

「それよりは、ただ法門にて攻めよかし」

法論で勝負すればよいと諭されて、それを佐渡の僧たちは受けた。

日蓮房は如何か。本間重連に打診されて、こちらも即座に承諾した。

断るわけがない。それどころか、ありがたいと思う。なにしろ公場対決なのだ。鎌倉ではいくら望もうと、決して機会を得られなかったのだ。

かくて本決まりになれば、法論は佐渡中で持ちきりの話題になった。それと定められた文永九年（一二七二年）一月十六日を迎えてみれば、雪の下の草葉の陰は遺体だらけの場所とは思われないほど、大した人出になったのだ。

日蓮が姿を現すと、それを認めた人垣から、地鳴りのような声が上がった。それまでのガヤガヤした騒がしさとは違う、これは悪意が籠められた罵声ということだ。

「阿弥陀さまの敵だ。噂の罰当たりが出てきたぞ」

「嘘つきだ。こいつが嘘を撒き散らす悪僧だ」

「佐渡に来たが最後と思え。生きては帰れぬものと思い知れ」

百姓たちのなかにも念仏者は多く紛れていた。罵り、騒ぎ、さらには脅すような足踏みまで繰り返されるので、しばらくというもの地面は震動を帯び、空は雷電さながらの轟きに満たされた。

それを日蓮は構わずに続けさせた。日興、日頂の二人の弟子を従えながら、ただ大股の歩みで進んでいった。が、そうして近くなれば、獣が吠えるような形相は正面にも待ち受けていた。僧たちまでが声を張り上げ、悪口のかぎりを尽くしていた。

「世に聞こえた阿弥陀仏の仇め」

「これが天下の悪比丘ぞ。世を乱す破戒の僧ぞ」

「法然上人を愚弄した罪、無理にも償わせずにはおくべきか」

際限ないような罵詈雑言も、日蓮が取り合わず、表情ひとつ変えないので、ややあるうちに勢いがなくなった。騒ぎ立てるのも疲れたということだろう。

その潮を捕えた日蓮は、例の朗々たる、よく通る声で言葉を発しにかかった。

「各々お静かに。こたびは法門の御ための御渡りではなかったのか。悪口ばかり際限なくしてみても、どうなるものでもありますまい」

道理と受け止めざるをえない諫めにも、かえっていきり立つ者はいた。

「きさまの罪は明らかじゃ。わざわざ法論になど及ぶまでもない」

「ああ、日蓮房、主は生きておるのが間違いなのじゃ」

いうや、念仏僧は動いた。ずんずん日蓮に詰め寄ると、今にもつかみかからんばかりにもみえた。おおさ、今この場で、その頸を落としてくれる……。

「やめよ」

と、また別な声が制止した。床几の本間六郎重連だった。顎の動きで命じると、二人ほど郎党が動いて、乱暴を働こうとした、あるいは威嚇したにすぎなかったかもしれないが、とにかく詰め寄ろうとした念仏僧の襟を捕らえ、人垣の外に追い出してしまった。

「法門を申せ」

昂りの様子もなく、本間重連は続けた。そうするはずだったではないか。互いに法論を始めよ。

いわれて、数人の僧侶が前に出てきた。それも各々が背後に数人ずつ従えたので、全部で十余人は数えたか。

小法師や童子らは書物を運ばされていた。頸にかけさせ、あるいは脇に挟ませて、浄土の三部経、あるいは摩訶止観、もしや真言もあるのかもしれないが、とにかく大袈裟なくらいに持参してきたのだ。

法論の最中に丁寧に参照するつもりなのか。あるいは、これだけの学があるのだとみせつけて、こちらを萎縮させてやろうという腹か。

「印性房弁成(いんしょうぼうべんじょう)と申す」

前列の僧たちから、ひとりがさらに前に出た。剃り上げた頭に黒眉の濃さが目立つ、壮年の僧である。

そういえば日蓮も聞かされていた。印性房弁成は佐渡の念仏者の棟梁ということだった。

「聞けば日蓮房、法然上人を指して悪比丘と呼ばわったとか。法然上人が何故の悪であるか。無間地獄に堕ちたりとも喧伝するは、いかなる証文あってのことか。最初にそれを伺いたい」

およそ法論が始まるとも思われない、吠えるような声だった。

日蓮は調子は静かながら、こちらもいつも通りの大きな声で答えた。

「法然房源空は謗法の罪を犯し、正法から外れたがゆえに、悪比丘であり、無間地獄に落ちたりと申しました。法華経に『若し人信ぜずして此の経を毀謗せば、乃至、其の人命終して阿鼻地獄に入らん』とある通りです。浄土三部経にも、西方浄土に行ける者から『唯五逆と正法を誹謗するを除く』とあるではないですか」

「そんなことは聞いておらぬ。法然上人の何を指して、謗法といい、正法を外れたといいおるか」

「法華経を捨てよ、閉じよ、閣け、抛てと唱えたことを指して申しております」

「左様なことを唱えたりはしておらぬ」

「応とも。法然上人は一切衆生に念仏を申させ給うただけである」

印性房に続いたのは、肥満の風体から、これも話に聞いた念仏僧、唯阿弥陀仏であると思われた。

「法華経を抛てなどと書いたわけでもないはずだ」

さらなる瘦せ男は、同じく念仏僧の慈道房ということなのだろう。

「さあ、日蓮房、答えられるものなら答えてみよ」

印性房が再び出てきた。仲間の加勢に励まされたか、いっそうの勢いだったが、こちらの日蓮はといえば、目を丸くせざるをえなかった。

背後に控える二人の弟子、日興、日頂と目を見交わしたのも、本当にそういうことなのだろうかと、確かめずにはいられなかったからである。ああ、普通は考えられない。少なくとも鎌倉ではないことだった。ああ、そうか、ここは鎌倉ではなかった。

「もしや選択集をお読みではないのか」

「な、なんですと……」

「選択集です。法然源空が書いた『選択本願念仏集』のことでございます。浄土宗の方なら、必ず読まれる……」

「もちろん蔵書してある」

印性房は背後の小法師に命じた。早く出せ。話は聞いておったろう。まったく気の利かない。だから、その、なんだ、選択集だ。

「当然ながら読んだこともある」

日蓮に向きなおって続けるも、なかなか冊子は出てこない。印性房は再び背中を叱りつけた。早くせよ。何をしておる。だから、閉じるとか、抛つとか書いてある奴だ。

「律僧の生喩房と申す」

また別な男が出てきた。念仏僧らの体たらくをみかねたということだろうが、それは佇まいから、ちょっと気取りがあるような僧だった。

「ああ、あなたでしたか、南都西大寺の」

この律僧についても、日蓮は聞かされていた。

「叡尊殿の御弟子、つまりは鎌倉極楽寺良観房の兄弟弟子に当たられるという」

佐渡にまで来て、これも奇縁、悪縁か。といって日蓮は別段に避けたいとも思わない。

生喩房のほうは名前を知られていたことを喜んだか、頷きながらに大きな笑みを浮かべてから、先を続けた。ああ、ならば問う。

「日蓮房の天台宗でも、念仏は認められておるはずだ。山門とて法然上人の大功徳に御往生疑いなしと書きつけたのではなかったか。寺法師らとて、よきかな、よきかなと褒め讃えたと聞く。これを如何に破したまうや」

「源空を手放しで認めたとするなら、延暦寺、園城寺、ともに嘆かわしいことと存じます。いえ、天台は密教を容れ、真言に迎合した時点で、もはや堕落したとも考えております」

生喩房は目を見開き、何をという顔になった。日蓮は構わず続けた。ええ、三代円仁の頃に間違えたと思われます。仏法を伝教大師の頃に戻さねばならぬと、常々申してきた所以ですが、さておきです。

「天台宗にも確かに念仏はあります。しかし、ここで私が問題としているのは、その念仏ではありません。聖道を拒み、法華経を捨閉閣抛し、浄土門ばかり目指して、ひたすら南無阿弥陀仏を唱えよという、法然流の専修念仏のことをいっております」

そう返すと、とたん生喩房は戸惑い顔になった。律僧の身にして、念仏僧に増して念仏に詳しいというわけではないらしい。

「ここだ」

と、そこで声を上げたのが印性房だった。

生喩房の介入も時間稼ぎにはなったようだ。小法師らと肩寄せながら、書物に組みついた甲斐あって、ようやくみつけられたらしい。ああ、確かに書いてある。捨閉閣抛とは、ああ、そうだった。わかった、わかった。思い出した。ああ、法然上人は法華経をないがしろになどしておらぬわ。

「ただ聖道門は容易でない。この末法穢土では無理だ。ゆえに聖道の行は捨閉し閣抛し、浄土門に邁進すべし。ひとたび西方浄土に往生したなら、そのときは法華を開いて、無生を悟るようにすべきと、そういうことなのだ」

「易行ならざるゆえに、穢土では法華経も教主釈尊も捨閉閣抛し、浄土にいたって初めてこれを悟るべし云々と申されるは、いずれの経文に基づき立てた義でございましょうか」

日蓮が返すと、また印性房は慌てた。また後ろを振り返り、また持参の書物を掻き回したが、こたびは弟子が目端を利かせたらしい。ん、なになに。ああ、これか。おお、これだ。

「観無量寿経に基づき立てた。観経に、ええと、こうある。『仏、阿難に告ぐ。汝好く是の語を持て是の語を持つ者は即ち是れ無量寿仏の名を持つ』と」

「観無量寿経でございますか。しかし、観無量寿経は釈迦如来成道四十余年の内に説かれた経、未顕真実とされた経でございます。法華経のほうは、その八年後に説かれたものです。已説の観経に兼ねて、未説の法華経の名を載せ、捨閉閣抛の可説とすることができるものでしょうか」

「……」

「常識的に考えれば、そうではないかというだけのことです。まだ説かれていないものを、捨てよ、閉じよ、閣け、抛てと唱えることなどできますまい」

「しかし、観経には……」

「御房が挙げられた『仏告阿難』ですが、ただ弥陀念仏を勧進する文でしかないのでは。穢土においては法華経を捨閉閣抛し、浄土において悟るべしとした義とは、何の関係もないように思われるのですが」

印性房は口籠り、みるみる顔を蒼くした。かと思えば、ある拍子にバッと赤くなった。馬鹿者が。こんなところではないわ。そう弟子を叱りつけたが、それならばどこですかと返されれば、答えられるわけでもない。

「うるさい、うるさい、うるさい。だから、観無量寿経にはどこにもないのじゃ。そなた、日蓮房の話を聞いておらなんだか」

内輪喧嘩が高じて、もう滅茶苦茶である。が、日蓮は勝ち誇る気にもなれなかった。

相手にならないだけではない。鎌倉の念仏僧、禅僧、真言僧たちに比べても、なお他愛ないといえるほどだ。その鎌倉で他を圧倒してしまい、誰にも法論に応じてもらえなくなっていたのが、日蓮なのである。

それを知らず、本間重連に法論を勧められれば、望むところと簡単に受けた時点で、佐渡の僧たちの末路は決まっていたというべきか。

日蓮にとってみれば、それは法論でなく、すでにして弘法の機会だった。

現に見物の人垣では空気が変わり始めていた。最初の敵意が動揺に変わり、それが疑いに転じたのだ。念仏は正しかったのかと。法論の中身は理解できたわけではないが、それにしても平素自信満々の僧たちは、まるで歯も立たなかったではないかと。

負けは明らかだ。そこに仏はいないのだ。ならば、いるところに――と、今にも日蓮のもとに走り出そうか、どうしようかという気配すらある。

それは群衆だけではなかった。むしろ若い僧たちが先んじた。重い経典を運ばされてきた者たちを含め、何人かが日蓮に駆け寄った。

「弟子にしてください」

「私も学ばせてください。ええ、こんなもの」

袈裟を脱ぎ、平念珠を投げ捨てると、その若い僧は改めて平伏した。

「もう念仏は申すまじと誓います」

「私も誓います。弟子にしてください」

「最蓮房と申します。私は天台僧です。どうか私も」

私も、私も、私も――日蓮は合掌しながらに受けた。ありがたいことです。南無妙法蓮華経、南無妙法蓮華経。佐渡でまで法華経を弘めることができるとは、本当にありがたいことです。南無妙法蓮華経、南無妙法蓮華経。

「勝ったと思うな、日蓮房」

印性房が、こちらを指さしていた。唯阿弥陀仏、慈道房と後に続く。

「こういう法論だと知っておれば、もっとやりようがあったわ」

「これで終わりと思わぬことだ。増上慢め、その鼻柱、次こそへしおってやる」

いずれにせよ、念仏僧たちは引き揚げることにしたようだった。一緒にされたくないと思うのか、真言律師の生喩房はといえば音もなく、いつの間にやら姿を消したあとだった。

もはや誰の目にも法論の幕は下りた。見物の人々も引き揚げていく。幕内の本間重連も腰を上げていた。そのまま踵を返すと、供たちに伴われ、乗ってきた馬に向かうようだった。

見送るつもりでみやっていた日蓮は、刹那あっと思いついた。あっ、そうか。ならば徒に伏せているより、ここで不思議ひとつと、明らかにしてもよかろう。

「六郎左衛門尉殿、六郎左衛門尉殿」

呼び止めながら、日蓮は大股の歩みで近づいていった。日蓮房、それがしに何か。受けた守護代に出し抜けに投じたのは、次のような問いだった。

「いつ鎌倉に上られますか」

「鎌倉に、でござるか」

本間重連はぼんやりの顔を、少しだけ怪訝な風に曇らせた。

「恐らくは下人どもに田畑の指図をしてからでござろうなあ。ええ、七月頃には」

「弓箭を取る者にとっては、公の御大事にあって、手柄を立て、所領を給わることのほうが、田畑を作ることより先なのではございませんか。今にも戦が起ころうというのに、どうして急ぎ打ち上り、高名を得て、所地を給わろうとはしないのです」

「えっ、日蓮房、なんと。今にも戦が起こる、ですと」

日蓮は頷いた。

「和殿原（わどのばら）は相模の国では名のある侍でございましょう。田舎にいて田など作っていて、戦に外れたということにでもなれば、それこそ恥というものではありませんか」

本間重連は怪訝な顔のままだった。遠巻きに聞いていた念仏者、持斎、在家の者なども、日蓮という僧は何を口走るのかと怪しむような顔になった。

「では、これにて」

南無妙法蓮華経、南無妙法蓮華経。日蓮は合掌ひとつ、あとは三昧堂に引き下がった。

十八、一谷

本間重連が塚原三昧堂を再訪したのは、二月十八日のことだった。

「日蓮房の予言が当たりました。鎌倉で……。いや、京で……」

聞けば、今朝方ついた船が、遅れながらも佐渡にも知らせたのだという。

二月十一日、幕府は謀叛の企てありとして、名越北条家の時章(ときあきら)、さらに弟の教時(のりとき)を討ち滅ぼした。召し取りの段取りを経てのことでなく、いきなり手勢を差し向けての討伐だった。

謀反の企てというのは、北条時輔(ときすけ)と通じてのことだった。

北条三郎時輔は最明寺入道の長男、つまりは執権時宗の兄である。異母兄ということで、母は出雲国の御家人三処氏の娘、讃岐局だった。

時宗の母が有力者極楽寺重時の娘、葛西(かさい)殿であったため、こちらが弟ながら嫡子太郎時宗となった。長兄は三郎時輔として、脇に除けられていたのである。

その北条時輔は京の六波羅探題南方になっていた。弟が連署、執権と幕府権力の中枢を占めるにあたり、体よく追い払われた格好だったといってよい。

　が、六波羅探題北方のほうは北条時茂が没して以来、その後任が決まらないままでいた。唯一の探題として数年、京における、あるいは西国における時輔の影響力は、増すばかりになっていた。その実力を裏付けに、謀反を思いついたとしても不思議でない。

　いや、不思議でないからと、あるいは幕府のほうが先制したのかもしれない。平頼綱あたりなど、早々に腹積もりしていたと思われる節もあるが、いずれにせよ鎌倉に遅れること四日、二月十五日には京でも動きがあった。

　ようやく決まった六波羅探題北方、極楽寺重時の孫、赤橋長時の息として執権時宗の従弟に当たる北条義宗が、やはり問答無用の急襲で、北条時輔を討ち滅ぼしたのだ。

　世に「北条時輔の乱」、あるいは「二月騒動」といわれる事件である。

「驚きました。日蓮房がいっておられたのは、このことだったかと」

　それで塚原三昧堂に飛んできたということだった。常ならずも、カッと目を見開いたまま、本間重連は問いを重ねた。

「どうしてわかったのです」

「予言したのは、もう十余年も前の話です。予言というより、自界叛逆難として経文に書かれていることなのです」

　として、日蓮の答えに迷いはなかった。ええ、謗法の国に堕した本朝には七難が起こると。まだ起きていないのは他国侵逼難と自界叛逆難だと。その二つも遠からず起こるだろうと。それは故最明寺入道殿にも申し上げましたし、『立正安国論』として書にも仕立てました。この佐渡に来る前にも柳営の方々、わけても平左衛門尉殿にはお知らせいたしました。

「他国侵逼難のほうは、蒙古の出現で現実のものとなりつつあります。自界叛逆難とて、私の諫言はお聞き入れいただけなかったわけですから、避けがたかりしは必定と」

「しかし、どうして、今このときとまで」

「それは仏が教えてくれたと申しますか」

「仏が……」

「さりとて触れ回る理由もなかったわけですが、ただ佐渡は報も遅れがちだろうと、戦があるのに知らないでいては、本間殿は不本意だろうと思いまして」

「いかにも不本意。日蓮様の御言葉を、どういうことかと疑っているうちに、一月を無駄にしてしまいました。ああ、どうすればよろしいか」

「すぐ鎌倉へ上られよ。遅れたとて、行かぬよりはよろしいのでは」

わかり申した。手を合わせながらに立ち上がりかけるも、本間重連は座りなおした。

「それがし、もう二度と念仏は申しません」

今度こそ立ち上がったが、堂を出かけて、また後ろを振り返る。

「それがしは佐渡を離れますが、ご心配なく。御房のことは残る者に、くれぐれもと頼んでから行きますゆえ」

そういって本間重連は、十八日の夜には一門相具し、早舟で佐渡を離れたのである。

後を託されたのは、本間山城入道という一族の者だった。雑太(さわた)郡石田郷の地頭で、どうしてと思っているうちに告げられた。ほどない四月七日、日蓮と弟子たちは塚原から一谷に移ることになった。その一谷が雑太郡石田郷の内だったのだ。

守護所の近くにおいても、本間重連は佐渡を離れるため、自身で日蓮の監視、あるいは保護ができなくなる。そこで移動となったと聞かされたが、これまでの塚原に比べるまでもなく、一谷はすごしやすい場所だった。

三方を山に囲まれながら、南に開けた谷にあるので「一谷」という。背後は竹藪と雑木林だが、前面は丁寧に整えられた水田が広がる立地なのだ。

身柄を預かるのが、一谷入道と呼ばれる土地の名主だった。与えた住居が「阿弥陀堂」といい、なるほど入道も念仏者ということだったが、他面それは日蓮たちを自らの屋敷の一角に住まわせたという意味でもある。

塚原の三昧堂とは比べられないというのは、建物は隙間がなくなり、家財寝具も用意され、食糧も弟子の分まで困らないほど運ばれと、待遇がよくなっていたからだった。

改善は幕府の命令でもあるようだった。鎌倉に上った本間重連に、日蓮が「二月騒動」を当てたことを教えられ、一同は驚愕したらしいのだ。

わけても侍所に召し出されたとき、日蓮は明言していた。

「遠流か、死罪か、いずれにせよ拙僧が断罪された後、百日、一年、三年、七年のうちに、まず自界叛逆難が起こりましょう」

それが本当に起きたと、幕府の面々は真実戦慄したのである。

「日蓮房を粗略に扱ってはならぬ」

幕府に命じられた本間重連が、佐渡の本間山城入道に伝えて、こたびの措置になっていた。鎌倉でも日蓮一門に対する迫害は停止された。また弟子たちも許された。名越松葉ヶ谷で引き立てられ、そのまま宿屋光則の長谷屋敷で土牢に入れられていた日朗、山城入道、伊沢入道、得業寺入道、坂部入道の五人も、晴れて釈放されたということだった。

それらのことが知れたのは、佐渡に渡ってくる弟子が増えたからでもあった。

鎌倉の日昭が新たに送り出したのが日向と日持であり、はじめからいた日興と日頂、それに日蓮を合わせて、一谷には五人で暮らすようになっていた。

文永十年（一二七三年）十二月になっていた。いうまでもなく佐渡は一面の雪景色であるが、同じ冬も前の年のそれとは全く別に感じられた。

「この分では遠からず、御師様の赦免もあるのでは」

日向がいえば、日持も続く。

「富木様も独自に動いておられるとのことでした。下総守護の千葉家を通じて、柳営に働きかけると申されて」

「ああ、それならお断りいたしました」

と、日蓮は答えた。弟子たちは日向、日持のみならず、日興、それに元が富木常忍の養子である日頂までが驚いた顔になった。一谷だから、それで済んだのであり、まだ塚原にいたならば、責める顔にもなったかもしれない。

なお淡々として日蓮は先を続けた。ええ、佐渡流罪も法難ですから。それも法華経身読を完成させるという、重大な意義を有する法難です。でなくとも、この一谷の生活には何の不満もありません。あなた方、弟子も居られます。檀越信徒の方々に佐渡を訪ねてこられても、今はお迎えすることができます。

「ここなら書き物も捗りますし」

そう続けられて、日向は受けた。

「御師様、それはどのような」

「ああ、あなたが来る前ということになりますね。この四月にも『勧心本尊抄』と題して少し長く書いたものを、富木殿、大田殿、曾谷殿に宛てていたのです」

「勧心と申されるからには、行に関するものでございますか」

と、日持も聞いた。

「ええ、そうです。今は末法の世だということ、そこでの弘法を我らは釈迦仏に付嘱されているのだということを考えなければならない。すなわち、我らは地涌の菩薩として、衆生に如何なる行を課すべきなのかと、それを明らかにしたものです」

「御師様、その末法における行とは」

「唱題です」

と、日蓮は答えた。ええ、南無妙法蓮華経と唱えることこそ、末法の行なのです。

「正法、像法に比べて、末法の人々は能に劣ります。それが受持、読、誦、解説、書写というような五種法師の行など、果たせるわけがないのです。行でないとするならば、末法において救われるのは、ごくごく限られた者のみということになるでしょう。しかし、それならば釈迦仏は、末法においては万人の成仏を期した法華経の弘通を、あきらめられているはずです。そうしなかったどころか、地涌の菩薩に別して付嘱したということは、誰もが実践できる行があると考えなければならないのです」

「それが唱題であると」

脇から日頂に確かめられて、日蓮は強く頷いた。

「釈尊は一念三千を識らざる者に大慈悲を起こされたのです。妙法蓮華経の五字の内に成仏の珠をつつみ、末代幼稚の頸にかけたもうたのです。虚空会において地涌の菩薩に授けられた法とは、法華経そのものではなく、その題目だったというのが、上辺の経文に隠された仏の真意であったのです」

そう明かすと、やおら前に出てきたのが日興だった。

「御師様、それでは究極においては法華経さえ不要ということになりませんか」

「いかにも、不要です。読まぬなら読まぬでよい。末法においては南無妙法蓮華経と唱えるだけでよい。それを専修唱題と称することも可能でしょう」

そう答えれば、いっそう日興は前に出る。

「それほどまでに枢要な唱題が、これまで打ち出されてこなかったのは何故でございますか。観音薬王、南岳天台と現れながら、やはり法華経に通じねばなりませんでした」

「それは末法の広宣流布を委ねられなかったからです。地涌の菩薩ではなかったからです。唱題を打ち出すことは、わけても上行菩薩の務めです。地涌の菩薩を率いる四菩薩は、それぞれに誓願を立てています。『四弘誓願（しぐせいがん）』といいますが、安立行菩薩は衆生は無辺なれども済度することを、浄行菩薩は煩悩は無数なれども断ち尽くすことを、無辺行菩薩は法門は無尽なれども知り尽くすことを、そして上行菩薩は仏道は無上なれども成し遂げることを、それぞれ配当されているのです。私がなすべき仏道の成就とは、唱題の弘通によってしか達せられません。ただ南無妙法蓮華経と唱えればよい、その法門を打ち出すことこそ、上行菩薩としての私の務めだったという所以です」

「ただ南無妙法蓮華経と唱えればよい。そう教えられて、実際に帰依する者は増えております」

日興が受ければ、続けるのは日頂だった。

「この佐渡でも信徒はどんどん増えております」

「そうですね。思いもよらないくらいの増え方ですね」

と、それは日蓮も認めた。

やはり佐渡の僧たちは相手でなかった。それこそ鎌倉を代表する諸大寺の、名立たる高僧たちでも法論を尻込みする、日蓮の強力な説得力を前にしては、まさに抗う術もなかった。見損なっていたとして、世人の流れ出し方とて止めどなかった。

念仏を捨て、法華経に帰依する者が絶えなかっただけではない。南無阿弥陀仏が聞かれなくなり、南無妙法蓮華経ばかりが音になるだけではない。謗法の宗派には布施供養すらならぬと日蓮が説教すれば、人々はその通りに実行するのだ。もはや佐渡の仏僧は飢えに苦しむとされるほどなのだ。

手厚く供養されるのは一谷に集う日蓮の門下のみ、衆生を集めて止まないのも、念仏を戒める阿弥陀堂のみである。

「しかし、そういえば最近は来ませんね」

日向が続けた。日持も首を傾げる。そうですね。私が佐渡に渡った頃は、毎日のように押しかけてきて、大師講はいつか、次はいつなのかと、さかんに尋ねられたものなのですが。

「やはり寒くなってきたからでしょうか。さすが土地の者も佐渡の冬には勝てないという……」

そのときだった。阿弥陀堂の皆は一斉に首を竦めた。いきなり襲い来たのは、ダン、ダダンというような重たい音と衝撃だった。

建物に何か投げつけられた——調べてみると、奥の間に大石が投げこまれていた。蔀戸が壊されて、そこから雪が吹きこんでいた。明らかな嫌がらせだった。

十九、下文

「諸の無智の人の悪口罵詈などし、及び刀杖を加うる者もあらんも、われ等皆当に忍ぶべし」

法華経勧持品に書かれたことは、佐渡でも起きた。

日蓮の信徒が増えていく。衆生は信心から離れ、と思う間に布施や供養も途絶えた。佐渡の念仏僧、禅僧、持斎、真言師らが歯痒い思いでいたことは容易に察せられた。

とはいえ、以前のように法論を挑んでくるでもなかった。公場で恥をかかされ、あげく信徒に見放されるばかりだと、それは懲りたようだった。

謗法を改めたわけでないので、日蓮には不本意な運びだったが、それならばと折伏を試み、法華経への帰依に導いてやろうにも、やはり流人の身であるからには、一谷から遠く離れることはできなかった。

どうしたものかと案じているうち、鎌倉から佐渡に下文（くだしぶみ）が届けられていたのだ。

「佐渡国の流人の僧日蓮、弟子等を引率し悪行を巧らむの由、その聞こえ有り。所行の企て、はなはだもって奇怪なり。今より以後、かの僧に相い随わん輩に於いては炳誡（へいかい）を加えしむべし。なおもって違犯せしめば交名（きょうみょう）を注進せらるべきの由の所に候なり。よって執達件の如し。

沙門観恵　上（たてまつ）る

文永十年十二月七日
依知六郎左衛門尉等云々」

幕府からの公然たる命令だった。

佐渡の僧らは陰で動いていた。島では埒が明かないからと、念仏僧唯阿弥陀仏、律僧生喩房、同じく律僧道観は鎌倉に赴いたのだ。

そのうち生喩房は兄弟弟子、道観は直弟子と、ともに縁が深いのが、鎌倉極楽寺の良観忍性だった。頼れば、こちらも日蓮を憎んでやまない身の上である。

良観の仲介で、三人は佐渡国守護大仏宣時に接触することができた。日蓮がいるせいで、そのうち島には堂塔一宇、僧一人も残らなくなる。阿弥陀仏を火に入れ、あるいは河に流す狼藉ぶりだ。夜もなく昼もなく、高い山に登っては天に向かい、呪詛の言葉を吐くこと際限ないが、その大声が佐渡一国に響き渡る。そうやって、あることないこと訴えられると、大仏宣時はあいわかったと請け合い、速やかに下知したのだ。

唯阿弥陀仏、生喩房、道観の三人は、下文と一緒に佐渡に戻った。柳営から命令が下されたのだと、かくて佐渡でも公然たる迫害が始まったのだ。

日蓮房に与する者は許さない——日蓮房に会いにいった、いや、いこうとしたと責めては牢に入れ、日蓮房に物をもっていったといっては国を追い、あるいは妻子を取るというような真似をされて、佐渡の衆生は震えあがった。

なお法華経への帰依を曲げない者も少なくなかったが、それも表だっては動けなくなった。

一谷に来る信徒が減ったのも、そのためだった。当然ながら、布施や供養も途絶えてしまう。上の命令であれば、本間重連も、本間山城入道も、日蓮を厚遇するわけにはいかなくなったのだ。塚原に戻れとはいわず、一谷に留まることはできたが、日蓮とその弟子たちに一谷入道が運んでくる食糧も、また満足な量とはいかなくなった。

佐渡の冬は、やはり厳しいものになった。寒さ、ひもじさ、ときに嫌がらせや、あからさまな暴力にまで甘んじなければならない。そんな辛い季節を日蓮たちは、やはり耐え忍ぶしかなかった。

そうするうちに春が来た。

ただ暖かくなっただけで、辛い日々にも随分やりすごしようがあった。一谷阿弥陀堂では皆で読経し、あるいは写経し、日蓮は書き物もこなしながら、毎日の勤めを繰り返した。それもこれも法華経の行者たる者の定めなのだと自らに言い聞かせて、ただ淡々と暮らし続けた。

そうした一日、文永十一年（一二七四年）三月八日を数えたその日、午の刻（正午頃）になるかならないかという時間だったが、一谷阿弥陀堂の縁に駆けこんでくる者があった。

「御師様！」

舞良戸を片側に寄せていたので、持仏の間に座しながらにしてわかった。その背の高い僧形は日朗だった。また弟子が鎌倉から佐渡に渡ってきた。それも特に案じていた弟子なのだ。

日蓮は立ち上がった。再会こそ人の糧か、ひもじさのあまり平素なかなか力の入らない四肢が、このときは勝手に動いた。

「大丈夫なのですか、日朗」

一昨年も昨年も来られなかった。一昨年の春には宿屋邸の土牢から出されたものの、それまでの苛酷な日々から消耗が激しい、療養が必要だとして、伯父の日昭に佐渡行きを止められたという話は聞いていた。その日朗が目の前にいるのだ。

棒のように痩せているが、それは以前からである。顔にもしっかり色が通い、やつれている風はない。

「私の身体のことでしたら、ええ、もうすっかり癒えました。そんなことより、御師様こそ、お痩せになられて……。いえ、それでも勝ちましたぞ」

そう打ち明けられて、今度は日蓮が困惑する番だった。

「その、勝ったというのは……」

「実は柳営の役人と一緒に参りました。まず本間山城入道のところに行き、そこからこの一谷に来たのですが、同道願った山城入道と奉行人は、今は一谷入道ですか、ここの世話人になっている名主ですね、その一谷入道に話しにいっています」

「待ちなさい、日朗。ちょっと落ち着いて話しなさい」

やりとりする間に物音に気づいたのだろう。写経をしていた他の弟子たちも、日蓮たちがいる縁側に出てきた。ああ、日朗様だ。日朗様がおられる。ああ、みんな、我らが兄弟子も佐渡に渡られたぞ。

日蓮は改めて促した。

「さあ、集まってきた皆にもわかるように、日朗、もう一度はじめから」

「すいません。しかし、嬉しくて。ええ、つまりは許されたのです」

「許された？」

「御師様は許されました。柳営に流罪を許されたのです」

「いかにも、許されましたよ、日蓮殿」

覚えのある嗄（しわが）れ声で、本間山城入道も縁側に現れていた。頭巾姿の一谷入道が続いて、さらに背後に立つ烏帽子姿が、恐らくは奉行人ということなのだろう。

「鎌倉から下文が届けられました」

続けながら、本間山城入道はまだ折りあとが残る紙片を日蓮に差し出した。

「拝見いたします」

受け取ると、二月十四日の日付で、文面は次のようなものだった。

「日蓮法師、御勘気の事、御免許有るの由、仰せ下さるる所なり。早々に赦免せらるべき由に候なり。仍って執達件の如し」

日蓮は赦免されていた。本当に御勘気、つまりは佐渡流罪が解かれていた。

「しかし、これは、どういう……」

日蓮は問わないではいられなかった。

「というのも、下文といえば、昨年暮れには悪行を巧らむ云々とされて、佐渡の人々が私と交わることさえ禁じられたのです。それが、いきなり赦免とは……」

「前の下文は大仏殿の勝手であったということです」

答えたのは、烏帽子の奉行人だった。ええ、本来であれば下文は執権が下すもの、少なくとも執権が了解して下されるものです。それを評定にかけるまでもないと、大仏殿は御一存で沙汰されていたのです。

「そのことを知るや、相模守様は大変お怒りになられました。執権未だ幼しと侮るかと怒髪天を衝く体であられまして、大仏殿の弁明など一切受けつけることなく、昨年の下文のことは直ちに取り消されたということでございます」

「しかし、それが一気に赦免ということになるのですか」

日蓮はなお食い下がった。実際、偽下文の取り消しと、下された罪科の取り消しは、まるで別な話であるはずだった。奉行人は答えた。

「相模守様は、日蓮房の科なきことはすでに表れている、申したことも、ことごとく空言ではなかったと申されまして」

「御一門、諸大名は許すべからずと反対されたようですが、それを守殿（こうどの）は強引に押し切られたとのことです」

と、本間山城入道も言葉を足した。

「そうですか、相模守様が……」

そう受けたとき、日蓮は背後の弟子たちに気づいた。日朗はともかく、他は一様に案じる顔になっていた。

佐渡流罪も法難である。それも法華経身読を完成させる、重大な意義を有する法難である。そう断じて、日蓮は少し前にも赦免運動を断っていた。こたびの赦免も、もしや辞退されるのではないかと、皆が師の返事を危ぶんだということだろう。

しかし——誰でもない、赦免にこだわったのは、執権北条時宗ということだった。最明寺入道に託された遺児が、この日蓮を鎌倉に戻したいといっているのだ。

「それでは帰らぬわけにはまいりますまい」

と、日蓮はいった。弟子たちは一斉に手を叩いた。

二十、八日講

日蓮の赦免は、ほどなく佐渡の念仏者、持斎、真言師らも知るところとなった。

佐渡国守護の下文を得て、これで日蓮と弟子たちも、それに寝返った者どもも、好きに懲らしめることができると大いに沸いた矢先のこと、驚き、慌て、なによりも激怒した。

急ぎ集まり、これほどの阿弥陀仏の敵、善導和尚を誹り、法然上人を罵る者が、たまたま流罪に処されてのこととはいえ、この島に放たれたのだから、それを生きて帰すなど全く面目ないことだと気勢を上げると、また何やら企み、早速その支度にもかかったという。日蓮は日蓮で帰り支度を進めた。三月十四日には一谷を出発したが、港に着きさえすれば、すぐ船に乗れるとはかぎらないのが、佐渡である。が、十五日には網羅の津から出港となった。大風で予定の寺泊でなく柏崎に流されたが、それでも同日のうちに着船まで果たされた。佐渡の僧たちは支度も整わないうちに、怨敵に去られてしまったわけである。

柏崎からは米山峠を越えて、いったん越後の国府に入った。それから信濃路を抜けたが、途中の善光寺でも念仏者、持斎、真言師らが集まり、日蓮の襲撃を計画しているとの報せがあった。

実際に待ち伏せもしていたらしいが、日蓮には越後国府で護衛の兵団がつけられた。やはり手出しはならなかったとみえて、帰還の旅は滞りなくすぎていった。

鎌倉に到着したのは、三月二十六日のことだった。うららかな陽が注ぎ、木々の緑も花の赤も色づきが濃くなっていた。開け放たれた縁から目を細め、外の松林を眺めるにつけても、ただただ気持よいばかりの季節だ。かく迎えた四月八日、日蓮は松葉ヶ谷に人を集めた。「八日講」なる法会を行ったのは、それが釈迦が生まれた日だからだった。

「釈迦は浄飯王(じょうぼんおう)を父に、摩耶夫人(まやぶにん)を母に、この世に生を受けられました」

と、日蓮は説法を始めていた。生まれたのは藍毘尼(ルンビニ)という場所で、摩耶夫人が出産のために里帰りする途中、花園で休んだときのことでした。無憂樹が咲かせた真紅の花が、あまりに美しかったので、ひとつ手折らんと夫人が手を伸ばしたとき、その脇の下から出てこられたのが釈迦なのです。

「釈迦はすぐに七歩進み、右手で天を指し、左手で大地を指すと、大きく声に出されました。

『天上天下唯我独尊、三界皆苦、吾当安之』と」

その声が広がって行くところに、皆が集まっていた。日昭、日朗、日興、日向、日頂、日持、さらに日行、熊王改め日法、さらに山城入道、伊沢入道、得業寺入道、坂部入道と、弟子は一人として欠けずに顔を揃えている。

また檀越たちとて遅れていない。四条頼基、池上宗仲、池上宗長、宿屋光則、北条弥源太、大学三郎、波木井実長、南条時光、下総からも富木常忍、大田乗明、曾谷教信と、わざわざ駆けつけてくれたのだ。

「釈迦が歩かれた七歩というのは、六歩を超えたという意味です。ここでの一歩は一道を象徴するものだからです。すなわち、地獄道、餓鬼道、畜生道、修羅道、人間道、天上道の六道を出離して、真の救いに踏み出すことを暗示しています」

うんうんと頷く顔、顔、顔が、ことごとく輝いていた。

それは喜びの色だった。生きては帰れないといわれた佐渡流罪を凌いで、日蓮は帰ってきた。もう二度とは聞けないと思われた説法を、こうして聞くことができた。そうやって師との再会を喜ばずにいられないだけではないのだ。

日蓮が佐渡に流された二年と四月は、弟子檀越たちにとっても苦難の日々だった。

門下の皆には、あからさまな迫害が加えられた。日蓮を庇おう、日蓮を守ろうとして巻き添えにされたのでなく、門下であること自体で狙われ、危害を加えられたのである。

文字通りの法難だった。八日講に列したのは、それでも法華経を捨てなかった者たちである。迫害に耐え、帰依を貫き、つまりは法難を乗り越えた。かかる自らの偉大を、皆は今日の日の松葉ヶ谷に確かめることができたのである。

「そして釈迦は『天上天下唯我独尊』といいます。これは天上にも天下にも我独り尊いという意味ですが、ここでいう我というのは、自分であると同時に他人でもあり、人というくらいに取れると思います。つまりは人として生まれた、この命を尊ばねばならない、大切にしなければならないという意味です」

もう誰にも害されない。日蓮の流罪は解かれ、幕府は諸大寺に唆(そそのか)されるままに手を染めてきた弾圧から、すっかり手を引いている。もはや心安くして、皆で集うことができる。

「ゆえに『三界皆苦吾当安之』につながります。三界というのは、欲界、色界、無色界のことです。それぞれ欲望の世界、芸事の世界、学の世界ということになりましょうが、いずれも苦悩に満ちています。この皆が苦しまざるをえない三界において人を救いたい、いや、三界にいながらにして幸せになれると教えたい、そういう誓願を釈迦は生まれたときに立てたということなのです」

八日講は、一刻ほどで終了した。が、まだ午の刻にもならず、さっさと暇乞いしようという者は皆無だった。

誰もが去りがたく感じていた。なお日蓮を囲みながらの談笑が、しばらく続いた。

話すつもりはあれ、笑うつもりはなかったが、なんにつけ可笑しくて、ついぞ明るい声が絶えることはなかった。

四条頼基が喋る。二月騒動のときは、我が主家である名越本家も謀反を疑われずにはおかなかったですからな。攻めこまれたら一命を賭して戦うつもりで馳せ参じましたところ、御屋形様には大層感謝されたものでござる。

「いや、それでも褒美は無用、かわりに法華経に帰依なされませと申し上げると、そのほう、少し調子に乗りすぎではないかと返された始末にて」

そうやっては笑いが起こる。

また池上宗仲、宗長の兄弟も喋る。いや、我が家は親子にて戦いの日々でございました。

「そんな日蓮門下など離れてしまえと、親父殿がうるさくて、うるさくて。さもなくば勘当する、廃嫡するとまで迫られましたが、無論それがし、頑として容れませんでした」

「宗長、弟のおまえが代わりに後を継げといわれましたが、それがしとて法華経を捨てるつもりはござらん。かわりに申し上げました。親父様、そのような親子兄弟の筋を違えるような真似は、せめて雨くらい降らせてから申して下さいますようにと」

「親父の左衛門大夫ときたら、なんと、まあ、あの極楽寺良観に帰依しておるのでござる」

そうやって、また笑いが上がるのだ。ああ、おかしい。本当に、おかしい。ああ、笑いすぎてしまった。楽しくて楽しくて、ついつい時間をすごしてしまった。

「しかし、そろそろ私は……」

いいながら僧衣の裾を翻し、日蓮は立ち上がった。午の刻を少し過ぎたあたりだった。

「私も参ります」

と、日朗が続いた。まだ若いだけに、ほとんど跳ねるような立ち方で、背が高いだけに、柱でも増えたかと思わせた。が、勢いこんで手を上げるのは、ずんぐりの弟弟子、日興も全く同じことだった。

「ええ、私も一緒に」

「それがしも御供いたそう」

「ああ、こたびは、それがしら兄弟も」

「いや、ここはそれがしが。微力ながら、これで得宗の被官でござる」

四条頼基、池上兄弟、それに宿屋光則と檀越たちまでが申し出たが、それを日蓮は手を差し出して止めた。いえいえ、皆さん、私だけで大丈夫です。

「いえ、ご心配なく。滝王には供させますゆえ」

それは新しい稚児である。熊王が得度したので、最近よく連れて歩いている。

「しかし、御師様」

「よいのです。ええ、日朗も、日興も、あなた方はなお若くあるけれど、もう一人前の僧です。師の供を務めるような境涯ではない」

「そういうことではなくて……」

「ええ、日蓮殿、万が一ということがございます」

と、宿屋光則も食い下がった。が、それも日蓮は、やはり笑みで退ける。ははは、何も心配いりませんよ。ええ、案ずることなど、ひとつもない。

「柳営に赴くとて、もはや何も」

その四月八日、釈迦生誕の日と知ってか知らずか、また幕府も呼び出しをかけていた。平頼綱の名前で召し状が届けられたのは、三日前のことだった。

「また流刑にするつもりなら、わざわざ佐渡から戻したりいたしますまい」

日蓮は続けた。が、竜の口に居合わせただけに、四条頼基はなお黙してはいられないようだった。いや、御師様、わかりませんぞ。

「こたびも相手は、あの平左衛門尉です。配流と決まった御師様を、夜中にこっそり連れ出して、頸を斬ろうとした輩なのです」

「私を処刑したい、それもこっそりやりたいというのなら、これまた佐渡でやった方がどれだけ簡単か知れないでしょう。なにしろ佐渡には、この島から生かして出すなど恥辱に等しいと騒ぐような連中が、ごまんといたわけですから」

そうやって冗談めかすも、今度は誰も笑わなかった。笑えるような話でないことは、当然ながら日蓮も承知しないわけではない。もとより笑いで誤魔化すような話ではない。

日蓮は座りなおした。まっすぐの目を一同に向けながら、はっきりと言葉にした。

「今いちど、国主を諫めてまいります」

聞かされた皆が、緊張に顔を強張らせていた。なるほど、それで大変な目に遭わされた。日蓮だけでなく、門下ことごとくが苦しんだ。それでも、なのだ。

「それでこそ御師様であられる」

四条頼基だった。日蓮のことは、わかっている。ここで自重を求めるようなら、とうに門下でなくなっている。試練なら乗り越えた、また乗り越えられるとの自負をもって、ここにいる。やはり動じる素ぶりもなく、池上宗仲、宗長と続いた。

「いかにも、柳営に物申せる御仁は、この日本国に御師様ひとりだけでござる」

「申してもらえないのであれば、ぜんたい何のために今日まで忍んできたものやら」

古老の日昭も口を開いた。なに、何も遠慮してくることはありませんぞ。

「凌ぎ方なら心得ております。鎌倉の方々にある隠れ家とて、今も使えるようになっておりますゆえ」

「ええ、たとえ再度の法難あるとて、それを避けるものではございません。それこそ法華経を弘める者の定めと、我ら心得てございます」

「いかにも、法難あるなら、それこそ幸いであると、御師様の教えを忘れたわけでもございません」

日朗、日興と続いて、弟子たちにも迷いはないようだった。

「それでは、いってまいります」

日蓮は今度こそ僧衣の裾を翻した。

二十一、諫暁

若宮大路の御所を訪ねると、奥の間に通された。

さりながら、蔀戸が四方で上げられた明るみのなか、板間に並ぶ面々は前回と比べても、さほど違わないようにみえた。左右に烏帽子が列をなすのも同じならば、正面中央に座していたのも平左衛門尉頼綱で変わりなかった。

相模守様は来てないか——日蓮は目を凝らしたが、それと思しき若者はいなかった。いや、若い武者はいたが、執権北条時宗ではなかった。日蓮には、そうではないとわかった。

守殿は人と会わない、とは専らの世評でもあった。鎌倉郊外の山内殿に引いたまま、御所にも滅多に現れないというのだ。

政をかえりみず——というわけではない。その意だけは側近を介して常に柳営に伝え、間違いなく実行させるという。それならば、こたびとて託したものはあるのだろう。

日蓮が向かいに座すと、平頼綱は早速始めた。

「日蓮御房、本日は大儀でございました」

日蓮は、おやと思った。「御房」と呼ばれるのは、初めてだ。みやれば平頼綱の頬は、微笑を湛えながらも、ぎこちなく引き攣っていた。

なるほど、これまで無下に退けてきた相手、のみか痛めつけ、殺そうとまでした相手に「御房」などと敬語で呼びかけなければならない。平頼綱にすれば不本意な、というより、ほとんど屈辱的な話であるに違いない。

それを無理にも果たしたからには、やはり執権時宗に強くいわれているのだろう。未だ若いが、もはや幼いわけではない主君に求められ、さすがの平頼綱も断れなかったのだろう。

「わざわざお運びいただいたのは他でもない」

と、平頼綱は続けた。日蓮御房には、いくつかお尋ねしたき儀があります。

「なんなりと」

日蓮が応じると、口を開いたのは左右の烏帽子たちだった。

「御房は念仏はならぬと申したように聞いております。なにゆえ念仏はならぬのですか」

「いけないのは専修念仏ということになります。ひたすら浄土門に邁進せよといい、聖道門の法華経のほうは、捨て、閉じ、閣き、抛てと命じるからです」

また別な烏帽子が問う。

「『真言亡国』と申されるは」

「歴史をみれば、明らかでございます。例えば源平の戦いは如何です。平家一門は延暦寺を氏寺に、日吉社を氏神にしておりました。源氏との決戦に臨んでは、ときの天台座主明雲と三千人の僧たちに祈禱させました。それで源氏に勝てましたか」

「確かに負けておりますな」

「後鳥羽院も承久の年に、天台座主慈円、仁和寺御室の道助法親王、さらに叡山、東寺、園城寺、南都七大寺の高僧らに、真言の秘法で北条の調伏を祈禱させております。それで鎌倉を討つことができたでしょうか。いいえ、勝利したのは鎌倉でございます。その北条はといえば、護摩祈禱をさせていましたか」

「いえ、そういう話は聞いておらず……。ええ、確かに……」

「禅宗を『天魔の所為』と称されるは」

「『教外別伝不立文字』と打ち上げて、釈迦の説かれた一切経を放擲してしまうからです。久遠の仏の教えを聞かずして、なんの成仏がありましょうか」

「それがしからも、ひとつ」

といって、平頼綱も問うた。

「爾前得道（にぜんとくどう）は有りや無しや」

爾前経とは法華経より前に説かれた経のことである。得道とは第一義に涅槃にいたること、悟りに達することをいう。問われたところは、法華経以前の経で成仏できるか否か、ということになる。

「ありません」

と、日蓮は答えた。法華経以前に説かれた諸経は方便の経、真実を明かしていない仮の教えであると、釈尊御自ら申されております。諸経は相手に応じて説きし不成仏の教えゆえ、仏にはなれぬと。釈尊が本懐を明かされた真実正直の教えは法華経のみ、したがって仏になれる経は法華経のみにございます。

平頼綱の作り笑顔も、もはや笑顔と思われぬほどだった。ただ怒りを内に留めるための仮面にすぎないというべきか。あるいは煮えくり返る腸（はらわた）を仄めかし、すでにして恫喝を試みたものなのか。

が、日蓮は思う。所望の答えが得られないことくらい、はじめからわかっていたはずだ。あるいは何か期待していたのか。佐渡に流したことで、何か変わるとでも考えたのか。それとも無駄と承知しながら、なお変化を望まないではいられない、何か切実な事情でもあるのか。

というより——本題は別なのか。なるほど、こちらは諫暁する気で来ているが、あちらは法門のことなど、好んで聞きたいわけではあるまい。

「私に尋ねたき儀は他にあるのでは」

日蓮は自分から切り返した。

おっという顔になるや、平頼綱は左右と目を見交わした。頷きを返す者もいて、それで意を決したか、こちらの正面に目を戻すと、取りかかったようだった。ああ、そういえば、そうであった。おお、危うく忘れてしまうところだった。

「相模守様に託されてきた問いがあったのだった」

作り笑いしながらの言葉も、そこまでだった。直後には和やかな空気を切り落とすような真顔になった。執権時宗は無論のこと、それは平頼綱にとっても、やはり本題の問いなのだろう。

「蒙古は、いつ日本に寄せて来るのでござろうか」

やはりそうか、と日蓮は思う。

自界叛逆難として「二月騒動」を当ててから、幕府の態度が急変した。佐渡では処遇が善処されたし、鎌倉では門下への弾圧が控えられた。日蓮の予言を幕府は、わけても相模守時宗は、少なからぬ衝撃をもって受け止めたのだ。

それは平頼綱とて変わりなかったかもしれない。佐渡に遠ざけ、それで放念できるどころか、ますます気になるようになった。他国侵逼難の予言とて当たるのではないかと、執権時宗に懸念を伝えられてしまえば、それを杞憂と片づけることもできなくなった。

それも無理ないと思われるのは、蒙古の脅威も現実味を増すばかりだからだ。

日蓮が依知に捕われ、佐渡に送られようとしていた頃にも、蒙古からの使者が日本を再訪していた。国信使趙良弼が筑前に上陸、太宰府に達したのは、文永八年（一二七一年）九月十九日のことだという。

京か鎌倉に行き、国書を持参したい、返書を得たいということだったが、またも幕府は拒絶した。趙良弼は文永九年一月十八日、虚しく高麗に渡るしかなくなった。

趙良弼は文永十年にも渡来、再び太宰府に入った。が、やはり返書を得られなかった。

何度となく無視を続けて、それに幕府は馴れてしまったのかもしれない。使者ならば、どうせまた来る。それだけで何も起きない。そんな風に蒙古に高を括る気持ちも、どこかで生まれていたのかもしれない。

が、それから来なくなった。となれば、幕府は一転追い詰められる。あれは蒙古がかけた最後の温情だったのか。平和裏に服属することを容れぬなら、あとは干戈を交えるのみと、今は無言で戦支度にかかっているのか。だとすれば、いつ来るのか。そうやって、探らないではいられなくなる。

日蓮の佐渡流罪を赦免したのも、懇ろに護衛をつけて鎌倉まで戻したのも、到着するや待ちきれないかに御所に召し出したのも、全ては蒙古はいつ日本国に寄せて来るのか、その問いに答えを得るためだったのかもしれない。

それならば——日蓮は答えた。経文には他国侵逼難とあるだけです。いつ寄せて来るのか、月日までは示されていません。

「しかし、天をみれば怒りの色がしきりとみえます」

「怒りの色と」

「いかにも。その色の濃きを判じて申し上げれば、蒙古襲来は今年を過ぎることはないでしょう」

ざわっと左右の空気が騒いだ。が、どうしてと確かめる者はなかった。

目に余る謗法に天は怒る。本朝を襲う難事は、そのことに対する報いである。『立正安国論』を著して以来の論法は、嫌々ながらも聞かされて、すでに承知ということなのかもしれない。が、怒りの色をどうみるか、来年でなく今年といいきれるのは何故かと、そうした常識の問いすら誰も発しようとはしないのだ。

質されても、日蓮はわかると、ただわかるとしか答えようがなかった。

恐らくは竜の口で一度成仏したせいだろうが、不思議にもわかるのだ。「二月騒動」のときも然りで、確たる理由はないながら、絶対の確信でわかった。「蒙古襲来」についても、年内と断じて少しも不安はなかった。

ざわつき続ける空気のなか、正面の平頼綱にいたっては、もはや蒼ざめてさえいた。侍所で自界叛逆難を予言したときと同じ顔だ。

「遠流か、死罪か、いずれにせよ拙僧が断罪された後、百日、一年、三年、七年のうちに、まず自界叛逆難が起こりましょう」

予言は百日から七年までと幅がある粗いものだったが、それでも蒼ざめたのだ。

的中していたということだろう。あのとき謀反に先んじ、自ら事を起こそうと、北条時輔と名越の一党を討ち果たそうと、すでに腹を決めていたのだろう。

こたびの他国侵逼難にせよ――蒙古襲来は年内と、幕府も確かな感触を得ているということだ。日蓮を呼んで聞いたというのも、いつなのか知りたいというより、年内という読みが正しいことを確かめたかったのだ。外れてほしいと一縷の望みは抱きながらも……。

「しかし、そうなのですな」

と、ようやっと平頼綱は受けた。蒙古は年内に来るのですな。ええ、日蓮御房が仰るからには、きっと来ますな。

「いかにも、来るでありましょう」

「となれば、未曾有の危機と申して差し支えござるまい。本朝は総力を挙げて、これを迎え討たねばなりません。それも年内となれば、もう時間がない。今すぐにも準備にかからねばならない」

「その通りでございましょう」

「日蓮御房にも、お力を貸していただきたい。蒙古調伏の祈禱をお願いいたしたい」

そういって床に手をつき、平頼綱は頭まで低くした。

二十二、申し出

敵の調伏は、それ自体が戦いである。霊力も武力のひとつだからである。

少なくとも鎮護仏教の伝統が強い本朝では、当たり前にそう考えられている。国として総力を尽くすといった場合、神仏に祈禱することは端から欠かせない戦の一部なのである。

平頼綱は言葉を重ねた。

「蒙古の襲来を誰よりも早く、誰よりも正しく予言した日蓮御房、御自らが調伏の祈禱をしてくださるならば、日本国が救われるは必定。是非にも、是非にも」

「それは相模守様もお望みなのでしょうか」

日蓮の確かめに、平頼綱は迷いもなかった。いかにも、お望みでございまする。いえ、守殿は無論のこと、それがしも強く望んでおりまする。

「もちろん相応の支度もござる」

「支度、と申されるは」

頭を上げた平頼綱は、刹那に笑みを浮かべたようにみえた。

「鎌倉に西御門と呼ばれる一角がござる」

何の話かと思いながら、日蓮は受けた。はて、西御門と申すからには西の外れ、由比ヶ浜の手前あたりでありましょうか。

「いえいえ、かつて柳営がありました大倉の西手、鶴岡八幡宮の真東でござる。大宰少弐が子、少弐三郎左衛門尉が住んでおりましたが、鎮西に送り出されたため、その屋敷が今は空になっておるのです」

「ほお、して、その西御門が何か」

「大倉館に近い立地も悪しからず。また敷地も狭からずでございますから、今の屋敷に房舎を建て増しすることもできようかと」

ざわざわと、また左右の列が波立った。それも不穏な気配に表情を曇らせるというのでなく、それどころか何か慶事でも寿ぐように華やいだ。

日蓮にもそろそろ話がみえてきた。

「ええ、日蓮御房、貴僧の門下の房舎は松葉ヶ谷、それから他にも鎌倉のあちらこちらに数十とあるのですな」

平頼綱は続けた。房舎というか、弾圧に備えて日昭が整えた隠れ家のことである。極楽寺良観の唆しとはいえ、弾圧には自ら手を染めただけに、さすが網羅的に調べ上げている。

「さすが大した数ですな。日蓮門下は今や興隆の勢いを示すと、鎌倉市中で専らの噂を取るだけのことはおありだ。惜しむらくは、小さな房舎がバラバラに散在していることでしょうか。それでは門下の立派も、うまく伝わらない。諸大寺に未だ侮る風があるのも、それゆえのことかもしれませぬ。で、どうでしょう、日蓮御房。それを大きなひとつにまとめられては。西御門に全ての御弟子を集められては」

おおと左右は、とうとうはっきり声を上げた。

「おお、房舎の寄進でござるか」

「鎌倉に日蓮御房の寺ができるのでござるな」

「守殿は日蓮御房のためにお建てになられますか。故最明寺入道殿が蘭渓道隆様のために建長寺をお建てになり、故極楽寺入道殿が良観忍性様のおられる極楽寺をお建てになられたように」

前例が挙げられた通り、寺の寄進はないことではない。むしろ、そうして宗派は地歩を築いていく。逆にそうでもしないと、宗派を立てることなどできない。

「衣食住にも御不自由のないように、御供養を差し上げる準備もござる。一千町ばかりの寄進にすぎませぬが、全て良田で揃えさせていただきたく」

おお、と再びどよめきが起きた。鎌倉市中の一等地に広大な房舎、郊外に一千町の田、そのこと以上に寄進供養を与えられた日蓮門下は、もはや幕府公認の宗派ということになる。

鎌倉の諸大寺と同じように、大伽藍を上げられる。名だたる宗派と並んで、新たに日蓮宗さえ打ち立てられる。

佐渡流罪から戻されてみれば、日蓮を待ち受けたのは破格といえるくらいの厚遇だった。それも相模守時宗様に認められ……。亡き最明寺入道に託された、その遺児に……。

「喜んでお受けいたします」

と、日蓮は答えた。平頼綱の頬で、その笑みが大きくなった。が、それが直後に硬直する。よくよく通る声に、ただし、と続けられたからである。

「ただし条件がございます」

「条件とは、日蓮御房」

「他宗を禁じていただきたい」

「………」

「他宗の寺塔は焼いてしまえ、他宗の僧は頸を斬られてしまえ、などと申すつもりはありません。ええ、かつてお取り上げの件は挑発の言辞にすぎなかった。ここで乱暴なことを打ち上げるつもりはありませんが、ただ他宗に供養ばかりはなさらないでいただきたいと、それだけお願いしたいのです」

「そ、それは……」

一度ぐっと言葉を詰まらせ、それから平頼綱は大きく息を吐きにかかった。上目遣いに笑みを浮かべなおしてから、先を続けた。世のなかには、できることと、できぬことがござる。わかっておられるくせに、まったく御房も人が悪い。

「それなら、はっきりと仰っていただきたい。一千町に加えて、いかほどの田畑がお要り用なのか」

「一千町で結構でございます。が、柳営はその一千町を無駄にしてよろしいのか、と問うておるのです」

「無駄というのは？」

「蒙古調伏の祈禱をお望みではないのですか」

「いかにも、望んでござる」

「しかし、このままでは私のみならず、他宗までが祈禱を行ってしまいます」

「何が悪いか、わかり申さぬ。諸宗が力を合わせて、蒙古を調伏する。それこそは守様が望みしことでもある」

「その守様の望みが、それでは果たされませぬ。他宗までが祈禱しては、蒙古の調伏などならぬからです。この日蓮のみが祈禱しなければなりません。なんとなれば、他国侵逼難として蒙古襲来を言い当てたのは、この日蓮ひとりであります。柳営に諫暁を試みたのも、また日蓮ひとりだけ。今頃になって騒ぐような他宗の僧には、祈禱する資格はないのです。譬えていえば、病の起こりを知らざる医者が病を治そうとしても、いよいよ病が倍増するであろうことと同じでございます」

「なればこそ、名医である御房の力が必要なのだと、守様も別して所望なされておられる。ああ、それならば、御房が調伏の導師として、諸宗の祈禱を合わせて指導されればよいのではござらんか」

「諸宗が法華に帰一するというのであれば、それも可能かと」

「法華経に帰一できるのか、それは諸宗に聞いてみねば、わからぬが……」

「念仏が念仏のまま、禅が禅のまま、真言が真言のまま祈禱するのでは、なんの意味もありませんぞ」

「それは御房ほどの神通力は振るえぬのかもしれぬが、微力なりに励んでもらえば、それでよいのではないか。あくまで御房の力が主で、あとは従ということで」

「いえ、足を引っ張られてしまいます。他宗は薬ならざる毒だというのです」

「なにゆえ毒と」

「念仏が縋る阿弥陀仏は西方浄土の仏、娑婆世界には関係しない仏でございます。この世を穢土として捨てる祈禱が何の薬になりましょうや。禅は慢心を煽るのみ。律は偽善でしかあらず。真言師に頼むにいたっては、この国はいよいよ蒙古の軍に負けるばかりになるに違いありません」

「なんと！　祈禱といえば、どこより真言師でないのか」

「さきほどの話を、なんと聞かれた。真言師に祈禱を命じ、全体どれだけの軍が敗れたことか」

日蓮は指折り挙げた。平左衛門尉殿は太政入道のようにおなりあそばされたいか。それとも後鳥羽上皇か。負けて、隠岐に流されたいとでも仰せか。

「もとより、他宗はどれひとつ謗法の罪を免れておりません。正法がないがしろにされたがゆえに、この国を守護するべき善神聖人は離れ、そこを魔や鬼につけこまれることで、数々の災難が起こっておるのです。そのひとつが他国侵逼難、すなわち蒙古の襲来なのではないですか」

日蓮はまとめた。他宗こそ災難の源であるというのに、その他宗に調伏の祈禱を行わせるなど言語道断、薬どころか毒にしかなりえないという所以でございます。

「しかし、だ、日蓮御房……」

「左衛門尉様は私が差し上げた『立正安国論』を、まだお読みでないとみえますな」

ぐぐ、ぐぐ、と苦しげな音が耳に届いた。平頼綱は今にも飛び出しそうな忿怒(ふんぬ)の塊を、喉のあたりで必死に抑えこんでいるのだろう。

本当ならば、とうの昔に破裂している。それを堪えているということは、相模守時宗によほど念を押されてきたとみえる。蒙古調伏に欠かせない僧であるから、是が非でも懐柔してこいと、まさに厳命されてきたのだ。

しくじれば、執権に叱責される。短気を起こして、全て打ち壊しにするわけにはいかない。が、その我慢も限界ということだろう。次に口を開いたとき、平頼綱の口調ははっきりと変わっていた。ああ、そのほうこそ、まだわからんのか。

「寺を建ててやるというておる。供養の田畑もくれてやると。柳営が保護してやると。そのかわり、他宗といざこざを起こすな、他宗を責めることなく、他宗を認めよと、ただそれだけ求めておるのだ。いや、その仏法を容れよとはいうておらん。ただ、この世には他宗もあるのだという、そのことだけは我慢なされよと、こうまで甘くして頼んでおるのだ」

「甘いとは思われません。僧になど甘くある必要もない。ただ苟も国主の立場にあられるなら、衆生のことだけは思われよ」

「思うておるわ。それゆえ諸宗挙げて蒙古調伏の祈禱を……」

「この国を守護する善神聖人を呼び戻すためには、悪法を禁圧するしかありません。それ抜きに安国はなく、また祈禱すら意味をなさない」

「あくまでも祈禱はせぬと」

「他宗が祈禱するかぎり」

「では寺も田畑もやれぬが、よいか」

「いたしかたありません」

「いたしかたないで済ませられるのか。国主に見放されることになるのだぞ」

「それでも祈禱は行いません」

「おいおい、日蓮、それでは仏法の意味をなさぬのではないか。鎮護の役に立ててこそ、仏法なのではないか。王法と歩みを同じくしてこそ……」

「王地に生まれた身でありますから、この身は随えられているようにみえるかもしれませぬが、心までは決して随えられません」

返されて、平頼綱は驚いた顔になった。幕府の政道に従わない。そのような仏法があろうとは、思いもよらなかったのだろう。幕府、でないとしても朝廷に尽くすことなく、また伏することない仏法が、この国にありうるなど……。

が、それこそ、まさに仏を知らぬということである。仏法が王法を従えることはあれ、その逆はない。無理にも従えようとするなら、そのときは仏罰が――そこまで心に続けて、日蓮にはみえた。刹那に浮かんだものを、そのまま言葉にも出してしまった。

「殿原、いつか御子に討たれますぞ」

「なに」

「ええ、平左衛門尉様、このままでは謗法の報いとして、御自分の御子の手で……」

「もはや尋ねるべきことなし」

日蓮をチラとみやることもなく、平頼綱は座を立った。

二十三、三度の高名

「平左衛門尉の奴、御師様にあてつけのつもりだったのでしょうな」

いいながら、もう池上宗仲は笑っていた。日蓮房のいうことは全部嘘だ。他宗の祈禱が役に立たないわけではない。と、そういうことをいいたかったわけだ。

「おりしも雨が降りませんでしたからな。四月十日、柳営の名前で祈雨を依頼したのが、こたびは加賀法印だったというわけです」

加賀法印定清は鎌倉大倉にある阿弥陀堂の別当で、東寺第一の智人とされた僧である。宗派をいえば、真言宗だ。

「その祈禱のおかげで、十一日には確かに雨が降りました」

続けたのが、池上宗長だった。伝え聞くところ、加賀法印も、平頼綱も、小躍りして喜んだようです。加賀法印は極楽寺良観の二の舞にならずに済んだと、平頼綱はこれで日蓮の鼻を明かしてやれたと、それぞれ大喜びしたわけです。

「相模守様までが感極まって、金三十両からの引出物を加賀法印に贈られたとあって、いよいよ有頂天、真言の法験めでたしと騒ぎながら、日蓮房が申すは僻(ひが)法門よとも触れて回りましたが、それが全体どうなりましたか」

「雨は降ったが、それも些か降りすぎた。十二日には大風も一緒に来てしまった」

と、池上宗仲が受けて続けた。この大風が凄まじくて、舎宅、堂塔、古木、御所というようなものまでが、天に吹き上げられてしまったほどでした。空は稲光を走らせるまま荒れ狂い、明けて十三日の鎌倉は、建物は壊れ、橋は流れ、崖は崩れ、のみか人だの、牛馬だのがバタバタ倒れている地獄絵でしたぞ。

「しかも、この大風、日本のなかでも吹いたのは関東八箇国のみ、わけてもひどかったのが相模と武蔵の二箇国のみ、そのなかでも鎌倉に吹いた風だけが殺人的で、壊滅といえるほどにやられたのは御所、若宮、建長寺、極楽寺に限られるというのですから、もう、あれは仏罰だったんじゃないかと噂されるのは当然です」

「ええ、皆がいっておりました。日蓮房がいうように、真言の祈禱は間違ってるんじゃないかと」

四条頼基が続ければ、富木常忍が最後にまとめた。

「結局のところ御師様だけが株を上げ、平左衛門尉も、加賀法印も、ともに面子丸潰れというわけでしたな」

あとに起こるのは、やはり朗らかな笑い声である。

四月八日、日蓮が柳営に呼ばれたときの顚末は、もう皆が知っていた。

蒙古はいつ襲来するかと聞かれたこと。調伏の祈禱を依頼されたこと。見返りに寺と田畑を与えるといわれたこと。しかし他宗の禁圧が約束されなかったため、日蓮は断ってきたこと。それで平頼綱があてつけずにいられなくなった経緯まで、全て聞かされたうえで、松葉ヶ谷に再度集められたのである。

五月に入っていた。

庵室を囲む松林は、緑の色を勢いづかせるばかりである。ゆらゆら揺れる木洩れ日にも、もう盛夏を思わせる眩さがある。が、ここに吹き流れる風は、あくまでも涼やかだ。

「それがしは、この松葉ヶ谷が好きでござる」

四条頼基は話を再開した。最明寺入道殿に『立正安国論』を上げたあと、念仏僧どもに襲われたのも、この松葉ヶ谷でござった。御師様が侍所で諫暁なして、平左衛門尉が率いる召し取りの武者どもが押し寄せたのも、やはりこの松葉ヶ谷でござる。

「法難の地であるということは、日蓮様が法華経を体現された地であるともいえる。松葉ヶ谷こそ、どこにも増して尊いとされるべきではござらんか」

「いかにも、いかにも、どのような一等地とも代えられるものではございませんな」

宿屋光則が頷けば、池上兄弟も続く。その通り、他の土地が欲しいわけではござらん。田畑を惜しむわけでもござらん。

「御師様は釈迦仏の御遣いであられる。柳営であれ、朝廷であれ、国主であれ、国王であれ、法華経を曲げて仕えるものではございませんぞ」

「ええ、日蓮様はあくまで諫暁なされてきたのだ。執権に進言したのでもなければ、得宗家に請願申し上げたわけでもない」

最後にまとめるのは、やはり富木常忍だった。

「これからもこれまでと何も変わらぬ、何も変えるべきではないというわけですな」

「いや、変わらないわけではありません」

と、そこで日蓮が話に入った。

「私は鎌倉を離れようと思います」

「それは……」

受ける富木は言葉もなくした。他の檀越たちも唖然とならざるをえなかった。日昭、日朗、日興はじめ、弟子たちは事前に知らされていたが、師の意志を咀嚼していてなお、頬を強張らせなければならなかった。

日蓮は続けた。もう鎌倉にいる意味がなくなりましたから。ええ、もうこの政都には。

「震旦の古例に『三度諫むるに用いずば山林にまじわれ』と申しますし」

と、日蓮は『礼記』から引いた。最明寺入道に一度、平左衛門尉には竜の口の前に一度、そして佐渡から戻り、先般もう一度と国主を諫暁して、これで私も三度の高名を数えたことになります。が、いかに申しても、未だ天聴を驚かさざる有様なのです。

「これから何度繰り返してみたところで、結果は同じでございましょう」

そのことについて、もはや日蓮の心には微塵の期待も残っていなかった。最明寺入道は亡くなった。遺児の相模守は人と会わない。諫言を寄せる先は他にないのに、その平頼綱は変わらない。心を改めることなど、万にひとつもない。それがゆえに平頼綱は我が子に討たれる定めなのだ。およそ仏罰としか考えられない末期を辿らざるをえないのだ。

「ですから、もう諫暁はいたしません」

「だからといって、鎌倉を去られることは……」

そういって、四条頼基は今にも縋りつくようだった。

「鎌倉には、それこそ最明寺入道様に『立正安国論』を上げられるに先んじて、居を定めておられたではないですか」

「そうですな。ええ、あの頃は鎌倉にいることが大事と考えておりました。法華経の弘法は、人々が多く暮らすところで行われるべきですし、謗法の輩を折伏するにも、念仏、禅、律、真言と他宗が多く寺塔を並べる鎌倉こそ、挑みがいがあるように思われて」

「鎌倉が大事というのは、今も変わっておらぬのではないですか」

「その通りです、金吾殿。鎌倉は変わっていない。変わったのは私のほうなのです」

いうと、日蓮は一度そこで坐り直した。ああ、あの場には金吾殿もおられましたな。ええ、私は竜の口で変わりました。というより、私は竜の口で死んだのです。あるいは一度は成仏したというべきか。私は寂光に包まれ、そのなかに自らの先世をみました。ええ、生まれ変わりを繰り返した、いくつもの生をみました。そこで自らが犯した罪もみました。それと同時に忘れていた記憶も取り戻すことができたのです。

「私は虚空会に参じておりました。法華経見宝塔品、従地涌出品に描かれる、あの虚空会です。獅子座におられる釈迦如来、多宝如来を仰ぎみる、地涌の菩薩のひとりだったのです」

「まさに末法における法華経弘通を付嘱された……」

「そうなのです、金吾殿。私は自分の今世を納得することができました。が、そればかりではなかった。私は無数の地涌の菩薩を率いる四人の菩薩、そのうちの上行菩薩だったのです」

檀越の列から、どよめきが生じた。日蓮は頷きを示して続けた。ええ、そうなのです。

「であるならば、今世においても、ただ法華経を弘法し、他宗を折伏するだけでは足りません。上行菩薩として多くの地涌の菩薩を率い、導き、また育てなければなりません。その仕事を果たさねばならないと、思いを強くしたがゆえに、私は変わったというのです」

「佐渡から『開目抄』、『観心本尊抄』と送ってこられたのは、そのためでいらしたのですか」

「お察しのとおりです、富木殿。書き残しておきさえすれば、多くの弟子や檀越が、のみか、そのまた弟子、さらに新たな信徒までが、そこから学ぶことができます。私が死して後も、それこそ遥か後世の衆生たちまで、読むことができるのです」

「私たちこそ地涌の菩薩と考えてよろしいのですね」

弟子の列から声が上がって、確かめたのは日行のようだった。

「もしや全員ではないかもしれない。けれど、弟子たち、檀越たちの多くは地涌の菩薩として、法華経を弘めてくれると信じております。ええ、これからの弘法は弟子たちに任せたいと考えているのです。それを檀越の皆さんにも支えてほしいのです」

と、日蓮は答えた。ある者は鎌倉での弘法を引き継いでくれるでしょう。これまでも私が留守の間は励んでもらいました。ええ、鎌倉については何の心配もしていません。また別な者は下総や安房での弘法を続けてくれるでしょう。あるいは駿河、あるいは京畿、ことによると高麗、震旦にまでいたる新たな土地で、弘法を試みる者もいるかもしれない。法華経の行者として、法難に遭う者もいるでしょうが、いずれにせよ、それはもはや私の任ではないと考えております。

「法門を確立し、教学を完成し、それを伝え、弟子たち、信徒たちを励ます。それが竜の口このかた、己の仕事と目してきたものです。富木殿が仰られた通り、佐渡にいたときから始めております。佐渡から戻されたからとて、鎌倉に長く留まるつもりはありませんでした。どこかに下がろうとは、はじめから考えていたのです」

全て告げると、皆は一様に納得の表情だった。一緒に自らの使命を明らかにされて、誇らしく発奮した風さえみえる。この場にあるのは新たな一歩を踏み出すのだという、清々しい希望だけなのである。

「ときに鎌倉を出られるとして、御師様はどちらに」

池上宗仲が聞いた。弟の宗長が後に続けた。

「まさか本当に山林に交わられるわけではございませんでしょう」

「いえ、本当に交わろうと思います」

と、日蓮は答えた。すでに何か感じていたのか、日興は少し慌てた様子だった。

「もしや佐渡に戻られるおつもりですか」

「ええ、佐渡も悪くはありませんでした。あの凍てつく寒さ、厳しさこそ、好んで求めるべきであろうと私は考えております。が、なにぶんにも佐渡は遠い。文のやりとりすら、容易でありません。私の元に訪ねてくるとなると、いよいよ困難です。ですから、山林も佐渡に似ながら、もう少し近いところがよろしいかと」

「下総などいかがですか」

日頂が聞いてきた。富木常忍の養子であれば、自身が下総に縁が深いからだろう。とすると、師とは同郷ということで、日向も口を開かずにいられない。

「やはり故郷の安房でございますか。清澄寺に戻られるのですか」

「いいえ、違います」

そこで日蓮は、ようやっと手ぶりで示した。檀越の列に並ぶも、その烏帽子は一番端に座していた。

「波木井殿のことは、皆さん、ご存知ですね」

波木井南部実長は文永の中ごろ、この松葉ヶ谷で大師講を聞いて入信したという、割に新しい信徒である。熱心に帰依し、供養の心も厚いが、これが新羅三郎義光を遠祖とする甲斐源氏の末裔だった。

「ええ、波木井殿が地頭を務める波木井郷も甲斐にあります。甲斐といえば、世に聞こえた山国。庵を結べるような山林はなきものかと伺いましたら、身延山（みのぶさん）はどうかと申していただいたのです」

そこに決めようかと思いまして、と日蓮は皆に告げた。

二十四、息吹

張り詰めた寒気は、ときに手触りさえ錯覚させる。一手ごと、一足ごと、何か硬くて重いものを、無理にも切り裂かなければならない気がするのだ。

それは痛いくらいの冷たさから、知らず逃げようとするからか。身のまわりで僅かなりとも温んだ空気の薄皮から、ほんの一寸も出たくないと願うあまりの嫌悪が、そう感じさせるのか。なに、雪が吹きこむでもあるまいし――そう自分を叱咤して、日蓮は自らの座に歩を進めた。板を踏む足裏とて、一歩ごと刃物を当てられるようだった。が、深山の吹雪そのものに打たれながら、無言で耐え忍ぶ屋根壁の痛ましさに比べるなら、全体なにほどの苦しみなのか。

日蓮は身延に引いていた。

文永十一年（一二七四年）、松葉ヶ谷で弟子、檀越たちに意を告げてほどない五月十二日には、もう鎌倉を出立した。甲斐国波木井郷身延に到着したのが五月十七日で、日蓮は山中を歩くと、壺のように窪んでいる谷地を選んだ。

緑鬱蒼たる木々が四方に屹立しているので、日中でもろくろく陽が届かない。それは谷底というより、ほとんど地中というような立地である。わざわざ指定して、波木井実長に仮初(かりそめ)程度でいいと建てさせたのが、今いる三間四方の庵室なのである。

身延でも十月には、もう雪が降る。真冬ともなれば、庵室は白いものに埋まる体になりながら、なお屋根にのしかかる五尺もの雪の重みに耐えなければならない。いや、耐えかねて遂に潰れ、ぺしゃんこになってしまわないことを、日々一番に祈らなければならない。

身延に引いたのは佐渡と変わらぬ厳しさを求めてのことだったが、いざ冬を迎えてみれば、まさしく所望通りで流刑の地と変わらなかった。

いや、冷えこみ方となると、これがまさに想像を絶する。深山の厳しさは、ことによると離島のそれを凌駕する。が、この苦しみのなかでこそ、果たせる仕事というものがあるのだ。教え伝えなければならない――法難について。末法の教主について。本門の三秘、すなわち本尊、戒壇、題目について。仏国土における序列について。神々の垂迹(すいじゃく)について。念仏宗、禅宗、律宗の否定、なかんずく真言密教の破折について。

日蓮は書き物を続けた。仕上がるたび、多くの信徒に廻状してほしいと添えながら、里の檀越たちに送りつけた。

そうでなくとも、手紙は書く。

法華経に帰依する心が挫けかけたり、あるいは迷いに囚われ、ときに法難というべき苦しみに見舞われた弟子や信徒、そのひとりひとりを懇ろに励ますための手紙である。なるだけ多くが地涌の菩薩となれるよう、上行菩薩たる者は心を尽くさねばならないのだ。

身延についてきた弟子もいた。弘法に取り組むのが本分だが、そのために学びたいといわれれば、それまた断る筋ではなかった。

不断に出入りはありながら、常に数人は身延で寝食を共にしている。時間を決めて、法華経を講説するのも、すでにして毎日のことである。

「さりながら本日は、その前に少し違う話をしなければなりません」

言葉にするたび、吐く息が白く煙る。日蓮が常日頃の座につくと、向かい合わせにも弟子たちが座しているので、さほど広いとはいえない庵室は、濃い霧が充満しているかの趣になる。そこに目を凝らして透かしみれば、弟子たちは皆が神妙な顔だった。あるいは緊張しているのかもしれないが、それを含め、いつものことであるにすぎない。

いや、あるいは今日は、ことさらに硬いのか。すでに何か予感して、戦慄に近いものを覚えているのか。

励ます意味も籠めながら、ひとりひとりに目を合わせて、それから日蓮は告げた。

「蒙古が襲来いたしました」

十月、十一月と、身延に手紙が相次いでいた。

下総の富木常忍は、筑紫で防備の任に当たる主君、千葉介頼胤からの報せを、そのまま日蓮に流してくれた。鎌倉にもたらされた諸々は、四条頼基、北条弥源太、大学三郎らが知らせてくれた。それらを合わせて考えてみるにつけても、もはや疑いようはなかった。

「ええ、この日本国に、とうとう襲来してしまいました」

総大将の忻都が率いる蒙古人と漢人が二万、金方慶が率いる高麗人が八千、合わせて二万八千からなる大軍だった。

船にして九百艘、襲来は忽然として海上に山が現れたようにみえたと伝えられる。

「十月五日、まず対馬が襲われました。守護代宗右馬允以下、武者たちは奮戦するも虚しく敗走、あとの百姓たちは無残なものだったようです。男は殺され、あるいは生け捕りにされました。女は捕り集められ、手に縄を通されて、船に結びつけられたといいます。ひとりも助からなかったそうです」

聞かされた弟子たちは震えていた。もちろん、ただ寒いばかりではない。

日蓮は続けた。十月十四日、蒙古軍、高麗軍は今度は壱岐に上陸しました。守護代平内佐衛門殿が率いる武者たちは十五日には全滅、民人は対馬のそれと同じ定めです。

「さらに船は筑前に押し寄せました。十九日の夜から二十日にかけてのこと、博多湾に入ると、艀に分乗して次々と上陸、これを鎮西奉行大宰少弐、少弐三郎らが率いる西国の御家人が迎え討たんとしましたが、やはり術はなかったとみえます」

続けるほどに、日蓮の声も低くならざるをえない。ええ、蒙古軍、高麗軍は箱崎まで雪崩れこみ、町を焼いてしまいました。筥崎八幡宮の宝殿も焼かれた由。本朝の武者たちは太宰府の水城まで逃げ落ちるしかありませんでした。松浦党は数百人が討たれました。浦々の百姓たちの定めは、対馬や壱岐と同じです。

「かかる蒙古が日本国中を引き廻すことにでもなれば、全体どういうことになるか。ほとんど計りがたいほどと、いわなければなりません」

そう吐露して、日蓮は涙まで落とした。対馬、壱岐、筑前のように、男は討たれ、女は押し捕られるのでしょうか。山でも海でも生け捕りにされ、船の内なのか、高麗なのか、憂き目に遭わされるは必定でありましょう。あるいは京、鎌倉まで討ち入られてしまうかもしれない。国主ならびに大臣、百官も搦め捕られ、牛馬の前で蹴立てられることにもなりかねない。

「この日蓮が申せしことを御用いあれば、ずいぶん違っていたのにと思うほど、哀れで哀れで仕方ありません。本当に涙が止まらないほどです」

「そうなりますと……」

小さく声が投じられた。みやると、弟子のひとりの日高（にちこう）だった。

「御師様の予言は、また当たったのですか。年内と申されたことまで、すっかり」

蒙古襲来は今年をすぎることはない。そう平頼綱に告げたのが四月八日のことであれば、十月五日は年内、まさしく予言的中である。

「日蓮は委細を当てただけのこと。元が他国侵逼難として、経文に書かれていたものです。であれば、意味するところは重大です」

と、日蓮は答えた。太眉を動かし動かし、確かめてきたのは今度は日法だった。

「そう申されるのは」

「蒙古は引き揚げました」

寒さのなかに、ポッと温度が上がる気配が感じられた。空気の白濁も濃くなって、皆が安堵の息を吐いたということだろう。

日蓮は続けた。十月二十日、太宰府まで落とすことはかなわず、蒙古軍、高麗軍とも、いったん船に引き揚げました。いや、そう思いきや、翌日にはいなくなっていたというのです。

「どういうことです」

「わかりません」

日蓮はそう答えるしかなかった。矢が尽きてしまったので、あとは四境を虜掠するだけに満足して、帰ることにしたのだという向きもおりました。なかんずく高麗軍は、王に献じる少年少女を二百人も捕えて、しごく満悦の様子だったと。いや、そうではなくて、こたび蒙古は最初から威嚇が目的だったのであり、もって向後は朝貢を求めるつもりなのだと論じる筋もあるようです。

「もうひとつには、夜中に暴風雨が吹き荒れ、蒙古、高麗の船を、ことごとく転覆させてしまったのだとか。つまりは神風が吹いて、日本国を守ったのだとか。諸寺諸社の調伏祈禱が効いたのだとか」

「さすがの蒙古も、それに打ち負かされたということですか」

日蓮は首を振った。恐らくは違うでしょう。ええ、蒙古は負けたわけではない。こたびの引き揚げがいかなる理由からであったにせよ、蒙古は再びやってきます。こたびに倍した軍勢でやってきます。

「ですから、これは他国侵逼難なのです」

日蓮は断じた。他国侵逼難あるを『立正安国論』で最明寺入道殿に告げたのが今から十四年も前のこと、あれから本朝は何も改まっておりません。亡国の悪法である念仏を放置し、天魔の所為である禅を護り、何より第一の邪事たる真言を頼んで、未だに調伏の祈禱を命じる有様なのです。

「たびたび諫められながら、それを容れず、いよいよ仇なすゆえに、天の御はからいとして謗法の日本国を治罰(じばつ)しにきた隣国の聖人こそは、蒙古なのです」

　弟子たちは目を伏せて蒼ざめた。蒙古は邪なものでさえない。罰することなどかなわず、もはや罰せられるしかない。そうやって戦(おのの)く弟子たちに、日蓮は続けたのだ。

「なれば、我らの使命は重大です」

　弟子たちはハッとした顔を上げた。

「これは法華経弘法の好機だからです。ええ、そうなのです。今にして思えば、法華経を弘めよと、それこそ仏の本意であるに違いありません」

　日蓮は法難の傷が刻まれた額を前に押し出した。釈迦仏の遣いとして南無妙法蓮華経を流布せんとする者を、あるいは罵倒し、あるいは悪口し、あるいは流罪し、あるいは打擲し、弟子眷属まで種々の難に遭わせる者たちが、安穏でいられるはずがない。その罪ゆえに法難は免れがたい。日本国の一切衆生、兵難に遭わずに済まされるわけがない。その理(ことわり)が蒙古に攻められることで、ようやく皆の骨身に沁みようとしているのです。

「今にみなさい。蒙古が数万艘の兵船を浮かべて日本を攻めれば、たとえ五天の兵を集め、鉄囲山を城としても、本朝がかなうところではありえない。そうなれば、上一人より下万民にいたるまで、一切の仏寺、一切の神寺を投げ捨てて、各々声をつるべて『南無妙法蓮華経、南無妙法蓮華経』と唱えるは必定です」

いや、唱えさせねばなりません。その救いの仏法を、あなた方が教え、弘めるのです。この日本に、高麗にも、漢土にも、伝えていかなければならないのです。そのためには正しく学ばなければなりませんが、なに、ひとつも案じることはありません。そこで日蓮は大きな笑みを浮かべてみせた。

「かくのごとく国が乱れたときに、聖人上行菩薩が現れ、本門の三法門を建立するのです。あなた方は、それを正しく会得しなさい。さすれば、一四天、四海一同に妙法蓮華経の広宣流布されるは、もはや疑いないでしょう」

とうとうと続けた息吹たるや、この寒さに、あまりに熱い。

身延の狭い庵室は、また白々と靄がかかったようになった。ああ、もう大分遅れてしまいましたね。それでは、そろそろ始めましょうか。

「本日は法華経における本尊について」

日蓮の声は朗々として、その日も深山に響きわたるようだった。

本作品は「小説新潮」二〇二〇年六月号〜二〇二一年一月号
に掲載された「パッション」を改題したものです。

日蓮（にちれん）

二〇二一年二月一六日　発行

著　者　佐藤賢一（さとうけんいち）

発行者　佐藤隆信

発行所　株式会社新潮社

〒162-8711　東京都新宿区矢来町七一
電話　編集部　〇三-三二六六-五四一一
　　　読者係　〇三-三二六六-五一一一
https://www.shinchosha.co.jp

印刷所　株式会社光邦

製本所　加藤製本株式会社

乱丁・落丁本は、ご面倒ですが小社読者係宛お送り下さい。送料小社負担にてお取替えいたします。

価格はカバーに表示してあります。

ISBN978-4-10-428004-9　C0093